LA MORT DONNE LE *LA*

DU MÊME AUTEUR

Pourquoi tuer un maître d'hôtel ?, Champs-Élysées, 1983 (Le Masque — Les Maîtres du roman policier).
Noël tragique à Lexham Manor, Champs-Élysées, 1984 (Le Masque — Les Maîtres du roman policier).
Meurtre d'anniversaire, Fayard, 1989.
Un rayon de lune sur le pilori, Fayard, 1990.
Tiens, voilà du poison !, Fayard, 1991.
Mort sans atout, Fayard, 1992.
Pas l'ombre d'un doute, Fayard, 1992.

Georgette Heyer

LA MORT DONNE LE *LA*

roman

traduit de l'anglais par
DARIA OLIVIER

Fayard

Cet ouvrage est la traduction intégrale, publiée pour la première fois en France, du livre de langue anglaise :

THE UNFINISHED CLUE
édité par Longmans, Green & Co Ltd, Londres

CHAPITRE PREMIER

Dès l'instant de son arrivée à La Grange, Miss Fawcett vit clairement que son hôte n'était pas de très bonne humeur. Il la rencontra dans le vestibule sans l'avoir souhaité, pensa-t-elle, et lui fit l'honneur d'incliner la tête.

« Ah, c'est vous ? fit-il, bougon. Visite quelque peu inattendue, dirais-je. J'espère que vous avez fait bon voyage ? »

Miss Fawcett était une jeune personne qu'on ne décourageait pas facilement... De plus, elle était la belle-sœur du général Billington-Smith depuis cinq ans et ne nourrissait guère d'illusions à son sujet. Elle lui serra la main d'un geste brusque et lui répondit avec une parfaite égalité d'humeur :

« Vous savez bien, Arthur, qu'il est impossible de faire un bon voyage sur cette ligne pourrie ! Et comment pouvez-vous dire que je suis venue à l'improviste, alors que j'ai expédié un télégramme fort coûteux pour vous préparer tous les deux à la joie de me recevoir ? »

Le général se renfrogna davantage : « Préavis un

peu court, vous l'admettrez. J'imagine que vous avez apporté une quantité ridicule de bagages ?

— Quelque chose me dit, remarqua astucieusement Miss Fawcett, que je ne suis pas vraiment la bienvenue.

— Oh, je ne doute pas que Fay soit ravie ! fit le général avec un petit rire. Bien que je ne sache pas où elle se trouve. Elle bourre la maison de visiteurs, mais ne peut pas se donner la peine d'être présente lorsqu'ils arrivent. »

A ce moment, l'épouse errante parut dans l'escalier : « Oh, ma chérie ! fit-elle d'une voix où perçait une note plaintive, quelle merveille de te voir ! Comment vas-tu ? »

Miss Fawcett l'embrassa chaleureusement.

« Hello, Fay ! Pourquoi ne m'as-tu pas envoyé un télégramme pour me décommander ? Arthur est tout retourné par ma venue. »

Le regard un peu tendu des grands yeux gris de Fay vola craintivement vers le visage du général.

« Oh non ! dit Fay. Ça n'ennuie pas Arthur que tu sois là ! N'est-ce pas, Arthur chéri ?

— Mais pas du tout ! répondit le général ; tu ferais bien de la conduire à sa chambre au lieu de la laisser piétiner dans ce vestibule.

— Oui, bien sûr. Tu as envie de monter, n'est-ce pas, Dinah ? »

La question avait été posée d'un ton un rien suppliant, et Miss Fawcett, qui trahissait tous les signes de quelqu'un qui s'apprête à croiser le fer, se détendit et se déclara ravie de gagner sa chambre.

« J'ai dû t'installer dans la petite pièce côté ouest, lui apprit Fay. Je savais que cela ne t'ennuierait pas. Nous sommes... plutôt au complet.

— C'est bien ce que j'avais compris, répondit Dinah en abordant le virage de l'escalier. Ça m'a l'air de tracasser le petit Arthur. »

Elle avait une voix claire qui portait loin, et Fay jeta un rapide coup d'œil vers la cage de l'escalier :

« Dinah, je t'en prie ! » supplia-t-elle.

Dinah la considéra avec une affection un rien méprisante et, incorrigible, rétorqua :

« D'accord, mais cela m'impose une terrible tension. »

Elles escaladèrent le reste des marches en silence, mais aussitôt que la porte de la chambre à l'ouest fut refermée, Dinah exigea de savoir quelle mouche avait piqué Arthur.

Lady Billington-Smith se laissa choir dans un fauteuil et, posant une main maigre sur sa tête, repoussa ses fins cheveux d'or pâle sur son front d'un geste qui lui était familier. « Il s'est passé quelque chose d'épouvantable, répondit-elle. Arthur en est terriblement secoué.

— Ah ? fit Dinah, en jetant son chapeau sur le lit. La cuisinière a laissé brûler son sacro-saint porridge, je suppose ? »

Un léger sourire passa sur le visage de sa sœur :

« Oh, ne fais pas l'idiote, Dinah, pour l'amour du ciel !

— Pourtant c'est ce qui est arrivé la dernière fois que je suis venue, déclara Dinah, qui fouillait dans sa trousse de toilette à la recherche d'un peigne.

— A présent c'est bien pire ! Il s'agit de Geoffrey.

— Fauché encore un coup ? interrogea Miss Fawcett avec sympathie.

— Pis encore ! Il s'est fiancé. Du moins, c'est ce qu'il dit. »

Miss Fawcett peignit ses bouclettes brunes et commença à se poudrer le nez.

« Barmaid ou vendeuse ? interrogea-t-elle de l'air d'une personne très au courant des folies des jeunes gens.

— Ni l'une ni l'autre. Une danseuse de cabaret. »

Miss Fawcett émit un rire croassant.

« Oh non ! Aucune danseuse de cabaret ne s'amouracherait de Geoffrey.

— Celle-ci l'aime. Oui. Et elle n'est même pas Anglaise. Elle est Mexicaine. » Lady Billington-Smith laissa cette information faire son chemin et l'acheva par cette annonce : « Et il l'amène pour le week-end !

— Mais quelle splendeur ! Quel luxe ! s'exclama Dinah. Je n'aurais pas voulu rater ça pour un empire. Geoffrey serait-il devenu fou, tu crois ? Qui est cette fille ?

— Son nom est Lola de Silva, répondit Fay. Cela sonne affreusement faux, n'est-ce pas ? La nouvelle a immédiatement mis Arthur hors de lui. Il a tout bonnement été infernal parce que Geoffrey m'avait écrit à moi en me priant de transmettre la nouvelle à son père. J'ai peur que Geoffrey ne soit amoureux fou. Il a l'air de croire qu'il suffira qu'Arthur voie cette Lola pour avoir le coup de foudre.

— Des joies d'être une belle-mère ! commenta Dinah. C'est ça que voulait dire Arthur quand il m'a déclaré que tu avais rempli la maison d'invités ?

— En partie, je pense ; mais à présent, il m'en veut d'avoir invité les Halliday, simplement parce qu'il aimerait mieux qu'ils ne soient pas là.

— Et qui sont les Halliday ? demanda Dinah. Fais-moi la grâce d'un commentaire !

— Des gens que nous avons connus dans le midi de la France, répliqua Fay, un peu sur la défensive. Lui, c'est un blessé de guerre, et elle... elle est assez jolie et chic ! » Elle leva les yeux vers sa sœur et rougit un peu. « Ma foi, tu t'en apercevras forcément. Arthur flirte avec elle.

— C'est d'autant plus bête de ta part de les avoir invités, fit Dinah d'un ton sévère.

— Tu ne comprends pas : Arthur m'y a obligée. »

Dinah grommela.

« Il n'y a rien à faire, Dinah. Tu es du genre combattante et moi pas. De toute manière, Arthur ne prend pas la chose au sérieux et, du moment qu'il est de bonne humeur, cela m'est égal.

— Y a-t-il d'autres invités ? demanda Dinah, renonçant à un débat sans espoir.

— Oui, Francis. Il est arrivé à temps pour le déjeuner. »

Dinah fit la grimace.

« Si je l'avais su, je ne serais pas venue. Pourquoi s'est-il pointé ? Pour attendrir le cher Oncle Arthur ? Ça va faire une bien joyeuse assemblée ! Qui d'autre ? »

Fay se leva, apparemment pour réarranger des fleurs dans un vase sur la coiffeuse.

« Seulement Stephen Guest. Il a dit qu'il serait là pour le thé.

— Oh ! » fit Dinah.

C'était un monosyllabe neutre, mais il ne sembla pas satisfaire Fay. Elle regarda le miroir et y rencontra le regard franc de sa sœur.

« Il n'y a aucune raison pour qu'il ne vienne pas

ici, dit-elle. Après tout, c'est une relation d'Arthur, non ? »

Dinah enfouit ses mains dans les poches de son tailleur à la coupe sévère.

« Qui a dit qu'il ne devrait pas venir ?

— Je sais ce que tu penses.

— Je pense que tu es un âne bâté. Je l'ai toujours pensé. »

Fay tenta de se rappeler qu'elle avait cinq ans de plus que Dinah, mais échoua lamentablement. Sa lèvre se mit à trembler et elle s'enfonça dans son fauteuil.

« Ça ne sert à rien, Dinah. Tu ne sais pas ce que c'est que d'être mariée à Arthur. Tu ne sais pas ce que c'est que de tenir à quelqu'un, et de ne jamais le voir. Ce n'est pas comme si Stephen et moi… comme si nous… je veux dire, je ne le ferais jamais et… et lui non plus, bien sûr, mais au moins pouvons-nous nous voir de temps en temps…

— Est-ce qu'Arthur est impossible ? demanda Dinah, guère émue par ce discours incohérent.

— Pas plus que d'habitude, je suppose, répondit Fay, l'air abattu. C'est moi. Mes nerfs sont détraqués. Sans doute existe-t-il des femmes qui supporteraient son mauvais caractère, sa façon de fulminer et les choses qu'il dit. Toi, non. Tu lui rendrais la monnaie de sa pièce !

— Non ! Moi, demoiselle trop bien élevée, je ne l'aurais pas épousé, déclara Dinah d'un ton résolu.

— J'ai été stupide. Mais je le voyais autrement.

— Pas moi. Nous savions que sa première femme l'avait plaqué, et elle devait avoir de bonnes raisons.

— Oh, mais elle s'est enfuie avec un autre ; ça n'avait rien à voir avec le caractère d'Arthur ; ou du moins, si c'était le cas, je ne pouvais pas le deviner. Seulement j'étais trop jeune. On n'aurait jamais dû me permettre de l'épouser. Si Maman avait eu un peu de bon sens... A propos, où est-elle, Maman ? Je n'ai pas eu de ses nouvelles depuis un temps fou. »

Dinah choisit une cigarette dans son étui et l'alluma :

« Elle est à la maison, en train d'essayer un nouveau traitement.

— Seigneur ! soupira Fay, momentanément divertie. Je croyais qu'elle était devenue une adepte de la *Christian Science*.

— Ça n'a pas duré. Elle a lu un petit article dans je ne sais quel journal du soir sur la diététique, et elle tourne en laitue. Et en noisettes. C'est pourquoi je suis venue ici. Chez elle, au petit déjeuner, à la place de café on déguste un breuvage écœurant. J'ai dit non et j'ai vidé les lieux.

— J'espère beaucoup qu'elle ne va pas se rendre malade ?

— Pas elle ! D'ici que je revienne, elle sera confite en dévotion ou en autre chose, nous dirons le bénédicité avant les repas, mais pas avant les laitues, si je puis dire. Quant à avoir assez de bon sens pour t'empêcher d'épouser Arthur... vraiment, Fay, reprends tes esprits ! »

Fay eut un pâle sourire.

« Je sais. Maintenant tu vas me dire : " Comme on fait son lit on se couche. "

— Je ne pense pas qu'il soit possible à quiconque de coucher dans un lit fait par toi, mon chou ! Allons, largue les amarres !

— Les amarres ? »

Dinah fit passer des ronds de fumée les uns au travers des autres.

« Romeo ne soupire-t-il pas ? Je croyais qu'il soupirait fort ! »

Fay rougit : « Oui, mais je ne pourrais pas. Tu dis n'importe quoi. J'aimerais mieux mourir que d'envisager un scandale, un procès en divorce, et toute cette ignominie.

— Bon, bon, fais ce que tu veux ! » Le ton de Dinah était apaisant. « Sert-on le thé en ce lieu bien ordonné, ou fais-tu un régime pour maigrir ? »

Fay jeta un regard effaré à la pendule et bondit. « Ciel ! il est quatre heures passées ! Je dois filer, sinon Arthur va avoir une attaque. Il ne supporte pas le manque de ponctualité. Tu es prête ?

— Toute prête, répondit Dinah, mais je vais traînasser dix minutes de plus pour le salut de l'âme d'Arthur. »

Dès que sa sœur eut quitté la pièce, elle commença à déballer sa trousse de toilette sans se presser, et il s'écoula un bon quart d'heure avant qu'elle fût prête enfin à rejoindre le groupe rassemblé pour le thé sur la terrasse. Un léger froncement de sourcils marquait son front. Il lui semblait que le week-end ne promettait rien de bon. De toute évidence, Fay était à bout de nerfs et nullement en état de s'occuper d'une assemblée mal assortie ; quant à Arthur, qui faisait partie de cette classe de militaires qui croient qu'on arrive à presque tout par la violence, il jetait déjà feu et flammes.

Miss Fawcett, même à l'âge impressionnable de vingt ans, n'avait jamais succombé à la personnalité du général. C'était un homme bien conservé avec de beaux traits et une chevelure qui grisonnait à peine sur les tempes. Il était massif, riche et dominateur, mais lorsqu'il en décidait ainsi, il pouvait se montrer extrêmement agréable. Il était convaincu de l'infériorité de la gent féminine, et sa façon de rire avec indulgence des petits défauts du beau sexe avait induit Fay à imaginer qu'elle avait trouvé en lui le héros sage et omnipotent que d'habitude on ne découvre que dans les pages d'un roman.

Fay était dépendante et malléable, jolie comme un pastel aux tons suaves, et le général l'avait demandée en mariage. Il avait pris sa retraite et voulait se fixer en Angleterre. D'évidence, il lui fallait une épouse. La différence d'âge ne jouait pour lui aucun rôle. Il aimait les femmes jeunes, jolies et innocentes ; cela ne comptait pas non plus pour Mrs Fawcett. Elle disait que le général était si distingué qu'elle était tout à fait sûre qu'il serait l'époux idéal pour sa petite Fay. Et puisque celle-ci en était sûre également, et que ni elle ni sa mère n'auraient songé à prêter l'oreille aux protestations indignées d'une Dinah de vingt ans, le mariage eut lieu avec beaucoup de pompe et de cérémonial et Fay partit avec son Arthur passer sa lune de miel sur la Riviera italienne. Elle allait découvrir dès les années suivantes qu'un homme qui avait fait fuir une épouse à force de brutalités, et qui avait traité tous ses subordonnés ignoblement pendant près de vingt ans, avait peu de chances de changer de comportement sur le tard.

Entre lui et sa belle-sœur faisait rage une guérilla qui enchantait l'un et l'autre. Ils se détestaient avec la même cordialité. Le général traitait Dinah de garce impudente, tandis qu'elle l'avait poussé au bord de l'apoplexie en remarquant d'un air d'étonnement naïf : « Quelles étranges expressions les gens de votre génération emploient ! Je me souviens que mon grand-père... »

Elle était toute prête à ferrailler avec le général qui, à juger sur les apparences, en avait envie. Mais elle estimait, d'après ce que lui avait dit Fay, qu'il y avait déjà bien assez d'ennuis en perspective durant ce week-end. Elle était descendue sans hâte prendre le thé, en sifflotant doucement, vêtue encore de son tailleur de flanelle grise de coupe stricte qui lui allait admirablement.

La terrasse se trouvait à l'arrière de la maison et donnait au sud ; l'on y accédait soit par le salon, soit par le billard, dont les hautes portes-fenêtres s'ouvraient sur elle. Fay était assise à une table qui paraissait presque trop frêle pour supporter tout son poids d'argenterie fastueuse et lourde. Un énorme plateau la couvrait entièrement, et la théière à godrons que Fay avait soulevée tremblait dans ses doigts frêles.

Comme Dinah pénétrait sur la terrasse, un homme de haute taille, vêtu de tweed rugueux, quitta son siège et enleva la théière à Fay, en disant d'une voix profonde qui, bizarrement, allait bien avec son tweed : « Laissez-moi faire... Elle est trop lourde pour vous. »

Dinah reconnut Stephen Guest et lui sourit. Au repos, son visage avait une gravité juvénile que son sourire effaçait complètement, sourire amical, contagieux, qui plissait le coin de ses yeux ; si Dinah vous souriait, vous étiez contraint de sourire en retour, et c'est ce que fit Stephen Guest. Son visage aux traits irréguliers, curieusement carré, s'adoucit :

« Hello, Dinah ! » dit-il, et il se remit à verser le thé à la place de Fay.

Un grand jeune homme svelte, aux cheveux lisses et brillants, aux lèvres minces sous une moustache minuscule, et portant un pantalon de tennis incroyablement immaculé, se leva avec la grâce de celui qui contrôle parfaitement ses muscles, et avança une chaise de plus.

« Ah ! Dinah, lumière de mes yeux ! fit-il d'une voix traînante, viens t'asseoir à côté de moi et me réconforter.

— Hello ! » fit Dinah d'un ton peu amène.

Il y avait sur la terrasse deux autres personnes, à qui Fay s'empressa de présenter sa sœur. Basil Halliday était maigre, approchant de la quarantaine, le visage prématurément ridé à cause de sa mauvaise santé. Il avait des yeux très profondément enfoncés dans leurs orbites, presque invisibles, et des sourcils agités de tics, signe de nerfs à fleur de peau. Son épouse suscita davantage l'intérêt de Dinah. Camilla Halliday était une jolie femme. Elle avait des cheveux couleur de blé, coupés court et parfaitement mis en plis, des yeux bleus sans profondeur et une petite bouche avide, fortement soulignée par un rouge écarlate. Elle était vautrée sur une chaise longue, une cigarette entre les lèvres, et elle ne fit aucun effort pour se lever. Ôtant la cigarette d'une main, elle tendit l'autre à Dinah : « Enchantée. Je vous prie de me pardonner, mais je suis trop épuisée pour bouger. »

Dinah constata que les ongles pointus étaient recouverts de vernis rouge. Elle lui serra la main et se tourna pour recevoir sa tasse de thé et sa soucoupe des mains de Fay : « Qu'est-ce qui vous a épuisée ? » s'informa-t-elle.

Francis Billington-Smith, qui était allé jusqu'à apporter une assiette de sandwiches à Dinah, leva les sourcils :

« Ma chère ! Ne t'ai-je pas demandé de me réconforter ? J'ai été ignominieusement battu au tennis. C'est le genre de choses que les gens écrivent au *Daily Mirror :* “ Qu'arrive-t-il donc aux Hommes d'Aujourd'hui ? ” Ça vous rabaisse tellement !

— Oh, mais vous m'avez laissée vous battre ! dit Camilla, en lui lançant un regard que Dinah jugea automatiquement provocant.

— Sottises ! émit Sir Arthur d'une voix forte. Pas de ressort chez les garçons modernes. Vous avez un beau jeu, Camilla. C'est un plaisir de vous regarder jouer... Que diriez-vous d'une partie après le thé ? »

Camilla lui sourit :

« C'est pas juste de se moquer de ma pauvre petite personne ! Vous savez bien que vous pourriez me donner trente points d'avance et me battre tout de même avec votre terrifiant service.

— Allons, allons ! fit Sir Arthur, visiblement flatté. Il n'est sûrement pas si terrifiant que cela.

— Pourquoi pas un double mixte ? suggéra Fay de sa voix douce. Tu joueras, n'est-ce pas, Dinah ? » Elle regarda son époux et ajouta timidement : « Francis et Dinah contre Camilla et Basil, qu'en dis-tu, Arthur ? Tu n'as pas oublié que Geoffrey et... Mlle de Silva vont arriver ?

— Qu'ils viennent ou pas, ce n'est pas mon affaire, rétorqua Sir Arthur. Je me permets de te rappeler, ma chère, que c'est toi qui les as invités, et je suggère que c'est à toi de leur faire les honneurs lorsqu'ils arriveront. Dinah, vous pouvez jouer avec Francis contre Camilla et moi. Qu'en dites-vous, Camilla ?

— Oui... si vous êtes très gentil avec moi et que vous rattrapez toutes les balles difficiles. Mais peut-être que Miss Fawcett n'a pas envie de jouer ?

— A dire vrai, je n'y tiens pas trop, répondit Dinah en acceptant un sandwich de plus.

— Hum ! voilà, me semble-t-il, un échantillon de cette franchise moderne dont on nous rebat les oreilles ! dit Sir Arthur, belliqueux. Personnellement, j'aurais pensé que la simple politesse...

— C'est faux, coupa Dinah, imperturbable. Lors de mon dernier séjour, vous m'avez déclaré que vous aviez cessé d'attendre de ma part la courtoisie la plus élémentaire.

— Ma parole... » commença le général.

Camilla posa la main sur son bras : « Oh ! je suis entièrement d'accord avec Miss Fawcett. Je sais que j'offense beaucoup de monde, mais c'est que j'ai moi-même un si terrible franc-parler.

— Je suis certain, déclara galamment le général, que jamais vous ne pourriez offenser quiconque, ma chère petite dame. Mais vous aurez votre tennis. Ma femme va jouer à la place de sa sœur.

— Arthur, vraiment je n'y tiens pas. J'ai bien assez à faire avant le dîner et... et il faut que l'un de nous deux soit prêt à recevoir Mlle de Silva. »

Cette référence, qui manquait légèrement de tact, à la fiancée de son fils poussa le général à déclarer, d'un ton grinçant :

« Je t'ai déjà dit que je ne m'intéressais nullement à cette jeune personne, et je ne veux pas qu'on carillonne son nom à mes oreilles toute la journée. Va mettre tes chaussures de tennis, et, au nom du ciel, pour une fois, prends en considération les désirs de tes hôtes ! »

Pendant un moment régna un silence gênant. Fay se leva, les joues en feu, les yeux baissés pour cacher des larmes qu'un effroi soudain faisait jaillir. Stephen Guest se leva lui aussi, le regard fixé sur elle. Camilla poussa un petit cri affecté :

« Vraiment, vous êtes l'homme le plus autoritaire que j'aie jamais rencontré ! A présent, je serais terrifiée d'être votre partenaire. Je sais que vous aboieriez contre moi, de cette voix de commandement paralysante à chaque coup que je raterais, et je serais tout bonnement pétrifiée de peur ! Et ce n'est pas moi qui veux jouer. Pas du tout. Je suis complètement épuisée et je préférerais de beaucoup rester où je suis. Et puis… allons, ne vous fâchez pas, il faut me le promettre.

— Promesse bien facile, dit le général.

— Alors je vais vous avouer que je meurs d'envie de rencontrer la Silva ! déclara audacieusement Camilla. Je trouve ça excitant au possible !

— Qui est cette Mlle de Silva ? demanda Stephen à voix basse.

— La promise de Geoffrey, répliqua Dinah, qui finissait le reste de son thé. Danseuse de cabaret. Passe pour Mexicaine.

— Ciel ! Il l'amène ici ? L'imbécile ! » Il jeta un coup d'œil à Fay, qui s'était rassise à la table de thé, et il ajouta presque dans un murmure : « Vous devinez, je pense, qui va en souffrir ?

— Allons voir les roses, fit Dinah. Venez ! »

Il abaissa son regard sur elle, ses yeux encore brûlants de colère, mais considérablement perplexe :

« Vous dites ?

— Allons voir les roses », répéta Dinah d'un ton ferme et elle se leva. « Nous allons faire un tour dans la roseraie, Fay. »

Mrs Halliday l'entendit et émit son petit rire aigu : « Comme c'est romantique !

— Mon mari est un jardinier fort enthousiaste, dit Fay. Vous devriez lui demander de vous la faire visiter un jour. »

Camilla lui jeta un long regard sous ses cils, comme pour deviner ses pensées.

« J'adorerais ça, murmura-t-elle. Vous voulez bien, cher Sir Arthur ?

— Enchanté. Quand vous voudrez. Je ne puis que vous dire que j'aimerais que mes roses vous voient ! »

Dinah se retourna : « Et même cela n'est pas original, fit-elle pensivement. Allons-y, Stephen ! »

Ils descendirent les marches basses qui menaient à la pelouse et s'y engagèrent. Dès qu'ils furent hors de portée de voix, Dinah s'exclama :

« Vous avez été un bel imbécile de venir, vous savez.

— Peut-être...

— Inutile d'essayer de me clore le bec, fit Dinah. Demandez à Arthur. Et si cela ne vous vexe pas, je vais vous dire que vous n'améliorez pas la situation en jouant au grand dur dès qu'Arthur s'en prend à Fay. »

Il sourit à contrecœur.

« Je fais ça ?

— Plutôt ! Comme un héros de western.

— J'ai été dans l'Ouest, répliqua-t-il, illogiquement.

— J'imagine que vous y avez connu un succès fou, remarqua Dinah avec une extrême cordialité.

— En Afrique aussi, rumina-t-il. Puis j'ai touché à l'Australie pendant un moment. C'est un grand pays.

— C'est ce qu'on m'a dit. Y a-t-il un endroit où vous n'ayez pas été ?

— J'ai roulé ma bosse dans la plupart des coins brûlants de ce monde. On apprend beaucoup à bourlinguer de-ci de-là.

— Ce que vous n'avez pas l'air d'avoir appris, c'est un peu de bon sens. Quelle ânerie de venir ici ! Ça ne fait que vous donner l'envie de traîner Arthur dans quelque lieu vaste et désert et lui faire avaler toutes ses dents. *Moi*, je le sais. »

Stephen serra lentement ses grandes et fortes mains.

« Par Dieu, c'est vrai ! fit-il en aspirant profondément.

— Eh bien, on ne peut se permettre de casser la mâchoire des gens quand ils sont aussi vieux qu'Arthur, précisa Dinah.

— Je ne crois pas que cela me gênerait beaucoup, répliqua Guest. Il n'en faudrait guère davantage de sa part pour que je voie rouge !

— Raison de plus pour ne pas venir ici.

— Fay voulait que je vienne.

— Votre boulot, dit Dinah, c'est d'amener Fay à en vouloir bien plus : je lui ai conseillé de s'enfuir avec vous. »

Il rougit sous son hâle et dit, l'air bourru :

« Vous êtes une chic fille, Dinah. Mais elle ne voudra pas.

— Non. Pas tant qu'elle pourra compter sur vous pour venir ici à chaque fois qu'elle en aura envie. »

Stephen réfléchit. Il finit par dire :

« Je vois. Merci pour ce conseil. Je ne sais si je vais le suivre. » Il s'arrêta sous une tonnelle et contempla, renfrogné, une grappe de fleurs roses : « Avez-vous jamais vu Lola de Silva ?

— Ce plaisir ne saurait tarder. Et vous ? demanda Dinah.

— Ouais... » Une lueur amusée passa dans son regard : « Je l'ai aperçue une fois au café Grec... »

Dinah attendit la suite, mais comme Guest paraissait retrouver son humeur taciturne habituelle, elle le pria de ne rien lui cacher.

Ainsi adjuré, il répliqua :

« Oh, mais je ne sais rien d'elle ! Je dirais seulement qu'elle ne sera guère à sa place ici... d'après ce que j'ai vu. »

Elle ne put rien lui tirer de plus. Elle renonça et l'entraîna vers la terrasse.

CHAPITRE II

Il était déjà presque six heures du soir lorsque le bruit d'une automobile dans la longue allée de gravier annonça l'arrivée de Geoffrey Billington-Smith et de sa « promise ». Stephen Guest et Basil Halliday se trouvaient dans la salle de billard ; par les fenêtres ouvertes au bout de la terrasse, on entendait le claquement intermittent des boules. Fay avait elle aussi quitté la terrasse en murmurant quelque prétexte. Il ne restait là que Camilla, langoureuse sur sa chaise longue, échangeant des propos galants avec le général, et Dinah, qui parlait de façon décousue au capitaine Billington-Smith.

« Veux-tu que je te fasse la cour, ma chérie ? demanda ce dernier.

— Si tu en as envie. Je n'écouterai pas, rétorqua Dinah.

— Voilà qui me paraît à l'ordre du jour, dit Francis à voix basse. Tu ne m'aimes pas du tout, n'est-ce pas, ma douce ?

— Non, pas trop. »

Il accepta cette réplique avec son sourire un rien

moqueur et continua à fumer en silence pendant quelques minutes. Bientôt il déclara :

« Je ne suis pas tout à fait sûr de t'aimer non plus. J'ai essayé de me faire une idée à ce propos. Si nous changions de sujet ? Tu ne trouves pas que Geoffrey est bien inopportun ?

— Oui, mais ça devrait arranger tes affaires. Tu connais Lola ?

— Je ne l'ai jamais invitée à dîner, si c'est cela que tu insinues. Je l'ai vue danser. Elle portait des plumes ; pas des tas, mais placées avec art. Non, je ne pense pas que l'Oncle va être content. » Il lui jeta un coup d'œil et ajouta d'un ton affable : « Comme tu as raison, ma chérie ! Naturellement, je serais ravi si Geoffrey était déshérité en ma faveur, mais on ne doit jamais tabler sur l'avenir, n'est-ce pas ? C'est bien un coup de Geoffrey de mettre son père de méchante humeur juste au moment où je le voudrais tout radouci. N'aie pas l'air aussi alarmée : ces deux-là ne font pas la moindre attention à nous. Je prends toujours soin de ne pas offenser l'Oncle.

— Je pensais bien que tu étais venu pour lui faire des avances.

— Oh, tu n'as pas à te vanter de ton intuition. C'est trop évident. Je ne puis concevoir aucune autre raison pour venir ici. Ou plutôt je le peux, bien sûr, mais il existe une loi... mosaïque, ce me semble, sur l'interdiction de faire l'amour avec sa tante. »

Ce fut à ce moment-là qu'on entendit le gravier crisser sous les pneus. Ce bruit ne pénétra pas dans la conscience du général. Mais quelques minutes plus tard, Fay sortit du salon sur la terrasse et interrompit le tête-à-tête de son époux en lui annonçant l'arrivée de Geoffrey.

« Et alors ? demanda le général. Est-ce qu'il s'attend à ce que je le reçoive sur le seuil ?

— Arthur... Mlle de Silva ! » murmura Fay d'une voix suppliante.

Le général se retourna au moment où la fiancée de son fils posait le pied sur la terrasse.

Mlle de Silva fit son entrée comme une personne habituée à être reçue par un tonnerre d'applaudissements.

Il n'était pas difficile de voir pourquoi Geoffrey, qui se tenait derrière l'épaule de Lola avec un sourire nerveux et un rien vaniteux, s'était épris d'elle. C'était une dame très impressionnante et même très belle, avec des yeux immenses, un nez exquis, une belle bouche coléreuse et un flot de bouclettes noires qui jaillissaient sous un chapeau à la dernière mode : une affaire minuscule, audacieusement placée sur la moitié de sa tête. Son costume, couleur d'orange et de jade, bien qu'intitulé « vêtement de sport » par le génie qui l'avait conçu, eût pu être considéré par certains comme peu adapté à une randonnée en pleine campagne, tout comme l'immense étole de renard argenté, têtes et queues accrochées les unes aux autres, ne paraissait pas vraiment nécessaire en cette chaude après-midi de juin. Mais nul ne pouvait nier que Mlle de Silva la portait bien.

Jusqu'à cette arrivée, Camilla Halliday avait paru un peu trop habillée, un peu trop maquillée, mais aucun vêtement ou maquillage féminin ne pouvait faire de l'effet en présence de Mlle de Silva.

Le général se leva, clignant des yeux, et sa future bru se présenta aussitôt :

« Je suis Lola, dit-elle. Peut-être vous me connaissez, mais tout de même je me présente à vous. »

Le général lui serra la main, comme l'honneur l'y obligeait.

« Non, dit-il avec raideur, je ne peux pas dire que je vous connais. »

La figure de Mlle de Silva refléta une certaine austérité.

« Pour moi c'est extraordinaire, dit-elle. Mais on peut voir que vous habitez loin, aussi je ne suis pas du tout offensée. Mon esprit est large extrêmement. C'est impossible de m'offenser. Mais je dois vous dire que je me trouve dans une confusion très grande et tout de suite doit être arrangée cette affaire, s'il vous plaît.

— Quelle affaire ? demanda le général, jetant un regard furibond à sa femme.

— Tout va bien, Arthur, répondit Fay, apaisante. J'ai déjà donné des ordres à ce sujet. Il n'y avait pas de place dans la voiture de Geoffrey pour la femme de chambre de Mlle de Silva, et elle arrive par le train. Mlle de Silva voudrait qu'on aille la chercher.

— Et si elle n'est pas par le train arrivée, ce qui est une chose à redouter, parce qu'elle est énormément stupide, Geoffrey doit tout de suite aller à Londres, parce que c'est tout à fait sa faute, il a agi avec une bêtise vraiment remarquable de penser que mes bagages pouvaient se placer dans sa petite auto !

— Je n'aurais pas cru non plus qu'il y eût là la moindre difficulté, déclara Sir Arthur. Grotesque et ridicule ! »

Fay, refusant résolument de croiser le regard de sa sœur, posa une main sur le bras de Mlle de Silva :

« Je vous en prie, ne vous faites pas de souci, supplia-t-elle. Je suis sûre qu'elle arrivera sans encombre. Je voudrais vous présenter à Mrs Halliday et à ma sœur, Miss Fawcett. »

Mlle de Silva jaugea ces deux dames d'un seul regard rapide et leur accorda son sourire éblouissant.

« Et au neveu de mon mari, le capitaine Billington-Smith », ajouta Fay.

Francis fit superbement face aux circonstances et baisa avec grâce la main de Lola.

« Ai-je besoin de dire que c'est pour moi un moment longtemps attendu ? demanda-t-il. J'ai eu l'inestimable plaisir de vous voir danser. »

Mlle de Silva accepta cet hommage : « Je danse très bien, déclara-t-elle. Dans le monde entier on le dit.

— Je crains que par ici nous ne nous occupions pas de ce genre de chose, déclara Sir Arthur brutalement, bien que j'aie vu les Russes. Merveilleux ! La perfection !

— Mieux que les Russes je danse ! » dit Mlle de Silva avec simplicité.

Fay intervint derechef :

« Nous espérons vous voir danser un jour. Mais ne voulez-vous pas vous asseoir ? Je suis sûre que vous aimeriez une tasse de thé après votre voyage en automobile ? »

Lola s'installa dans un fauteuil en rotin et laissa tomber à terre son étole de renard argenté.

« Je ne bois pas de thé et il est trop tard maintenant. A la place, je prendrai un petit cocktail. »

C'en était trop pour Sir Arthur, dont la figure rougissait de plus en plus.

« Dans cette demeure, chère jeune dame, les

cocktails ne sont pas servis à six heures du soir, annonça-t-il.

— Alors c'est mieux que Geoffrey prépare un pour moi, décida Lola, nullement perturbée. Comme ça je ne vous ferai aucun dérangement, et aussi Geoffrey sait comment j'aime mon cocktail, et ça aussi c'est important. »

La voix de Sir Arthur résonna avec une dureté impressionnante :

« Les cocktails seront servis dans le salon à huit heures moins le quart et pas, permettez-moi de le préciser, une minute plus tôt ! »

En cet instant, avant que Lola, qui dévisageait son hôte sans comprendre ni en croire ses oreilles, eût pu répondre, Guest et Halliday sortirent du billard, ce qui créa une diversion sous prétexte de nouvelles présentations. Dinah chuchota à Geoffrey qu'il devait faire entrer Lola dans la maison. Elle avait découvert que son week-end allait être épuisant, mais elle n'était pas fille à se dérober à un devoir qui s'imposait à elle. Puisque Geoffrey paraissait incapable de faire quitter la terrasse à Lola, Dinah annonça qu'elle était sûre d'avoir entendu le bruit d'une auto.

« C'est probablement votre femme de chambre, dit-elle à Lola. Si nous allions voir ?

— Ah oui ! Il faut ça immédiatement, approuva Mlle de Silva. Parce que si ce n'est pas Concetta, Geoffrey doit à l'instant la chercher.

— Oui, bien sûr », acquiesça Dinah en l'entraînant dans la maison. Geoffrey suivit, portant l'étole de renard.

« Et voilà la future Mrs Billington-Smith », marmonna Francis, sortant une cigarette de son étui en or.

Le général fonça sur lui :

« Taisez-vous, monsieur !

— Bien sûr, je la trouve *tellement* merveilleuse ! fit Camilla en gloussant. Mais je comprends si bien ce que vous ressentez, Sir Arthur. Je trouve que vous avez été adorable de permettre à Geoffrey de l'amener ici.

— Il ne l'amènera pas une seconde fois, rétorqua le général, l'air sombre. Une coquine effrontée et peinturlurée ! Des cocktails ! Fay, sois assez aimable pour faire comprendre à cette jeune personne que dans cette demeure, la loi, c'est moi ! Je ne veux pas d'histoires déplaisantes, aussi je te donne un avertissement ! C'est toi qui l'as invitée ici, et je te serais obligé de veiller à ce qu'elle se conforme aux règles de la maison. A présent, je ne veux pas entendre un mot de plus sur ce sujet, et nos hôtes non plus, j'en suis sûr. Allons, Camilla, permettez-moi de vous faire faire le tour du jardin ; les roses sont dans tout leur éclat, j'ose m'en vanter. »

Une fois dans la maison, Dinah s'efforça de s'expliquer avec Lola. Celle-ci commença à ne pas prêter la moindre attention à quoi que ce fût, hors le fait que Concetta n'était pas encore apparue ; mais quand elle comprit que le train de Londres n'arriverait en gare de Ralton que dix minutes plus tard, elle consentit à retarder un peu le départ de Geoffrey et à monter dans la chambre de Dinah.

« Une idée très bonne, approuva-t-elle. Geoffrey était très égoïste de m'amener dans une voiture ouverte avec pas la place de mes valises et peut-être le vent m'a décoiffée. Je vais m'arranger et Geoffrey montera mon cocktail. Et tu ne dois pas mettre de gin, Geoffrey, mais l'absinthe, parce que le gin est une chose qui me donne la nausée.

— Cela m'étonnerait qu'il y ait de l'absinthe dans cette maison, remarqua Dinah. Néanmoins, j'ai idée que Finch trouvera quelque chose. Je vais prendre la fourrure, Geoffrey, et toi tu t'occuperas du problème du *drink*. Je me demande quelle chambre sera la vôtre, mademoiselle de Silva. Nous ferions bien d'explorer. »

Heureusement, il y avait une femme de chambre sur le palier qui venait de déballer les premiers bagages de Mlle de Silva, et elle put les orienter. Elle dévisagea Lola avec l'admiration envieuse qu'elle n'accordait qu'aux stars de cinéma, et quand Dinah vit le produit du déballage, elle n'en fut pas surprise : la coiffeuse disparaissait sous d'innombrables flacons de parfum, brosses, pots de rouge et boîtes de poudre, tous dans de riches garnitures d'émail. Un négligé, très semblable à celui que portait dans son dernier film la star préférée de Dawson, la femme de chambre, avait été étalé avec vénération sur une chaise, et dans la grande armoire en acajou pendait une robe du soir qui aurait pu arriver tout droit de Hollywood.

« Oh ! je suis sûre qu'elle joue dans les films ! murmura Dawson à Mrs Moxon, dans la cuisine. Vous n'avez jamais vu des robes comme les siennes. Ah, qu'elles sont splendides, Mrs Moxon ! C'est la vérité vraie ! Elle ressemble à Lupe Velez, voilà à qui elle ressemble ! Dites, je me demande si c'est pas elle, sous un faux nom ? Vous savez comment elles font.

— Des films ! ricana Mrs Moxon, frappant la table avec le rouleau à pâtisserie dans un déploiement d'énergie inutile. C'est une de ces bonnes à rien, de ces filles de cabaret, voilà ce qu'elle est. Et quand tu auras servi plus longtemps que tu ne l'as fait, Joan Dawson, tu auras appris à ne pas t'ébaubir devant ses pareilles. Allez, oust ! Disparais, tu me gênes ! »

Là-haut, dans la chambre ensoleillée, Mlle de Silva avait jeté le négligé sur le lit, ainsi que son chapeau, et s'était assise devant la coiffeuse, surveillant avec inquiétude son visage dans le miroir.

« Terrible ! annonça-t-elle en saisissant le couvercle d'un bol à poudre. Ce n'est pas poli de faire des plaintes, et c'est pourquoi moi je ne dis rien, parce que j'ai des manières très bonnes, je vous assure, mais on ne doit pas permettre qu'un homme exige le voyage en voiture ouverte. Naturellement, il y a du vent. Je ne suis pas déraisonnable et je n'attends pas ce voyage sans vent, mais Geoffrey doit avoir une automobile couverte et la place pour Concetta aussi. »

Dinah se roula en boule sur la banquette devant la fenêtre, franchement divertie par Mlle de Silva.

« Je sais, fit-elle, compatissante, les hommes ne pensent à rien, n'est-ce pas ? Je ne crois pas qu'il vous ait expliqué qui était son père, non plus ?

— Mais non, vous vous trompez, corrigea Lola. Pour moi c'est expliqué déjà : c'est le genre difficile à manier ? Ça, on le voit.

— Oui, mais... je crains que le père de Geoffrey ne soit un peu plus que " difficile ".

— Il n'y a pas de raison que ça me perturbe, répliqua Lola, très absorbée par ses cils. Je ne sais pas où est Geoffrey et pourquoi il ne m'apporte pas mon cocktail. »

Comme il n'y avait apparemment aucun espoir

d'inculquer à Mlle de Silva la nécessité d'agir avec tact à l'égard de son hôte, Dinah, qui ne perdait jamais son temps à poursuivre des causes perdues, abandonna le sujet et, curieuse, demanda :

« Est-ce que vous tenez beaucoup à Geoffrey ? »

Elle avait raison de supposer que Lola ne serait nullement offusquée par une question si personnelle. Lola répondit avec une grande promptitude :

« Naturellement, je l'aime extrêmement. Souvent j'aime, vous comprenez, et toujours passionnément. Ce n'est pas comme ça, vous, les Anglais, je trouve. En général, votre cœur, il est très froid. Ce n'est pas du tout comme ça avec moi. Mon cœur est très chaud, très profond. »

Un coup frappé à la porte l'interrompit. Geoffrey parut avec, sur un plateau, des verres et un shaker.

« Dites donc, il ne faut pas que ça se sache, fit-il. Père aurait une attaque s'il l'apprenait. Ma chérie, je suis extrêmement désolé, mais il n'y a pas d'absinthe. »

Le regard austère que Dinah avait déjà surpris plus tôt apparut instantanément sur le visage de Lola.

« Mais pour moi c'est incompréhensible, mon cher Geoffrey, quand tu sais que je désire l'absinthe dans mon cocktail, que tu ne l'arranges pas aussitôt. Peut-être tu es peu concerné avec ce qui plaît à moi, seulement avec ce qui plaît à toi ?

— Je suis affreusement négligent, ma chérie, s'excusa Geoffrey. Bien sûr, j'aurais dû apporter une bouteille ici, mais dès que je m'approche de toi, j'oublie tout d'un seul coup. Chérie, pardonne-moi, je t'en supplie, et goûte seulement à ce mélange.

C'est Finch qui l'a préparé et il est sûr que cela va te plaire.

— Je ne connais pas Finch, et c'est pour moi pas clair comment il sait ce qui me plaît. Je suis malheureuse, tout à fait blessée, parce que tu m'aimes si peu que tu veux me rendre malade avec du gin.

— Il n'y a pas une goutte de gin, Lola, je te le jure ! Il est évident que je ne t'en ferais pas boire. Grands dieux, si quelque chose t'arrivait par ma faute, je serais capable de me suicider !

— Bon, je vais goûter ton cocktail, dit Lola, radoucie, parce que aucun dérangement je veux causer, et je vois que par la faute de ton papa cette maison est mal tenue. Mais quand tu lui diras que je désire l'absinthe, il s'en occupera. Seulement, tu dois lui dire ça avec tact, cher Geoffrey, parce que je ne veux pas le gêner. »

Dinah émit soudain un gargouillis qu'elle réprima aussitôt, et commença à verser le liquide délicatement rosâtre que contenait le shaker. Lola la regarda d'un air interrogateur, mais elle secoua la tête : « Ce n'est rien, j'ai seulement toussé... Comment appelles-tu cette mixture rosée, Geoffrey ?

— C'est un tout nouveau cocktail, un super-cocktail, fait pour la plus belle créature du monde, et on le baptise “ La Lola ” », répondit Geoffrey, saisi d'une soudaine inspiration.

Lola fut si contente de ce compliment qu'elle tendit la main à Geoffrey et dit que c'était une jolie idée, et qu'il devait lui dire comment on le préparait, au cas où elle le préparerait elle-même (à supposer qu'il lui plaise) et qu'elle l'adopte. Après deux gorgées méfiantes, elle dit gracieusement qu'elle le trouvait « tout à fait agréable » et que ça ferait un vraiment excellent cocktail si on y ajoutait un rien d'absinthe. Puis la Concetta disparue fit irruption dans la pièce en poussant maintes exclamations volubiles dans une langue étrangère. Elle était suivie par un train de valises, et Lola s'anima aussitôt à l'extrême et ordonna qu'on déballât tout, tout de suite, qu'on lui préparât son bain et qu'une certaine boîte de poudre soit retrouvée immédiatement. Plein de respect, Geoffrey dit :

« Je crois que nous devrions la laisser, maintenant. Tu as envie qu'on s'en aille, n'est-ce pas, chérie ? »

Oui, Lola voulait qu'ils sortent tout de suite ; c'était terrible que ses bagages soient arrivés si tard, elle n'avait plus le temps de préparer une toilette appropriée pour le dîner. Geoffrey fit signe à Dinah et la suivit en fermant la porte derrière lui sans faire de bruit.

Sur le palier, Dinah s'appuya à un coffre de chêne et dévisagea le jeune homme assez pensivement. Une mèche de ses longs cheveux blonds pendait sur son front, et son visage rougissait sous l'effet de son agitation. C'était un beau garçon, un rien efféminé, et ses lèvres tremblaient légèrement dès qu'il s'énervait. Il avait adopté un style de vêtements que son milieu tenait pour « artiste », et il avait une propension à porter des chapeaux à larges bords, des pulls à col roulé et des chemises habillées à petits plis. Il avait toujours été de santé délicate, sujet, à l'âge adolescent, à des crises de nerfs que redoutait son entourage. Il avait peur de son père et, mis à part quelques amis intimes, il n'était pas très populaire parmi les hommes. Son air frêle et très tendu et un certain charme dans sa façon d'être plaisaient à beaucoup de femmes, et un certain nombre de matrones pleines de sympathie éprouvaient nettement le désir de le materner.

N'étant pas de celles-là, Dinah ne ressentait pas une pareille envie, mais elle le plaignait et le traitait avec un mélange de tolérance et de bon sens revigorant. A présent, il se tourna vers elle à sa manière impétueuse, et bégaya :

« Est-ce qu'elle n'est pas merveilleuse ? Est-ce qu'elle n'est pas belle ? As-tu jamais vu quelque chose de plus enchanteur que la façon dont elle vous regarde ?

— Jamais ! fit Dinah obligeamment.

— Je savais que tu allais dire ça. Je savais qu'il te suffisait d'un seul regard ! Des centaines d'hommes sont absolument fous d'elle et c'est moi qu'elle va épouser ! Je te le dis, Dinah, je puis à peine y croire. Pour moi, tout est changé. J'ai le sentiment d'être quelqu'un d'autre depuis qu'elle a dit " oui ".

— Je puis l'imaginer.

— Naturellement, tu sais qu'elle se sacrifie à cause de moi, dit-il l'air anxieux. Je veux dire, sa carrière et tout. Parce qu'elle est pratiquement un génie pour ce qui est de la danse ; tous ceux qui s'y connaissent un peu le disent. Quelles sottises ridicules débite Fay en prétendant que Père ne sera pas content ! Enfin ! Quand il se rendra compte...

— Écoute-moi, Geoffrey, coupa Dinah. Je pense que les choses sont comme tu les présentes, et je vois bien que Lola a une personnalité formidable, mais tu dois retrouver tes esprits. Ça ne sert à rien de baratiner au sujet de ton père de cette manière idiote, parce que tu sais parfaitement bien que c'est un goujat et qu'il ne se rendra pas compte de quoi que ce soit. »

La figure de Geoffrey s'allongea : « Mais à présent qu'il l'a *vue* ? Je savais que ça ne servait à rien de lui en parler simplement, mais quand il l'aura bien regardée, lui aura parlé... Voyons, elle l'entortillera autour de son petit doigt ! Elle peut entortiller n'importe qui !

— Mais pas Arthur, déclara Dinah catégoriquement. Elle n'est nullement son type de femme. De plus, il en pince pour la petite Halliday.

— Qui ? fit Geoffrey, l'air vague.

— La blonde. Tu l'as vue sur la terrasse.

— Vraiment ? Je ne sais plus. Je regardais Lola. Elle a une façon de baisser les paupières, Dinah...

— Arrête de larmoyer ! lui commanda Dinah. Elle a aussi une façon de dire ce qu'il ne faut pas dire, et c'est cela qu'Arthur va remarquer, tu peux m'en croire.

— Mais tu ne comprends pas ! Elle est complètement naturelle. Ça fait partie de son charme.

— Tout ce que je puis dire, c'est qu'elle n'avait pas l'air de fasciner Arthur... C'était évident. »

La lèvre inférieure de Geoffrey commençait à trembler : « Si Père essaie de m'empêcher, s'il est infect avec Lola... s'il est une sale bête au point de... alors, *attention* ! Il a toujours été odieux avec moi, et s'il croit que maintenant il va gâcher ma vie en refusant de consentir à ce que j'épouse Lola — non qu'il le puisse, parce qu'il ne le peut pas —, je ferai quelque chose de *désespéré*, autant qu'il le sache !

— Ne t'excite pas comme ça ! fit Dinah d'un ton sévère. Penses-tu pouvoir persuader Lola de jouer le rôle de la modeste violette ? Je sais que c'est un peu tard, mais cela pourrait attendrir Arthur un tantinet. Moi, c'est principalement Fay qui me préoccupe. Tu sais, c'était plutôt une ânerie d'amener Lola ici, et tout cela va retomber sur Fay. Ne peux-tu en parler à Lola ? J'ai bien essayé, mais sans doute serais-tu capable de le faire mieux que moi. Explique-lui ce qu'Arthur peut avaler et ce qu'il ne peut pas.

— Je ne pourrais absolument pas ! Elle serait horriblement blessée. Tout simplement, elle ne comprendrait pas. Naturellement, tu n'es qu'une jeune fille, et tu ne peux probablement pas t'en rendre compte, mais Lola est le type de femme qui rend les hommes complètement fous.

— Eh bien, si elle continue comme elle a commencé, je dirais qu'elle rendra Arthur assez fou pour être mis dans un asile », déclara Dinah d'un ton âpre, puis elle se retira dans sa chambre.

CHAPITRE III

Dans les nombreuses chambres de La Grange, huit personnes étaient occupées à s'habiller pour le dîner, et peut-être n'y en avait-il qu'une seule dont l'esprit n'était pas troublé par des soucis ou des vexations. Cette personne, c'était assurément Mlle Lola de Silva ; et même elle éprouvait un léger agacement, ayant découvert que non seulement elle devait partager une salle de bains avec Miss Fawcett et Mr Guest, mais qu'il n'y avait pas de douche, nouvelle preuve de l'incompétence de Sir Arthur.

Stephen Guest, qui occupa la salle de bains après Lola, la trouva remplie de vapeur, d'exhalaisons d'un parfum exotique, et assez humide sous les pieds. Cela lui répugna ; il lui fut impossible d'entrer dans la baignoire tant qu'il n'eut pas fait disparaître, en la lavant, jusqu'à la moindre trace du parfum ; et comme il n'était pas homme à avoir besoin d'être servi par un autre, il accomplit cette pénible tâche lui-même. Cela n'améliora pas son humeur, déjà sombre.

Il y avait deux ans qu'il aimait Fay, au début en silence et de loin, mais avec l'inébranlable ténacité des êtres très taciturnes. A l'exception d'un incident de jeunesse, il n'y avait pas eu d'autre femme dans sa vie ; il savait, sans avoir besoin de l'affirmer, qu'il n'y en aurait jamais d'autre. Pour Fay si fragile et dépendante, il avait toute l'adoration de l'homme de nature rude et, sans tenter de traduire ses sentiments en paroles passionnées, il avait depuis longtemps décidé qu'il ne pouvait — en vérité qu'il ne *devait* pas — y avoir quelque chose qu'il ne ferait pas pour elle. Accoutumé, au cours d'une existence passée en grande partie, comme il le disait, dans les « points chauds » qu'on trouvait encore dans le monde, à s'emparer de ce qui lui faisait envie d'une main ferme, il se trouvait maintenant pris dans les mailles d'un filet de conventions. Il l'aurait déchiré sans pitié s'il s'était agi de ses buts personnels ; mais il servait non pas sa personne, mais Fay, qui avait le respect des conventions des femmes timides. Arriver en hôte dans la maison de l'époux de Fay, et demeurer passif en la voyant malheureuse, représentait une bien plus grande épreuve pour sa maîtrise de soi que n'eût pu imaginer quelqu'un qui se contentait d'observer simplement son air obstinément calme. Il venait là parce que Fay avait besoin de lui. Même dans son cœur il ne l'accusait pas d'égoïsme ; il n'avait pas de troubles de conscience. S'il pouvait la persuader d'y consentir, il l'enlèverait sous le nez de son mari, et jamais, dans l'avenir, il ne regarderait en arrière avec le moindre sentiment de remords.

Or, elle paraissait aussi loin que jamais de consentir à faire un pas qui lui semblait si effrayant, et il voyait poindre un week-end qui serait vraisemblablement pire que tous ceux qu'il avait passés à La Grange. Pendant qu'il se battait avec un bouton de col, il se demandait quelle serait la meilleure manière d'aider Fay. Lui fallait-il monopoliser Lola — perspective qui l'effarait — ou devait-il interposer sa solide personne entre Sir Arthur et le plus immédiat bouc-émissaire de sa colère : Geoffrey ? Il pensait que peut-être Dinah lui apporterait son aide ; c'était une chic fille.

Tout en retirant une robe du soir de son cintre, Dinah, elle aussi, prévoyait un week-end orageux ; mais un irrépressible sens de l'humour l'empêchait de l'envisager avec une peur déraisonnable. En se contentant d'entourer Fay de sa protection affectueuse, elle aurait pu jouir de la situation provoquée par Geoffrey et rester assise, mains croisées, en spectateur admiratif. Mais puisque Fay, incapable de se défendre toute seule, serait la principale victime, il lui revenait à elle, Dinah, de faire ce qu'elle pouvait, même si cela consistait seulement à s'offrir comme cible aux flèches de Sir Arthur.

Entrant d'un pas digne par la porte communicante entre sa chambre et celle de Fay, Sir Arthur était, selon ses propres paroles, en train d'assainir l'atmosphère. Chaque ennui de ce désastreux week-end était de la faute de Fay, depuis l'arrivée importune de Dinah jusqu'au groupe mal assorti qui s'assemblerait pour le dîner dans une demi-heure. N'importe qui hormis une idiote aurait eu l'intelligence de télégraphier ses regrets et de décommander Dinah et Guest. Seule une idiote pouvait avoir invité le pasteur et son épouse à dîner, précisément en un soir pareil…

Fay bredouilla que l'invitation remontait à une semaine. Il montra les dents et elle pensa, tandis que son cœur faisait un bond effrayé, qu'il la regardait presque avec haine. Elle avait tort : il ne la détestait pas ; et même, à sa façon méprisante, il l'aimait bien, quoiqu'elle eût perdu son charme et ne fût plus la jeune fille rougissante, pleine d'adoration, qu'il avait épousée, mais une femme craintive, virginale à un point exaspérant, qui s'efforçait timidement de l'amadouer et qu'il était impossible de ne pas brutaliser. A ses yeux, le plus grand crime de Fay était de ne pas lui avoir donné d'enfants, pas de fils plein de promesses pour le consoler de la déception qu'était Geoffrey — cette épine dans sa chair —, enfant de l'épouse qui avait traîné son nom dans la boue il y avait vingt et un ans, en se sauvant avec un civil vulgaire qui ne l'avait même pas épousée à la fin des fins.

Il y avait aussi son neveu pour l'agacer. Il aimait bien Francis ; Francis était entré dans la cavalerie, exactement comme doivent le faire tous les garçons convenables ; et son colonel en disait du bien. Il portait des vêtements comme il faut, avait l'air d'un « monsieur », chassait à courre et était quelqu'un à inviter pour une journée de chasse en battue. Pas de ces maudites sornettes humanitaires chez Francis ; il était de bonne souche, pas de doute à ce sujet. Mais il était dépensier, et semblait croire que son oncle n'avait rien d'autre à faire que payer ses dettes. Il fallait que cela cesse. Si monsieur Francis était venu pour mendier, il recevrait, pour une fois, une dure leçon !

Il ne pouvait reprocher à Fay la venue de Francis. Celui-ci était arrivé sans invitation. Cela irritait Sir Arthur qu'ici Fay ne méritât aucun blâme. Il lui demanda pourquoi diable elle ne pouvait pas se mettre « du machin » sur la figure, comme les autres femmes, au lieu de se montrer pâteuse et incolore ?

Si Geoffrey, Francis et Dinah avaient seulement choisi un autre week-end, cela ne l'eût pas ennuyé à ce point. Mais il s'était fait une joie de la visite des Halliday, et tout était gâché. Il n'avait pas d'objection à la présence de Guest. Guest pouvait rester assis à adorer Fay autant qu'il en avait envie ; elle était trop bougrement chaste pour que cela tournât mal ; et puis elle savait aussi où était son beurre. Stephen aurait diverti Fay pendant que son époux s'occupait à flirter avec Camilla. Une petite femme séduisante, cette Camilla, probablement prête à profiter de tout ce qui se présentait, mais prête également (ou il se trompait fort) à payer pour avoir ce qu'elle voulait. Son mari était un triste sire. Incapable de se trouver un travail digne d'un homme, et il en blâmait la guerre. Il était bien de cette génération geignarde toujours à en vouloir au destin ; pas de cœur au ventre. Sir Arthur aurait aimé en faire marcher quelques-uns sous ses ordres, dans son vieux régiment !

Et Basil Halliday, tout en brossant son veston d'un air dolent, et cherchant à se persuader que son pantalon de smoking n'était pas si luisant que ça, ressassait son mépris pour Sir Arthur, sa haine aussi — ce vieux porc libidineux —, et se demandait ce que mijotait Camilla. Cet homme ne pouvait lui plaire ; bien sûr que non ! C'était tout bonnement sa manière à elle de flirter avec quiconque lui tombait sous la main, et il ne servait à rien de se faire du mouron. Bon Dieu, n'était-elle pas restée à ses côtés, alors qu'elle avait eu de nombreuses occasions de l'envoyer promener ? Tout de même, il regrettait bien de s'être laissé persuader de venir ici. C'était bien joli d'avoir le vivre et le couvert à l'œil, et naturellement il reconnaissait la force de cet argument, car c'est ainsi qu'on vivait aujourd'hui : on se rendait agréable à des gens pour avoir un dîner préparé par quelqu'un d'autre qu'une souillon qui gâchait tout ce qu'elle touchait. Si vous aimiez la douceur de vivre et les jolis objets, il vous fallait ravaler votre orgueil pour les obtenir quand on était accablé d'un mari minable qui ne pourrait gagner plus de cinq cents livres sterling par an même s'il vivait jusqu'à quatre-vingt-dix ans. Il ne blâmait pas Camilla, mais ce salaud de militaire avec ses sacs d'argent, sa grosse voix et ses mains avides qui cherchaient à la peloter en faisait vraiment un peu trop. De plus, ce type était stupide, un de ces officiers — il en avait vu des tas pendant la guerre — qui croyaient que le monde entier était cerné par l'armée britannique.

Il jeta un regard inquiet à la porte qui menait du cabinet de toilette à la chambre à coucher, où Camilla, assise devant la coiffeuse, se maquillait. Il la voyait à peine ; elle épilait la ligne fine de ses sourcils. Il ne savait pas ce qu'elle avait en tête et ne voulait pas le lui demander. Il éprouvait une petite douleur lancinante derrière les yeux. S'il disait quelque chose à Camilla maintenant, cela mènerait à l'une de leurs fréquentes querelles. Mieux valait filer doux, ne pas jouer au mari jaloux.

Camilla faisait une toilette élaborée, déterminée à effacer Lola. Elle avait choisi une robe de mousseline rose, qui n'était pas encore payée, mais qui le serait bientôt avec un peu de chance. La robe était brodée de paillettes qui scintillaient lorsqu'elle bougeait, et décolletée très bas, juste au-dessus des seins. En fait, vraiment un peu trop bas : il fallait épingler un morceau de dentelle argentée à l'intérieur. Toutes les autres femmes sauraient que ce n'était pas une robe à porter à un dîner à la campagne, mais peu lui importait ce que les autres femmes pensaient. Cela plairait au général ; cela lui donnerait envie de la peloter (ce vieil imbécile amoureux !), et il le pourrait s'il en avait envie. C'était un sacré contretemps que l'apparition de cette maudite danseuse de cabaret, qui avait mis le vieux d'une humeur de dogue. Camilla allait devoir le manier avec précaution, le provoquer, écouter ses assommantes histoires sur l'Inde, qui commençaient toutes par : « Lorsque je me trouvais à Peshawar » (ou à Wellington, ou quelque autre maudit patelin), et finissaient par un gros rire. Elle serait obligée de lui donner une chance de la tripoter un peu. Elle détestait être embrassée par des hommes à moustache en brosse à dents, mais elle n'y pouvait rien, et, de toute façon, en cette époque où la moitié des hommes qu'on rencontrait en arrivaient aux baisers au bout d'une demi-heure, on surmontait très vite sa pudibonderie. D'une certaine façon, le général était assez facile à manier. C'était là le meilleur côté de ces hommes vaniteux. Elle n'avait qu'à lui passer de la pommade pour qu'il commence à faire certaines allusions, et si elle ne parvenait pas à lui soutirer quelque chose qui en valût la peine, c'est qu'elle devait être une fameuse gourde. Seulement, il faudrait qu'elle fasse attention à ne pas le laisser lui refiler une babiole. Au temps présent, les bijoux ne valaient rien, on n'en tirait pas grand-chose ; or, Dieu sait que si elle ne posait pas ses mains sur du bon argent comptant, elle se trouverait dans un sale pétrin. Si seulement Basil était raisonnable, tout irait bien. Mais il avait eu un air de chat malade tout l'après-midi, le pauvre vieux, et c'était tout à fait son genre de piquer une de ses crises de jalousie et de bousiller toute la combine. Il devait savoir, depuis le temps, qu'elle avait une tête bien solide. L'ennui, avec lui, c'était qu'il gardait des tas d'idées d'avant-guerre sur les femmes et l'honneur. Bien sûr, c'était plutôt gentil, mais tout à fait pathétique à une époque si dure. Flûte ! Déjà huit heures moins le quart et elle n'avait pas arrangé ses cils. Eh bien, tant pis, elle n'y toucherait pas : il n'y avait aucun sens à se mettre le vieux à dos en arrivant en retard à son sale dîner.

En bas, dans le long salon aux boiseries blanches, Fay, dressée à la ponctualité, attendait ses hôtes depuis huit heures moins vingt. Quoique fatiguée, elle était ravissante dans sa robe à fleurs qui, comme le chintz des fauteuils, avait des tons frais et estompés. Stephen Guest était entré dans le salon derrière elle. Elle lui sourit de son sourire mélancolique qui lui déchirait le cœur, et lui arrangea sa cravate — un nœud lamentable, déjà de travers.

« Cher Stephen ! murmura-t-elle, avec l'ombre d'un rire tendre dans la voix. Pourquoi n'en achetez-vous pas avec des bords larges ? Elles seraient bien plus faciles à nouer ! »

C'était trop dur à supporter, cette présence toute proche, cette façon de le regarder de ses yeux bleus si tendres ! Soudain il l'entoura de ses bras, la serrant très fort contre lui : « Fay, il faut vous décider... Nous ne pouvons continuer comme ça. Je ne suis qu'un simple mortel, vous savez. »

Sa voix s'était épaissie et durcie, sa bouche cherchait celle de Fay.

« S'il vous plaît, Stephen, ne faites pas ça ! murmura-t-elle. Arthur... les domestiques... Stephen, soyez bon, soyez patient avec moi ! »

Il la relâcha, le souffle accéléré, le visage enflammé.

« Écoutez-moi, Fay ! Vous m'aimez et je vous aime. Ici nous sommes tous emberlificotés dans ces foutues conventions. Un de ces jours je n'en pourrai plus et je les bousculerai toutes tant qu'elles sont, et il y aura un drôle de branle-bas. Ne pouvez-vous pas vous décider à faire face et à partir avec moi ? Nous ne resterons pas en Angleterre. Dieu sait si j'en ai ma claque de ce pays ! Trop de chemises amidonnées et de gants de peau ! Je vous emmènerai où vous voudrez. Nous ne plaiderons pas. Vous n'aurez pas à mettre les pieds au tribunal des divorces.

— Je ne pourrai pas faire ça. Nous sommes mauvais. Je n'aurais pas dû vous inviter, seulement je voulais tellement vous avoir près de moi ! Dinah pense que j'ai été ignoble avec vous et elle a raison ; seulement, si je ne dois même plus vous voir, autant mourir. »

A la vue de cette détresse, la fureur qui avait enflammé son visage disparut. Il lui prit la main et la tapota maladroitement.

« Je suis désolé. Je ne voulais pas vous bouleverser, ma chérie. Vous avez assez de soucis sans que j'y ajoute. Seulement, il faut que nous trouvions une solution, n'est-ce pas ? Mais nous n'allons pas en parler maintenant. Je suis ici simplement pour que vous ayez un appui, et pour vous aider autant que cela m'est possible. »

Les yeux de Fay se remplirent de larmes.

« Vous êtes si bon pour moi, Stephen, et moi je suis une misérable qui vous laisse gâcher votre existence pour l'amour de moi ! »

Il lui aurait répondu, mais la voix de Sir Arthur retentit dans le vestibule, et un moment plus tard, il entrait dans la pièce, suivi de Finch portant un plateau de cocktails qu'il posa sur une table contre le mur. Quelque part au loin retentit une sonnette et Fay dit, avec un entrain forcé : « Je pense que ce doit être les Chudleigh. Ils sont toujours à l'heure. »

Toutefois, ce n'étaient pas les Chudleigh, mais Mrs Twining, qui fut bientôt annoncée.

Mrs Twining était une veuve qui pouvait avoir entre quarante-cinq et soixante ans. Elle habitait à un peu moins de dix kilomètres, et fréquentait souvent La Grange. Elle disait que, connaissant Arthur depuis tant d'années, elle se considérait comme une personne privilégiée. Elle avait l'habitude de faire cette remarque en levant ses sourcils arqués d'un air légèrement moqueur, mais le général, peut-être parce qu'il la connaissait si bien, refusait habituellement de réagir.

Au début de son installation dans le voisinage, on l'observait avec un peu de méfiance. Elle s'habillait avec une telle perfection que tout naturellement les gens sentaient qu'elle pouvait bien ne pas être le genre de personne qu'on aurait envie de connaître. De toute évidence, elle était bien pourvue, mais semblait n'avoir pas de racines tangibles. Tout s'expliqua bientôt, lorsqu'on apprit qu'elle avait passé la plus grande partie de sa vie à l'étranger, un certain temps aux Indes, où, semblait-il, elle avait enterré feu le colonel Twining, et un certain temps dans des garnisons bien connues, telles l'Égypte et Malte. Tout cela était parfaitement respectable, et lorsqu'il se révéla qu'elle connaissait de longue date Sir Arthur Billington-Smith, plusieurs dames lui rendirent visite. On découvrit qu'elle était parfaitement bien élevée, bien qu'assez maline, et, le temps passant, elle fut acceptée par la meilleure société.

Elle entra de son pas gracieux et assuré, et serra la main de Fay, en disant d'un ton badin : « Je suis si contente de ne pas être en retard, finalement. On me dit que toutes les pendules chez moi marquent une mauvaise heure, aussi craignais-je de vous trouver à table. Comment allez-vous, Arthur ?

— Vous vous souvenez de Mr Guest, n'est-ce pas ? demanda Fay.

— Oui, parfaitement, répliqua Mrs Twining en souriant. Il m'a raconté bien des choses que j'ignorais sur l'Ouest des États-Unis.

— J'espère ne pas vous avoir ennuyée », dit Stephen qui, rétrospectivement, s'en voulut un peu.

Mrs Twining s'assit dans une bergère, une main reposant sur l'accotoir.

« Non, vous m'avez intéressée, Mr Guest. Jusqu'alors, ma connaissance de cette partie-là du monde avait été glanée dans divers films que j'avais eu le malheur de voir. Je n'ai jamais eu le sentiment que l'on puisse leur faire confiance. »

L'entrée des Halliday et de Dinah interrompit Stephen, qui assurait à Mrs Twining que les films qu'elle avait vus étaient probablement des plus erronés. Francis parut une minute plus tard, l'air plus bichonné qu'avant, et Arthur commença, pendant que Fay faisait les présentations, à passer les cocktails à la ronde. Lorsque Francis le déchargea de cette corvée, il adopta une attitude autoritaire devant la cheminée vide, et entama la conversation générale en faisant remarquer que le temps n'avait encore pas l'air de tourner à la pluie ; il ne savait pas ce qu'il en était pour le jardin de Julia, mais le sien en avait bien besoin.

Chacun avait sa contribution à apporter à ce sujet, de Camilla, qui supplia Sir Arthur de ne pas souhaiter la pluie avant lundi, à Stephen, qui leur fit observer que la campagne en avait besoin.

Geoffrey se glissa dans la pièce, la mine coupable, au milieu de cette discussion ; mais s'il avait espéré que son apparition tardive passerait inaperçue, il fut déçu. Son père se tenait face à la porte, et il dit d'une voix sèche que traversait, comme un courant souterrain, une indéniable menace :

« Un tant soit peu en retard, mon garçon, n'est-ce pas ? Dans ma jeunesse, nous étions fins prêts pour recevoir nos invités. »

Geoffrey s'empourpra de colère. C'était bien le genre de son père de le traiter comme s'il était un collégien, devant une pièce pleine de monde. Il marmonna : « Je regrette », et s'approcha du plateau à cocktails. Sir Arthur lui dit d'un ton tranchant :

« Bon sang, monsieur, où avez-vous laissé vos bonnes manières ? Dites bonsoir à Mrs Twining. »

Geoffrey rougit plus encore : « Je ne vous avais pas vue, tante Julia. Comment allez-vous ? »

Mrs Twining tapota une chaise à côté d'elle : « Viens t'asseoir, Geoffrey. J'ai l'impression de ne pas t'avoir vu depuis longtemps. J'ai entendu dire que tu étais fiancé ? »

Quelque chose entre un grognement et un rire méprisant émis par le général fit tourner la tête bien coiffée de Julia : « Je vous demande pardon, Arthur ? fit-elle sans se démonter.

— On aura bien assez de temps pour parler mariage quand il aura fini de percer ses dents d'adulte », fit le général en s'éloignant vers Camilla.

« Le Révérend Chudleigh et Mrs Chudleigh », annonça Finch depuis la porte.

Le pasteur et son épouse firent leur entrée.

Le Révérend Hilary Chudleigh était un homme dans la soixantaine, au visage doux et austère, au dos toujours voûté. Il n'était le pasteur de la paroisse que depuis quatre ans. Les plus belles années de sa vie s'étaient écoulées à travailler dans les plus affreux taudis imaginables, et ce fut seulement lorsque sa santé craqua qu'il consentit enfin à accepter un poste à la campagne. Il n'était pas vraiment l'homme idéal pour une cure de campagne, car il désapprouvait la chasse au renard comme au faisan et n'appréciait nullement les relations mondaines. Le général disait de lui qu'il était « gnan-gnan avec une araignée au plafond ». Le pasteur, lui, disait tristement mais avec conviction que le général « vivait dans le péché ». N'eussent été les arguments de son épouse et les conseils de son évêque, homme plein de tact, Mr Chudleigh n'aurait jamais mis les pieds dans la demeure du général. Il n'admettait pas le divorce. Il était donc naturel que cela créât une atmosphère tendue lors des rares occasions où — devoir oblige — il rendait visite à La Grange. Il avait une fois essayé d'amener le général à se rendre compte de ses erreurs : le résultat en avait été désastreux et il avait fallu six mois pour combler la brèche. S'il n'avait tenu qu'à lui, le pasteur ne se serait plus jamais approché de Sir Arthur : mais cela ne tenait pas qu'à lui. Son évêque vint déjeuner un jour et fit preuve de plus de tact et de persuasion que jamais. Le Révérend Hilary, qui se faisait vieux et assez fatigué, vit que pour lui la situation était trop difficile à débrouiller. Apparemment, l'évêque admettait le divorce et le remariage, et il lui fit remarquer que Sir Arthur n'était pas seulement l'un des gros propriétaires les plus influents du district, mais également un membre du Conseil de paroisse. Il semblait qu'on ne pouvait frapper d'ostracisme des hommes riches qui occupaient les premiers rangs tous les dimanches, contribuaient aux fonds pour la restauration de l'église et jouaient un rôle déterminant lors des réunions paroissiales.

Si bien que le pasteur céda, la conscience troublée, et au moins trois fois par an, sa femme et lui dînaient à La Grange. C'était certes assez malheureux que l'un de ces dîners tombât le jour où Mlle de Silva se trouvait dans la maison. Le général était très ennuyé à la pensée que le Révérend Hilary (qui avait eu l'impertinence de le condamner pour immoralité) allait se trouver face à face avec l'abominable jeune femme que Geoffrey avait eu l'effronterie d'amener à La Grange. Lola donnerait à ce vieux du fil à retordre, et à Mrs Chudleigh de quoi potiner pendant des semaines.

L'épouse du pasteur était occupée à ce moment à serrer la main de Fay, et à lui expliquer qu'ils avaient craint d'arriver un peu en retard parce qu'ils étaient venus à pied depuis le presbytère par cette belle soirée. C'était une femme maigre d'une cinquantaine d'années, au teint hâlé et avec une chevelure poivre-et-sel qui avait pu être de quasi n'importe quelle couleur dans sa jeunesse. Les âmes bienveillantes disaient qu'elle avait dû être jolie jadis, mais elle n'était pas bien conservée et ne faisait plus rien à présent pour améliorer son apparence. Elle portait un pince-nez, méprisait la poudre de riz et les fers à friser, et avait un génie pour se procurer des robes qui étaient de l'avant-dernière mode. Sa mauvaise vue l'obligeait à vous regarder fixement, ce qui lui donnait un air indiscret, et sa voix qui, probablement, avait été dans son adolescence un soprano juvénile, était devenue avec l'âge simplement aiguë.

Tant elle que son époux refusèrent les cocktails, mais le pasteur accepta, en revanche, un verre de sherry, en faisant savoir à Dinah qu'il n'avait jamais appris à apprécier les apéritifs modernes. Son regard doux se tourna vers Camilla, qui causait avec Francis et donnait libre cours à son rire assez sot. Il cligna un peu des paupières, ce qui n'avait rien d'étonnant, car les paillettes roses de Camilla scintillaient sous les lumières ; inclinant légèrement la tête vers Dinah : « Je crains de n'avoir pas saisi le nom de cette dame, fit-il en s'excusant. Ma femme me dit que c'est un de mes défauts les plus agaçants, mais je suis un peu sourd, vous savez.

— Je crois que la plupart des gens marmonnent en faisant les présentations, répliqua Dinah. C'est Mrs Halliday.

— Ah, vraiment ? » Le pasteur regarda Camilla avec un intérêt renouvelé. « J'ai connu un Halliday autrefois. Un garçon délicieux. Nous étions au collège de Lincoln ensemble, mais sans doute n'était-ce pas un parent. »

Le son de la pendule du vestibule pénétra dans le salon. Le général consulta sa montre-bracelet comme pour vérifier si elle indiquait l'heure juste.

Dinah se faufila sans se faire remarquer vers Geoffrey, qui se tenait, maussade, derrière le fauteuil de Mrs Twining. « Si tu ne veux pas qu'Arthur commence à faire des bruits incongrus, va dire à ta bien-aimée de se dépêcher », dit-elle à mi-voix avec insistance.

Geoffrey, qui avait une plus vaste expérience de Lola, répondit simplement : « Elle est toujours en retard. »

Mrs Twining tourna la tête. Les yeux gris et sereins eurent une lueur amusée. « Naturellement, fit-elle tout bas, des bruits incongrus ! »

Dinah rougit : « Je ne comptais pas que vous m'entendriez, Mrs Twining. Mais Arthur fait ces bruits, vous savez.

— Il les a toujours faits. Geoffrey, mon cher, je pense vraiment qu'il serait sage de suivre le conseil de Dinah. Cette soirée me paraît déjà donner des signes d'usure.

— Cela ne servirait à rien, dit Geoffrey, elle n'aime pas qu'on la bouscule. »

Sa voix, brisant une accalmie momentanée dans le brouhaha des conversations, attira l'attention de Mrs Chudleigh. Elle s'avança immédiatement vers lui, les multiples chaînes dorées qu'elle portait autour de son cou cliquetant les unes contre les autres.

« Mais voilà Geoffrey ! s'exclama-t-elle, lui tendant la main. Figurez-vous que je ne vous avais pas vu. Il va vraiment falloir que je fasse vérifier mes lunettes. Et comment allez-vous ? Il me semble que nous ne nous sommes pas vus depuis un temps infini.

— Oui, j'étais en ville », répondit-il en lui serrant la main.

Mrs Chudleigh inclina la tête : « Vous devez être très occupé à écrire. J'ai lu une petite poésie de vous dans un magazine, il y a peu de temps. Naturellement, je ne l'ai pas comprise, mais je suis sûre que c'était très intelligent. Moi-même, je griffonnais des vers quand j'étais jeune — non qu'ils fussent jamais assez bons pour être imprimés. Nous les inscrivions dans les albums les unes des autres, mais je crois que c'est tout à fait passé de mode. »

Geoffrey, qui commettait, très sérieusement, des poèmes fugaces, sans rime ni — disaient les non-initiés — raison, frissonna visiblement et marmonna quelque chose d'une voix de gorge.

« Il faut me raconter tout ce qui vous concerne, poursuivit Mrs Chudleigh, qui le paralysait. J'imagine que vous devez rencontrer toutes sortes de gens intéressants à Londres, et que vous devez bien vous amuser avec tous vos amis écrivains. »

La voix du général l'interrompit :

« J'ignore combien de temps ta... fiancée a l'intention de nous faire attendre notre dîner, mais j'aimerais te préciser qu'il est à présent huit heures dix », dit-il, avec une emphase terrifiante.

Les yeux de Mrs Chudleigh brillèrent d'intérêt en l'entendant, et elle dit :

« Ma parole ! Alors vous êtes fiancé, Geoffrey ? Je n'en avais pas la moindre idée ! Et votre fiancée séjourne actuellement ici ? C'est donc un grand jour ? Une soirée de fiançailles !

— Rien de tel », dit Sir Arthur qui s'était trahi en révélant le statut de Lola, incapable qu'il était de se forcer à prononcer son nom exotique.

Le regard perçant de Mrs Chudleigh passa de Sir Arthur à Geoffrey ; elle flairait la discorde.

« Ma parole, déclara-t-elle, que voilà une grande surprise ! C'est tout à fait inattendu ! J'ai la plus grande hâte de la rencontrer, bien que je la plaigne beaucoup d'avoir à entrer dans une pièce pleine de gens qui la regarderont tous fixement. »

La porte s'ouvrit violemment. Il y eut juste un instant de pause, suffisant pour permettre à tout le monde de tourner la tête, et Mlle de Silva fit son entrée.

Il était facile de voir ce qui l'avait retardée. Ses boucles noires de jais qui, plus tôt, retombaient en anneaux jusqu'aux épaules, avaient toutes été frisées et frisottées en une masse rigide au-dessus de la nuque, comme pour auréoler son visage. Elle était fardée à la mode de Paris : un teint blanc avec des lèvres d'un rouge violent et des cils lourdement enduits de noir. Elle portait une robe de velours noir qui montait en pointe à la base de son cou et était retenue par un collier de diamants. Sa robe lui allait comme un gant ; elle était tout à fait simple, avec une longue traîne doublée d'écarlate ; le dos était nu jusqu'à la ligne nette de sa taille de guêpe. Une quantité de bracelets de diamants (ou, comme le soupçonnait Mrs Chudleigh, de verroterie) étincelaient sur chaque bras, et dans une main elle tenait un éventail en plumes de coq teintes en vermillon.

Elle était saisissante, magnifique et totalement incongrue, et son aspect priva son hôte de parole.

« Je suis en retard, ça c'est certain, annonça-t-elle, mais c'est pour la faute de Geoffrey, qui m'a amenée dans une petite auto qui ne portait pas mes bagages. Et je ne bois pas de cocktails avec du gin : ils sont pour moi tout à fait abominables. Ainsi pas de nécessité d'attendre encore le dîner, et je fais à personne aucun dérangement. »

Le pasteur se pencha vers l'oreille de Dinah et, sur un ton d'incrédulité, lui demanda dans ce chuchotement étrangement pénétrant de tous les sourds : « Je vous demande pardon, mais vous ai-je bien compris quand vous avez dit que c'était la fiancée de Geoffrey ?

— Oui », fit Dinah, prenant soin de détourner ses yeux de Mrs Chudleigh, dont la silhouette se raidissait. « Oui... en somme, oui... » Puis elle se permit, imprudemment, de regarder Sir Arthur, et sentit un rire incontrôlable monter en bulles dans sa gorge. Elle recula en hâte à l'arrière-plan.

Fay était en train de présenter Lola, d'un faux air enjoué, à la compagnie rassemblée. Mrs Twining lui dit de sa voix un peu traînante : « Ma chère, je suis sûre qu'il n'y a nul besoin de présenter Mlle de Silva, car assurément nous avons tous entendu parler d'elle et de ses danses.

— Cela est vrai, acquiesça Lola aimablement. Très fameuse je suis, pas seulement en Angleterre, mais partout. »

« Madame est servie », annonça Finch à la porte, jouant le rôle de la Providence.

Le général fit demi-tour et, toujours privé de parole, offrit son bras à Mrs Twining.

Derrière eux, en couples bien ordonnés, les autres invités entrèrent dans la salle à manger. Celle-ci était située à l'extrémité du hall et se trouvait à l'opposé de la porte principale du cabinet de travail. C'était une grande pièce assez austère, avec des meubles d'acajou et des tentures cramoisies. Quantité de peintures à l'huile, à l'aspect sombre, dans des cadres dorés fort massifs, pendaient aux murs. Ce fut à l'une d'elles, malheureusement placée dans sa ligne de vision, que Lola s'en prit. Elle représentait, avec une fidèle vraisemblance, un vaste assortiment de produits du jardin éparpillés fort malencontreusement autour d'une brassée de faisans et d'un lièvre mort. A peine Lola s'était-elle assise qu'elle aperçut ce chef-d'œuvre ; aussitôt elle poussa un cri indigné et se releva : « Ah ! mais c'est impossible pour moi rester assise devant cette peinture complètement dégoûtante ! Il y a un animal mort avec du sang, et je m'évanouis immédiatement si je dois regarder.

— C'est seulement un lièvre, ma chérie, dit Geoffrey, qui sentait qu'il lui revenait d'aplanir la situation.

— Mais naturellement je peux voir que c'est un lièvre, je ne suis pas aveugle. Et je dois te raconter que voir un lièvre, c'est malchanceux extrêmement. Déjà je suis toute retournée, mais je vois qu'il est impossible de bouger une peinture si grande. Le mieux ce sera de m'asseoir où je ne pourrai plus le regarder. »

Le général retrouva sa voix : « Ma parole ! éclata-t-il, vous imaginez-vous, jeune femme, que je vais déplacer mes tableaux pour faire plaisir à... »

Dinah bondit : « Ça va bien, se hâta-t-elle de dire. Changez de place avec moi, mademoiselle de Silva. »

Lola fit posément le tour de la table et s'assit entre Francis et le pasteur : « Ainsi, ça s'arrange tout seul », fit-elle.

Le pasteur, qui s'était retourné afin d'étudier le tableau offensant dans tous ses détails, s'adressa à Lola, la regardant avec plus d'intérêt et de gentillesse : « Vous n'aimez pas que l'on tue, mademoiselle de Silva ? Je suis sûr que nous devons tous sympathiser avec vous.

— Ça ne me fait rien si on les tue, mais je n'aime pas l'image d'un lièvre mort, avec le sang sur le nez, quand je vais manger mon dîner. »

Comme le pasteur était un végétarien et un pacifiste, cette remarque n'était pas des plus heureuses et il se rejeta en arrière, déçu et perturbé. Son épouse, qui prenait toujours fait et cause pour lui, le défendant contre le monde en exerçant une espèce de protection farouche, entra aussitôt dans le débat et dit, de l'autre côté de la table :

« Tout le monde ne tient pas pour folie de désapprouver l'effusion de sang, je puis vous en assurer, mademoiselle de Silva. Aujourd'hui, un grand nombre de personnes considèrent que c'est un péché que de verser le sang.

— Dans mon pays, répliqua Lola, entamant son potage, nous ne pensons pas ça.

— Lola est Mexicaine, vous savez, confia Geoffrey, assis à côté de Mrs Chudleigh.

— Mexicaine ! fit Mrs Chudleigh en écho. Oh la la ! Bien sûr, c'est une explication. Un pays si épouvantable ! On sent bien qu'il faudrait faire quelque chose, mais c'est qu'ils sont tous catholiques, n'est-ce pas ? Vous avez dit, je crois, que Mlle de Silva était danseuse. Sur scène, naturellement ?

Ma foi, j'ai toujours affirmé qu'il faut de tout pour faire un monde, et j'espère être assez large d'esprit... Je vois que Mr Guest est à nouveau ici. C'est un hôte vraiment fréquent, n'est-ce pas ? »

Fay, en entendant cette remarque, rosit légèrement et perdit le fil de la conversation laborieuse du pasteur. Plus loin, Lola racontait ses triomphes à Francis, tandis que Camilla Halliday, assise à sa gauche, cherchait obstinément à capter l'attention du jeune homme. Le général s'adressait uniquement à Mrs Twining et à Mrs Chudleigh, mais jetait de temps à autre un regard furibard en direction de Lola. Stephen Guest ne disait rien de particulier ; Geoffrey écoutait en silence, avec adoration, ce que Lola racontait à son cousin, et Dinah poursuivait une conversation futile avec Basil Halliday.

Ce n'était pas un dîner décontracté, et à certains moments, il menaça de devenir tout à fait cataclysmique, par exemple lorsque Lola sortit une minuscule cigarette russe entre l'entrée et le gibier, et pria Francis de la lui allumer. Le général foudroya sa femme du regard, et comme elle se sentait impuissante à intervenir, il commença à dire de sa voix la plus déplaisante : « Auriez-vous la bonté de vous abstenir...

— Une habitude étrangère, mon cher Arthur », coupa Mrs Twining, qui sortit son propre étui à cigarettes de son sac. Sous le regard stupéfait de son hôte elle en tira une cigarette et la plaça entre ses lèvres. « Une allumette, je vous prie, dit-elle avec calme.

— Que diable vous arrive-t-il, Julia ? demanda Sir Arthur. Depuis quand avez-vous pris cette dégoûtante habitude ? »

Elle leva les sourcils :

« Vous devriez savoir, depuis le temps, que je suis éminemment adaptable, fit-elle. Ah, merci, Mr Guest. Vous êtes très aimable. »

Mrs Chudleigh émit un rire aigu.

« Je dois dire que je ne m'attendais pas à vous voir fumer à table, Julia, observa-t-elle. Plus on vit, plus on apprend. Je me demande ce que Hilary me dirait si j'allumais soudain une cigarette au milieu du dîner.

— Oh, tout le monde le fait de nos jours, lui assura Geoffrey. Je le fais moi-même, vous savez.

— Dans cette maison, déclara son père, tu ne feras rien de tel, c'est moi qui te le dis.

— Je suis sûre que ce ne doit pas être bon pour vous, déclara Mrs Chudleigh avec conviction. Je dis toujours que le tabac est la malédiction de la génération moderne. Cela touche toutes les classes. Vous le croirez à peine, mais j'ai découvert un jour que ma bonne à tout faire fumait dans sa chambre à coucher. Je la soupçonnais, et j'ai réussi à la prendre sur le fait ! »

Ce souvenir fut reçu par Geoffrey dans un silence morne mais incita Camilla — qui se sentait froissée de n'avoir pu détourner Francis de Lola — à déclarer d'un ton badin :

« Pauvre créature ! Pourquoi ne fumerait-elle pas ? Vivez et laissez vivre les autres, voilà ma devise !

— En vérité ! fit Mrs Chudleigh, ses yeux clignotant dangereusement. Bien sûr, à chacun ses idées. Personnellement, je me considère toujours comme directement responsable de la moralité de toute servante sous mon toit.

— La moralité ? répéta Camilla. A vous entendre, on croirait qu'elle était enceinte ou que sais-je. »

Mrs Chudleigh devint tout à fait écarlate et se dressa sur sa chaise.

« Vraiment, si vous voulez bien m'en excuser, je crois qu'il est temps que nous cessions cette conversation, Mrs... euh... Halliday. Sans doute suis-je démodée, mais il existe certains sujets qui, d'après l'éducation que *moi*, j'ai reçue, ne conviennent point aux propos de table. »

Comme elle avait articulé ce discours avec une grande précision, il tomba tout naturellement dans les oreilles de quasiment chacune des personnes présentes. Il y eut un moment de silence gêné. La voix de Lola le rompit :

« Et moi je dois vous dire que quand j'ai dansé à Rio, j'ai eu un succès tout à fait énorme, et un homme s'est tué devant mon hôtel, ce qui est un très distingué compliment ; et aussi, ajouta-t-elle, très terre à terre, très bonne publicité à Rio.

— Comme c'est romantique ! murmura Fay d'une voix tremblante. Prenez donc une amande salée, Mr Chudleigh. »

Le pasteur regardait Lola avec un amusement scandalisé.

« Ma chère mademoiselle de Silva, vous parlez bien calmement de cette terrible tragédie ! Vous avez sûrement été atterrée d'apprendre que cet homme infortuné avait commis le terrible péché de mettre fin à ses jours pour... pourrait-on dire... pour l'amour de vous !

— Oui, c'est vrai, il m'a fait pitié, acquiesça-t-elle, mais ma photo a été alors dans tous les journaux, et il faut bien penser à ça.

— Parlant de journaux, intervint Stephen Guest, arrivant loyalement à son secours, j'ai lu une chose bizarre l'autre jour... »

D'un seul accord, ceux qui se trouvaient au bout de la table se tournèrent vers lui avec gratitude, accueillant sa réminiscence imaginaire avec un enthousiasme débordant.

Le général, furieux, dit à mi-voix à Mrs Twining :

« Vous voyez ! C'est intolérable ! Dans ma demeure ! Ce jeune freluquet a eu la maudite effronterie d'amener cette femme ici. Non invitée par moi, ne l'oubliez pas ! Eh bien, j'ose dire que c'est la dernière fois que mon admirable fils se couvre de ridicule sous mon toit ! Je ne doute pas que vous ayez beaucoup à dire à son sujet. Vous aimez prendre son parti, n'est-ce pas ? Mais je ne veux rien entendre ! Comprenez-vous ? Je ne veux rien entendre !

— Parfaitement, fit Mrs Twining. Je vous ai toujours compris, Arthur, et vous n'avez pas changé le moins du monde. »

Le visage déjà fort empourpré du général s'assombrit. Il ouvrit la bouche pour rétorquer, mais s'aperçut que Mrs Chudleigh écoutait avidement ses confidences. Par un effort de volonté surhumain, il transforma ce qu'il était sur le point de dire en une toux rauque.

Ce long dîner paraissait interminable, mais il s'acheva enfin. Fay se leva, et les dames sortirent en procession. « Le pire doit être passé », pensa Dinah, qui sortait la dernière. Néanmoins, lorsqu'elles arrivèrent au salon, elle s'approcha d'une des fenêtres ouvertes et écarta les rideaux en disant : « La nuit est magnifique. Venez donc sur la terrasse, mademoiselle de Silva. » Tandis que Lola suivait Miss Fawcett au-dehors, Mrs Twining déclara : « Dinah mérite un *bon* mari et j'espère bien qu'elle va en trouver un !

— Quelle horrible récompense ! s'exclama Camilla, occupée à se poudrer le visage. Je ne savais pas que ça existait ! »

Mrs Chudleigh, qui ne lui avait pas pardonné sa conduite pendant le dîner, dit sur un ton faussement enjoué :

« Que voilà une remarque bien cynique ! Je suis sûre que vous n'en pensez pas un mot. Je puis dire fièrement que j'ai un mari, *moi*, qui est *mieux* que bon.

— Vous avez de la chance, Emmy », dit Mrs Twining sèchement. Elle s'approcha du canapé et s'assit, drapant sa longue jupe d'une main experte. « Vraiment, Fay, je vous plains, mais vous pouvez vous consoler en vous disant qu'après tout, Geoffrey n'est pas votre fils. Pour une fois je plains presque Arthur. Quelle jeune femme déconcertante...

— Quelle horreur ! s'exclama Mrs Chudleigh, dont les yeux brillaient derrière ses lunettes, quand on pense à ce pauvre garçon dans les griffes d'une femme pareille ! Il faut me pardonner, Lady Billington-Smith, mais je me tourmente *très fort* à ce sujet, et je compte bien qu'on va faire ce qu'on peut pour le sauver de cette emprise désastreuse ! Dans ma position d'épouse de pasteur, je sens vraiment que j'ai quelque droit de parler. Et mon époux et moi, nous avons toujours eu beaucoup d'affection pour Geoffrey. Je suis sûre que nous serions tous les deux tout à fait désolés qu'il ruinât sa vie de cette façon.

— Je ne crois pas que vous ayez besoin de vous tourmenter, dit Mrs Twining. Ma longue expérience d'Arthur m'induit à penser qu'il va placer tous les obstacles possibles sur la route de ce mariage !

— Ma foi, je dois dire que j'espère qu'il pourra l'empêcher, répondit Mrs Chudleigh. Mais on ne peut se retenir de sentir qu'il y faut du *tact*. Je suis certaine que Hilary serait trop heureux d'avoir un petit entretien avec Geoffrey.

— Vous êtes très aimable, mais il me semble qu'il vaudrait bien mieux laisser cette affaire mourir de mort naturelle », répliqua Fay avec une calme dignité.

Mrs Chudleigh sourit du bout des lèvres : « Ah, c'est que vous êtes jeune, Lady Billington-Smith, naturellement optimiste. J'ai peur d'avoir trop vécu dans ce monde pour partager votre optimisme. D'après ce que j'ai vu de cette femme, elle exerce une fascination fatale sur les hommes. Naturellement, si vous admirez ce genre de beauté provocante, j'imagine que vous pourriez la dire jolie. Personnellement, je ne fais jamais confiance aux gens qui ont les yeux marron, et je ne serais nullement surprise d'apprendre qu'elle n'est pas quelqu'un de convenable. Et vous avez entendu de vos oreilles ce qu'elle avait à dire à propos de ce malheureux qui s'était suicidé. Je n'ai jamais été aussi choquée de ma vie...

— J'espère, Emmy, que vous n'insinuez pas que Geoffrey pourrait suivre cet exemple ? s'enquit Mrs Twining, qui regardait ses bagues avec nonchalance.

— Si je puis me permettre de le dire, je ne pense pas qu'il en aurait le cran », fit Camilla, d'un air détaché.

La maigre poitrine de Mrs Chudleigh enfla :

« Si par cette expression — que j'avoue avoir cru, jusqu'à ce jour, réservée à l'usage des écoliers — vous entendez qu'il n'en aurait pas le *courage*, je crains que vous ne révéliez votre ignorance de la nature humaine, Mrs Halliday. Ce n'est pas que je prétende un seul instant que Geoffrey envisagerait de commettre un acte aussi atroce, mais...

— Est-ce que nous ne prenons pas tout ceci un peu trop au sérieux ? lança Mrs Twining. Pour ma part, je ne suis pas portée à supposer que les attachements de Mlle de Silva soient de nature très permanente. J'aimerais que vous me disiez, Fay, ce que vous faites à vos roses pour les rendre plus parfaites que les miennes.

— Ce n'est pas moi, lui répondit Fay en s'asseyant à côté d'elle. C'est Arthur qui s'occupe du jardin, vous savez. Il en est féru.

— Ah, bien sûr, fit Mrs Twining, suivant des yeux Camilla qui sortait sur la terrasse. Ma chère, permettrez-vous à une très vieille amie de votre mari de vous suggérer que si vous pouviez l'amener à prendre cette affaire avec calme, cela pourrait donner un excellent résultat.

— Je sais, dit Fay, l'air malheureux. Je... je vais essayer. Seulement... vous savez, ce n'est pas toujours... facile de... manœuvrer Arthur quand il est exaspéré. » Elle rougit légèrement et se tourna avec soulagement en voyant Dinah entrer par la porte-fenêtre. « Oh, ma chérie, te voilà ! Es-tu arrivée à lui faire comprendre quelque chose ?

— Ce n'est pas possible, répondit Dinah avec désespoir. Il va falloir nous y faire. Elle va être le boute-en-train de notre week-end.

— Ciel, c'est épouvantable. Qu'est-ce que je vais pouvoir faire ? demanda Fay, désemparée.

— Tu ne peux rien faire ! Je l'ai prévenue qu'il y aurait un bridge, mais elle dit que nous ferions mieux de danser au son de la radio. » Dinah fit une pause, puis lança sa bombe finale : « Et elle pense que Francis a l'air de savoir danser le tango, et elle va faire une démonstration de tango avec lui, dont nous serons tous les spectateurs. »

CHAPITRE IV

Miss Fawcett, réveillée de bonne heure le lundi matin, caressa un moment l'idée de prendre son petit déjeuner au lit. Mais le meilleur côté de sa nature l'emporta, et elle se leva à temps pour le breakfast, à huit heures et demie, comptant ainsi délibérément obtenir un tête-à-tête avec le général, toujours lève-tôt.

Cet acte d'héroïsme fut le produit des événements du week-end. Quelqu'un, pensait-elle sombrement, devait essayer d'amadouer le général avant qu'il ne jette réellement son fils à la porte. Ses pronostics du samedi n'avaient pas été faux. Mlle de Silva avait vraiment été le boute-en-train de la réunion, allant jusqu'à offrir de donner un spectacle de danse pour l'édification de la compagnie assemblée. Seuls les principes rigides du général sur le comportement d'un chrétien l'avaient empêché de renier son fils aux premières heures du dimanche matin. Mais en dépit du fait que les principes de Sir Arthur lui interdisaient toute querelle pendant le Sabbat, la journée du dimanche n'avait pas été réussie !

Pourtant, tous les efforts avaient été déployés

pour faire plaisir au général. A l'exception de Lola, qui, apprit-on, ne se levait jamais avant onze heures, tout le groupe se rendit dévotement à l'église. Quant à Francis, qui avait aimablement annoncé que le lamentable manque de tact de Geoffrey dérangeait ses projets, il échafauda des plans compliqués pour le reste de la journée. Il se débarrassa de Geoffrey et de Lola en les expédiant à Clayton-on-Sea, fournit à son oncle toutes les occasions de flirter avec Camilla Halliday et acheva la journée en invitant le général (à ce moment devenu presque doux) à relater quelques-unes de ses expériences en Inde. Lorsque Lola et Geoffrey revinrent de Clayton-on-Sea, l'atmosphère était chargée de *shikaris, choukkas,* Pathans, Sikhs, *sahibs,* bazars, marabouts et *jinrikshaws,* et le général en était au beau milieu d'une anecdote où figuraient un tirailleur, un rajah de second ordre, et un poney de Kaboul.

Mais dès la réapparition de Mlle de Silva, l'amabilité du général décrut. Il était clair que Geoffrey s'était efforcé de convaincre Lola de la nécessité d'amadouer son père, car elle intervint dans la narration du général juste au moment où le *saïs* était en train de lessiver les jambes du poney avant l'arrivée du premier *choukka,* et annonça sa ferme intention de s'entretenir avec le papa de Geoffrey. Le général était un parleur impénitent, mais il n'arrivait pas à la hauteur de Mlle de Silva, dont les vingt-trois années passées en ce bas monde lui avaient fourni une réserve de réminiscences égocentriques plus importante que celle acquise par Sir Arthur au cours de ses soixante étés. Les grands-ducs russes, comtes polonais, anarchistes espagnols et bandits mexicains prirent la place des Pathans,

Sikhs et Gurkas, et la scène se transporta avec une rapidité étourdissante de Rio de Janeiro à New York, Paris, Londres et Monte-Carlo, cette saga étant reliée par un sujet essentiel : le succès stupéfiant remporté par Mlle de Silva dans ces diverses cités.

A l'heure du souper, le général était dans un état d'émotions refoulées qui paraissait le mettre en danger d'exploser d'un moment à l'autre. Le spectacle de son fils, l'œil fixé sur Mlle de Silva avec une expression d'admiration éperdue dénuée de toute critique, fut pour le général la goutte d'eau qui fait déborder le vase. La sainteté du dimanche lui interdisait tout éclat immédiat : toutefois, comme le groupe des hôtes, dans divers états d'épuisement, s'apprêtait mollement à aller souper, il informa Geoffrey qu'il avait une ou deux choses à lui dire, et qu'il l'attendrait dans son bureau le lendemain matin à neuf heures et demie, sans faute.

Voilà pourquoi Miss Fawcett s'était levée de bon matin le lundi.

Sur le chemin de la salle de bains elle passa devant la chambre de Fay et le bruit d'une voix militaire qui s'élevait en un furieux monologue l'incita, sitôt habillée, à rendre visite à sa sœur, avant de descendre pour le petit déjeuner. Elle trouva Fay pleurant hystériquement au-dessus des brosses de sa coiffeuse, la remit au lit et lui fit avaler de l'aspirine. Pour autant qu'elle pût saisir, d'après l'explication étranglée et incohérente de Fay, celle-ci avait tenté de persuader le général de ne pas prendre les fiançailles de son fils trop au sérieux. En conséquence (mais le récit se perdait dans un labyrinthe de sanglots, de « j'ai dit » et « il a dit »), non seulement

Sir Arthur avait traité son épouse d'imbécile débile et touche-à-tout, mais l'avait rendue responsable de tous les ennuis qui les avaient accablés depuis cinq ans, et avait déclaré son intention de déshériter totalement Geoffrey immédiatement après le petit déjeuner.

Miss Fawcett recommanda à sa sœur de se reprendre en mains, promit de lui faire monter un plateau dans sa chambre et descendit pour avoir une explication avec le général.

Elle le découvrit qui prenait un petit déjeuner solitaire et ne perdit pas de temps en passe d'armes préliminaires.

« Écoutez un peu, Arthur, dit-elle d'un ton ferme, vous avez bouleversé Fay. C'est une goujaterie et vous le savez. »

Le général abaissa sur elle son célèbre regard fixe — qui avait naguère obligé plus d'un aide-de-camp à trembler des pieds à la tête — et dit d'un ton menaçant :

« Auriez-vous-la-bonté-de-vous-mêler-de-ce-qui-vous-regarde ?

— Non ! rétorqua Dinah. Vous avez fait du chahut depuis le moment où je suis entrée dans cette maison, et maintenant, c'est mon tour. Si vous voulez brutaliser quelqu'un, essayez avec moi ! Ce n'est pas de la faute de Fay si Geoffrey s'est fiancé à Lola, et il est injuste de vous venger sur elle simplement parce que vous vous sentez ulcéré. Je vois très bien que c'est très agaçant pour vous d'avoir à supporter Lola, mais, bon Dieu, Arthur, vous n'imaginez pas que ça va durer ?

— Suffit ! tonna le général. Pardieu, n'ai-je pas à supporter assez de gémissements et de plaintes de votre idiote de sœur, sans que s'y ajoute votre impertinence ?

— Non, vous n'en avez pas assez entendu », rétorqua Miss Fawcett. Elle se mit à table et s'efforça résolument de parler sans rancœur : « Essayez vraiment d'avoir du bon sens, Arthur. Vous aurez l'air tout à fait bête si vous jetez Geoffrey à la porte. Et vous le connaissez. Il est parfaitement capable de commettre une folie s'il se met dans tous ses états. »

Sir Arthur tapa du poing sur la table avec tant de violence que toute la vaisselle en trembla.

« Il peut aller au diable comme il lui plaira ! aboya-t-il. Comme fils, il est réussi ! Qu'a-t-il fait à Eton ? Il a pantouflé. Zéro pour le sport, zéro pour les études ! Fragile ? Pouah ! Qu'est-ce qu'il a fichu à Oxford ? S'est compromis dans une histoire avec une vendeuse de bureau de tabac, voilà ce qu'il a fichu à Oxford, et j'ai été un bougre d'imbécile de payer pour m'en débarrasser. Qu'est-ce qu'il fabrique à présent ? Il perd son temps avec une bande de crétins à cheveux longs et déshonore mon nom ! Voilà tout ce qu'il fait, et je vais y mettre fin !

— On doit vous entendre dans toute la maison, remarqua Dinah d'une voix calme. Le fait de mettre Geoffrey à la porte avec un shilling en poche ne l'empêchera pas de déshonorer votre nom ; cela le pousserait au contraire à faire pire encore. Mais je ne m'intéresse pas particulièrement à ses affaires ni, d'ailleurs, à celles des autres, à l'exception de Fay. Peut-être ne vous en rendez-vous pas compte, mais vous êtes en train de la pousser à toute vitesse vers une dépression nerveuse.

— Les nerfs ! articula Sir Arthur avec un éclat de rire méprisant. Vous autres, femmes modernes, vous ne pensez qu'à cela... les nerfs ! Bon sang, ça m'exaspère !

— Fort bien, riposta Dinah, l'œil pétillant. Voyons les choses clairement puisque vous y tenez. Si vous continuez à faire mener une vie infernale à Fay, vous allez vous retrouver lâché par une autre épouse ! »

La face du général vira au pourpre, ses yeux sortirent de leurs orbites, les mots se bousculèrent dans sa gorge.

« En attendant, ajouta Dinah, prenant son couteau et sa fourchette, j'ai fait chercher le médecin pour qu'il lui prescrive un fortifiant. »

Tout ce que le général avait l'intention de dire en guise de réponse fut stoppé net par l'entrée de Francis et de Stephen Guest. Ils furent suivis quelques instants plus tard par les Halliday, qui eux aussi trahissaient des signes de méchante humeur. Basil Halliday paraissait tendu et ne cessait de lorgner sa femme avec un mélange de colère et de supplication dans ses yeux aux profondes orbites ; Camilla était légèrement empourprée ; elle parlait et riait d'un air décidé, comme si, pensa Dinah, elle lançait un défi.

Il avait été décidé que, puisque le seul train du matin direct pour Londres quittait la gare de Ralton (à dix kilomètres de distance) à neuf heures cinquante, les Halliday allaient remettre leur départ jusqu'après le déjeuner. Camilla rappela à Sir Arthur qu'il lui avait promis de l'emmener à la loge du garde-chasse pour voir une portée de chiots. Elle disait qu'elle mourait d'envie de les voir, et bouda coquettement lorsqu'il lui apprit qu'il devait d'abord se rendre à Ralton pour affaires.

La bouderie et le regard qui l'accompagna incitèrent Sir Arthur à s'amadouer un rien. Il contempla la charmeuse d'un œil d'épicurien, mais il eût fallu plus que les artifices de Camilla pour déranger la routine qui gouvernait son existence. Tout en lui assurant qu'il l'emmènerait voir les chiots avant qu'elle parte, il expliqua que, comme il s'agissait du premier jour du mois, il devait vérifier ses comptes et tirer un chèque pour payer les gages et les factures de la maison avant de pouvoir faire autre chose.

« La méthode, ma chère Camilla ! Je me targue d'être méthodique. L'armée vous enseigne à s'imposer certaines règles et à s'y tenir. Je paie tout mon personnel, y compris les extras, aussi régulièrement qu'une pendule, directement après déjeuner, le premier du mois. Mon épouse est tenue de préparer ses livres de comptes prêts pour l'inspection dès neuf heures du matin. Alors, mon total calculé, je me rends à la banque, tire la somme dont j'ai besoin, et à l'heure du thé, mes affaires sont achevées. Pas de tergiversations, pas de salaires payés n'importe quand. Non. Je fixe un jour de paie régulier et je m'y tiens, et ainsi, Camilla, je sais jusqu'au dernier shilling ce qui se dépense dans la maison. C'est la seule façon de procéder. »

Camilla trouva que c'était une façon d'agir lamentable, mais elle répondit gaiement : « Je trouve que c'est une très bonne idée ! Je sais combien je suis nulle en affaires moi-même, et je voudrais bien que vous puissiez m'enseigner un peu de votre méthode, Sir Arthur. »

Il se leva, lui accordant un sourire indulgent : « Oh, nous ne nous attendons pas à ce que le beau sexe s'y connaisse en affaires. Jamais encore rencontré une femme qui eût la moindre idée de ce qu'était la méthode et, bon Dieu, j'espère bien ne jamais en trouver ! Allons, quelle heure est-il ? Neuf heures. Très bien, je partirai pour Ralton à dix heures et serai de retour à onze, et vous et moi irons voir les chiots. Qu'en dites-vous ?

— Vous êtes trop exquis ! Je serai fin prête à l'heure précise, rien que pour vous montrer combien je puis être méthodique », déclara Camilla.

Francis se leva :

« Je serai parti avant votre retour de Ralton, mon oncle, dit-il. Avez-vous une seconde à me consacrer ? J'aimerais vous dire un mot avant de partir, si vous le permettez ? »

Sir Arthur le regarda d'un air assez sombre : « Hum ! Si tu crois que cela en vaut la peine, je puis t'accorder cinq minutes. Pas une de plus ! »

Ils quittèrent la pièce ensemble. Stephen Guest se pencha vers Dinah : « Est-ce que Fay prend son petit déjeuner au lit ? lui demanda-t-il à voix basse.

— Oui, fit-elle de son ton neutre. Elle ne se sent pas trop en forme. Elle dort mal, vous savez. »

Basil Halliday leva les yeux de son assiette : « Je suis navré. Souffrir d'insomnie, je sais ce que c'est. Il vaudrait bien mieux partir par le train de neuf heures cinquante, Camilla. Nous pouvons l'attraper facilement. Lady Billington-Smith ne doit pas avoir grande envie de nous voir traîner ici toute la matinée.

— Oh, mais c'est tout à fait impossible ! rétorqua Camilla promptement. Bien sûr, je plains Fay terriblement, mais suppliez-la, Miss Fawcett, de ne pas se mettre en peine pour nous le moins du monde.

— Camilla, je préfère prendre le train de neuf

heures cinquante », répéta Halliday. Les doigts de sa main droite frémissaient nerveusement.

Camilla n'y prêta pas la moindre attention, mais Dinah, qui voyait une veine battre sur la tempe de Halliday, s'interposa :

« Personne n'a besoin de se dépêcher de partir à cause de Fay. Elle ne va pas tarder à descendre. Stephen, prenez-vous le train du matin ?

— Non, fit-il après un moment de réflexion. Je crois que je vais attendre l'après-midi. »

Dinah se leva : « Eh bien, je vais aller voir si Fay a besoin de quelque chose », dit-elle, et elle sortit.

Stephen la suivit et l'arrêta au moment où elle allait gravir l'escalier : « Un instant, Dinah ! »

Elle lui lança un regard pénétrant et vit que son visage était encore plus sombre qu'à l'accoutumée.

« Qu'est-ce qu'il y a ? »

Il se posta au pied de l'escalier et posa une main sur la rampe : « Fay est bouleversée ? demanda-t-il d'un ton abrupt.

— Elle va bien. Au nom du Ciel, ne commencez pas à dramatiser. Pourquoi diable ne prenez-vous pas le train que vous comptiez prendre ?

— Je veux voir Fay avant de partir. »

Dinah soupira : « Je suppose que vous avez entendu Arthur manifester sa présence avant le petit déjeuner.

— Oui, je l'ai entendu, répliqua Guest d'une voix égale, aussi je ne partirai pas avant d'avoir vu Fay.

— C'est bon. Pas besoin d'emphase. Mais il est inutile de croire que vous obtiendrez qu'elle se sauve avec vous, Stephen, parce qu'elle ne le fera pas. Je connais Fay, et c'est exactement le genre de personne qui aimerait mieux être une martyre que provoquer un scandale. »

Il la regarda un moment :

« Peut-être avez-vous raison. »

Il se tourna, puis fit une pause dans le vestibule pour ramasser un journal.

Dinah trouva sa sœur assez calme, mais très pâle et les yeux gonflés. Elle parlait à Mrs Moxon, la cuisinière, lorsque Dinah entra, et elle eut un sursaut nerveux en entendant la porte s'ouvrir. Puisque la femme de ménage était en train de balayer le palier lorsque le général et Madame avaient de nouveau « eu des mots », tout le personnel de maison était maintenant au courant. Il émanait de Mrs Moxon une sombre sympathie. Elle dit : « Laissez-moi faire, Madame. Et puis j'avais bien l'intention de vous parler de cette Janet. Mais on va laisser ça pour une autre fois. »

Elle partit bientôt, pleine de bonnes intentions concernant les restes du gigot, et descendit au sous-sol répandre la nouvelle que Madame avait tellement l'air d'une morte que cela vous fendait le cœur rien qu'à la regarder. Elle poursuivit en exprimant le désir de faire connaître au Haut-et-Tout-puissant-Seigneur ce qu'elle pensait de lui. « Qu'il vienne seulement pointer le bout de son méchant nez dans ma cuisine, et on verra, Mr Finch ! » conclut-elle d'un air prophétique.

Là-haut, Fay adressa un pâle sourire à sa sœur :

« Désolée, dit-elle, de faire un tel foin. Je crois que je ne vais pas très bien. Je dois avoir besoin d'un autre remontant ou de je ne sais quoi.

— Oui, c'est ce que j'ai dit à Arthur. J'ai l'intention de téléphoner à ton médecin si tu me dis comment il s'appelle.

— C'est le docteur Raymond, mais je me demande si...

— Eh bien, c'est lui que nous ferons venir. Je vais bousculer Arthur. A propos d'Arthur, il est absolument déterminé à mettre Geoffrey à la porte. C'est le genre d'homme à se couper le nez pour s'enlaidir et démontrer ensuite que cela fait beaucoup mieux. »

Fay se souleva d'un coude : « Dinah ? Je me fais une bile terrible pour Geoffrey. Cela n'est pas grave pour toi — tu n'es pas sa belle-mère ; mais moi, je sens qu'il est de mon devoir de servir d'intermédiaire entre lui et Arthur. Et si Arthur le jette à la rue, j'aurai l'air d'avoir manœuvré contre Geoffrey !

— Ne confonds pas les problèmes. Laisse Arthur le chasser, il le rappellera en grande vitesse.

— C'est justement ce qu'il ne fera pas ! affirma Fay, catégorique. Tu crois qu'Arthur est quelqu'un de risible ? C'est faux ! Il est épouvantable. Il est dur jusqu'au tréfonds, dur comme la pierre, Dinah ! Il aime à blesser les gens, à les rudoyer et faire de leur vie un vrai calvaire. Et s'il dit une seule fois qu'il ne veut plus de Geoffrey dans sa maison, ce sera définitif. Je te le dis ; je sais de quoi je parle. N'as-tu jamais entendu Arthur déclarer que lorsqu'il décide quelque chose, c'est sérieux et une fois pour toutes ? C'est la vérité. C'est absolu. Il croit que cela montre sa force et sa volonté de fer. Il ferait n'importe quoi plutôt que de revenir sur ce qu'il a dit une fois pour toutes.

— Du calme ! recommanda Dinah. Reste tranquille. Veux-tu que je suggère en douce à la petite

Halliday de mettre du baume sur ses blessures ? Cette idée me dégoûte plutôt, mais elle m'a l'air de savoir s'y prendre avec lui. »

Le visage de Fay trahit son déplaisir.

« Je préférerais que tu ne le fasses pas. Je veux dire... non... Je n'aurais pas confiance en une personne de ce genre. Je ferais bien de me lever. Stephen n'est pas parti, n'est-ce pas ?

— Non ! fit Dinah sèchement. Je le regrette bien ! »

Comme elle descendait l'escalier cinq minutes plus tard, elle croisa Finch. Il l'informa que Mrs Twining était au téléphone et désirait parler à Lady Billington-Smith ou à Miss Fawcett. Le seul appareil supplémentaire admis par le général se trouvait dans son cabinet de travail, si bien que toute personne désirant téléphoner devait le faire dans le hall — le lieu le plus public qu'il fût possible de choisir. Dinah prit l'écouteur :

« Allô ! Dinah Fawcett à l'appareil.

— Bonjour, ma chérie, fit la voix sereine de Mrs Twining. Je suis tout bonnement curieuse de savoir comment vous vous êtes tirés de ce week-end.

— Ma foi, tout était plutôt sinistre.

— C'est bien ce que je craignais. Arthur avait une expression si peu pieuse à l'église ! A-t-il déjà désavoué le pauvre Geoffrey ?

— Je crois qu'il est en train de le faire en ce moment », répondit Dinah, jetant un regard à la porte, au bout du long vestibule, derrière laquelle on entendait une voix forte qui tonnait et rugissait.

Il y eut une légère pause.

« Je vois, fit Mrs Twining, songeuse. Je crois que je vais venir bavarder un peu avec Arthur.

— Vous pensez pouvoir agir sur lui ? demanda Dinah, pleine d'espoir. Fay, indubitablement, en est incapable.

— Je n'en ai pas la moindre idée. Je crois pourtant que j'ai un peu... très peu d'influence sur lui. Dites à Fay que je passerai à l'heure du déjeuner. Au revoir, ma chérie. »

Dinah posa l'écouteur au moment où Finch entrait dans le vestibule par la porte qui menait à l'office : « Mrs Twining viendra déjeuner, lui dit-elle. Peut-être ferais-je bien de m'occuper des fleurs à la place de Lady Billington-Smith. Quelle heure est-il, Finch ? »

Le maître d'hôtel recula pour voir la grande pendule.

« C'est juste moins le quart, mademoiselle. Pour être exact, je dirais qu'il est dix heures moins seize minutes, puisqu'il me semble que nous avançons légèrement.

— C'est vrai, murmura Dinah. Savez-vous si le capitaine Billington-Smith est parti ?

— Non, mademoiselle, le capitaine est resté avec Sir Arthur jusqu'à neuf heures vingt et il me semble qu'il est monté dans sa chambre. »

Ah bon, je suppose que je devrais l'attendre pour lui dire au revoir, songea Dinah, qui entra sans hâte dans le petit salon, pièce assez lugubre, derrière le cabinet de travail, que l'on occupait principalement le matin et dont les fenêtres donnaient incongrûment à l'ouest. Elle s'assit pour feuilleter un magazine, et venait de passer de « Éclat dramatique aux Assises » à « Jeune héros sauve la vie d'un chaton » puis à « Quatre personnes tuées dans un accident d'avion », lorsqu'une porte claqua violemment et des pas pressés passèrent devant la pièce où elle se trouvait et montèrent les marches de l'escalier quatre à quatre.

Geoffrey ! songea Miss Fawcett. Qu'est-ce qu'une célibataire zélée doit faire maintenant ? Rien ! (Réponse estimée incorrecte !)

La grande pendule commença à souffler de façon alarmante et frappa bientôt dix coups, à la manière crispée particulière à tous ces modèles authentiques. Simultanément, le général se fit entendre, demandant d'une voix de stentor pourquoi diable cet énergumène de Peacock n'avait pas encore fait avancer l'automobile. « Quand je dis dix heures, je veux dire dix heures, et plus tôt vous le comprendrez tous, mieux cela vaudra pour vous », grinçait-il.

Dinah ne saisit pas la réponse calme du maître d'hôtel, mais Peacock arriva apparemment avec la voiture du général une demi-minute plus tard environ, car les échos d'une harangue sur la ponctualité, énoncée sur le perron, frappèrent les oreilles de la jeune fille. Elle se dit que vivre en permanence avec cette voix tonnante, harcelante, pouvait bien, c'était sûr, user des nerfs moins délicats que ceux de sa sœur.

Le laïus s'acheva enfin, pour céder la place à une série prodigieuse d'explosions venant de l'auto et un grincement de vitesses trop vite changées. Miss Fawcett émergea à temps pour entendre Peacock, toujours debout sur le perron, dire à Finch d'un air renfrogné : « Bonne place ou pas, je vais lui donner mes huit jours quand il m'aura payé. C'est comme ça et pas autrement ! »

Peu après dix heures, Francis descendit l'escalier

sans se hâter. Ce n'était jamais facile de lire les pensées cachées derrière ses yeux et Dinah, qui l'observait maintenant sans se gêner, fut incapable de décider si sa mission auprès de Sir Arthur avait réussi ou non. Un sourire qui n'avait rien d'agréable recourbait ses lèvres étroites, et lorsqu'il aperçut Dinah, il laissa tomber à sa façon habituelle, langoureuse et cynique : « Un spectacle si pathétique, mon chou, monte pour voir ça. Mon pauvre petit cousin qui attend devant la porte de Lola ! Il a exactement l'air du Faible Jouvenceau poussé au Désespoir dans une pièce de Gaston Leroux. Je regrette vraiment de partir, car cette réunion commençait à être presque amusante. Veux-tu dire au revoir à Fay pour moi, et la remercier pour ce week-end parfaitement dégueulasse ? Est-ce que je t'embrasse ou non ?

— Non, répliqua Miss Fawcett, l'air décidé. Au revoir. Tâche de ne pas te faire coincer pour excès de vitesse. Arthur prend ça très mal maintenant. »

Là-haut, Geoffrey, insoucieux des apparences, était affalé sur une chaise, contre le mur du palier, et restait assis, les coudes sur les genoux et la tête dans les mains, attendant le bon plaisir de Mlle de Silva. Tout comme Sir Arthur, Mlle de Silva s'en tenait à certaines règles établies, l'une d'elles étant l'inamovible résolution de n'être dérangée par quiconque — la fidèle Concetta exceptée — avant onze heures du matin. Elle avait déjà intimé à Geoffrey, par le truchement de Concetta, son porte-parole, qu'il était impossible, absolument impossible de l'admettre dans sa chambre, si bien qu'il ne lui restait qu'à attendre ; c'est ce qu'il faisait, sous le regard compatissant de Dawson, occupée à nettoyer la chambre récemment habitée par Francis. Dawson était remuée jusqu'au fond de son âme romantique par la posture déjetée de Geoffrey, mais en vérité elle ne souhaitait pas vraiment voir s'envoler ses malheurs. La passion du drame l'habitait, et elle avait en esprit condamné Geoffrey à se trouer la tête d'une balle. Tout en pliant les draps et en secouant les oreillers, elle répétait en silence le témoignage qu'elle apporterait lors de l'enquête : « *Miss Dawson, une mince silhouette juvénile, portant une robe marron et un chapeau-bonnet...* » (son chapeau cloche neuf, en paille noire, qui plaisait à Ted, était plus joli, mais « elles » portaient toujours des bonnets)... « *témoigna d'une voix basse mais claire...* »

Peckham, la première femme de chambre, arriva par l'escalier de service, ses jupons amidonnés, craquants, avertissant dûment de sa venue. Rien de fantaisiste chez Peckham ; elle n'allait jamais au cinéma ni ne sortait avec des garçons, elle ne tissait pas d'histoires sur ses patrons. Elle connaissait sa place, la connaissait trop bien pour n'accorder à Geoffrey, qui tenait toujours sa tête dans ses mains, qu'un seul coup d'œil détaché et dénué de curiosité. Comme des ciseaux bien aiguisés taillant dans la gaze, sa voix brusque, sévère, trancha les fantasmes horribles de Dawson : « Eh bien, dis donc, tu vas passer ta journée à faire cette chambre ? Ramasse-moi ces draps et va les porter dans le panier à linge. Je me charge de fignoler ici, merci ! »

Camilla Halliday sortit de sa chambre à l'arrière de la maison et ouvrit de grands yeux en apercevant Geoffrey. En vue de son expédition chez le garde-chasse, elle portait un grand chapeau dont le bord avait une inclinaison seyante, et elle savait que cela lui donnait l'air jeune et séduisant. Elle se dirigea vers le haut de l'escalier mais fit une pause avant de descendre, et dit avec une sorte d'inquiétude mi-tolérante, mi-méprisante : « Vous avez l'air patraque. Vous êtes malade ou quoi ? Il est arrivé quelque chose ?... »

Geoffrey leva la tête et eut un rire amer :

« Oh, ce n'est rien. C'est simplement que ma vie entière est en ruines !

— Au secours ! fit Camilla. C'est à ce point ? Je suppose que je ne puis rien y faire ?

— Personne ne peut y faire quoi que ce soit. Non que je veuille que quelqu'un essaie. Au moins me reste-t-il ma *plume*, et après les choses qui m'ont été dites aujourd'hui, je ne reviendrai jamais dans cette maison, même si Père m'en suppliait à deux genoux. En vérité, je ne réponds pas de moi si jamais je le revois !

— Eh bien, dit Camilla en haussant les épaules, si je ne peux rien faire, je crois que je vais descendre. »

C'est bien ma veine ! songea-t-elle. Ce minable gamin qui met le vieux en rogne. Juste quand j'avais besoin de le voir de bonne humeur ! Oh, mon Dieu, il va falloir recommencer à le faire jaspiner sur l'Inde et me tripoter de haut en bas ! Puis elle entendit la voix du général dans le vestibule et l'expression lasse et mécontente disparut de son visage comme par enchantement. Elle descendit les dernières marches en courant et en appelant le général :

« Ah ! Sir Arthur, vous êtes vraiment trop ponctuel ! Comment y arrivez-vous ? Je crois que vous devez être une sorte de magicien ! Et moi qui avais l'intention de me trouver sur le seuil à vous attendre, rien que pour vous montrer ! »

Geoffrey entendit son père répondre avec un enjouement un rien lourd : « Ah, c'est que vous êtes loin de me battre à la course, ma petite dame ! Je vous avais dit que je serais de retour sur le coup d'onze heures, et me voici, comme vous le voyez, mes affaires réglées, et à votre disposition dès que j'aurai rangé ce petit paquet dans mon coffre-fort. »

La porte de Mlle de Silva s'ouvrit et Concetta apparut : « Il est permis que vous voir la Signora maintenant », dit-elle gentiment.

Il ne semblait pas y avoir beaucoup de raisons pour empêcher Geoffrey de voir la Signora à n'importe quel moment au cours de la dernière demi-heure ; en effet, elle n'avait pas pu passer ce temps aux fignolages de sa toilette puisqu'elle se trouvait encore au lit lorsqu'il pénétra dans sa chambre.

Elle portait une chemise de nuit fort décolletée et compliquée, et ses boucles noires, bien que brossées jusqu'à ce qu'elles brillent, n'avaient pas encore été crêpées en vue d'élaborer l'un de ses styles de coiffure préférés.

Geoffrey, arrêté net à peine entré dans la pièce, la regardait d'un air affamé :

« Bon Dieu, ce que tu peux être belle ! » fit-il d'une voix épaisse, puis il plongea en avant sur le bord du lit en s'accrochant à Lola. Elle se soumit à ces embrassements assez voraces avec un sourire de satisfaction. Elle lui permit des baisers sur la bouche, sur la gorge, le long de ses bras blancs, mais ne se montra aucunement émue par tant d'ardeur. Elle paraissait trouver cela agréable mais sans grande importance, et dès qu'elle en eut assez, elle le repoussa — très doucement toutefois — et dit :

« Ça suffit. Dans une minute Concetta va revenir pour m'habiller et tu dois vite partir. Et je dois te raconter que j'ai dormi pas du tout, pas un instant, parce que dormir est impossible quand il est permis que les coqs chantent toute la nuit. C'est une chose que je trouve arrangée très mal, tout à fait insupportable.

— Chérie ! fit Geoffrey, qui essayait de lui saisir les mains, jamais je n'aurais dû te conduire ici. Mais tu ne passeras pas un instant de plus dans cette maison. Je vais t'emmener immédiatement, mon pauvre ange !

— Mais qu'est-ce que tu me racontes ? Ça n'a de sens aucun. Naturellement, je passerai beaucoup de moments dans cette maison, puisque je ne suis pas habillée encore ; et aussi je ne pars pas sans mon déjeuner, ajouta-t-elle, toujours pratique.

— Je connais un endroit sur la route de Londres où nous pourrons déjeuner.

— Moi aussi, rétorqua Lola avec froideur, mais je préfère mon déjeuner ici.

— Je ne prendrai pas un repas de plus ici. Je ne le pourrais pas ! fit Geoffrey avec une violence réprimée. Autant que je te le dise, Lola, je viens d'avoir une engueulade infernale avec Père. En fait, tout est fini entre lui et moi, et j'espère bien ne jamais le revoir ! »

Mlle de Silva le dévisagea avec méfiance :

« Qu'est-ce que c'est que ça que tu dis ? demanda-t-elle. Dis-le-moi tout de suite, s'il te plaît, puisque je ne comprends pas du tout.

— Nous nous sommes querellés... irrévocablement ! » annonça Geoffrey, qui fit une description quelque peu embrouillée de son rôle dans la scène qui s'était jouée dans le cabinet de travail, à neuf heures et demie. « Bien sûr, il fallait que ça arrive. Nous étions à couteaux tirés. Je l'ai toujours su. Seulement, je croyais tout de même que Père... »

Mlle de Silva se redressa : « Tu parles très ridicule, mon cher Geoffrey. Ce n'est pas des couteaux tirés mais des couteaux rouillés. Je ne suis pas si tant ignorante que je ne le sais pas. Mais je ne peux pas voir pourquoi tu dois te disputer avec ton Papa pour une raison si stupide, qui n'est pas une raison, je trouve, mais une grande folie.

— Tu ne comprends pas, ma chérie, j'ai parlé de couteaux *tirés,* pas *rouillés.* C'est une expression, un idiotisme.

— Ça veut dire rien du tout, fit Lola avec mépris.

— Ça veut dire qu'on ne s'entend pas ! C'est une façon de parler, quoi ! Ça n'a pas vraiment d'importance. Le point crucial, c'est que Père se conduit comme un ignoble individu. Simplement parce que tu es une danseuse professionnelle, il fait tout ce qu'il peut pour nous empêcher de nous marier. Cela m'horrifie de te dire ça, darling, parce que j'aimerais mieux mourir que de te voir blessée, mais voilà où nous en sommes. Père, c'est un de ces victoriens peau de vache, répugnants. On ne peut tout simplement pas discuter avec lui. Il m'a toujours détesté, à cause de ma mère, je suppose : elle s'est sauvée avec un autre homme quand j'étais tout gosse. Je ne suis pas très au courant, mais je crois qu'il y a eu un scandale abominable à l'époque. Quoi qu'il en soit, Père s'est toujours conduit en grosse brute à mon égard, toute ma vie. C'est dommage qu'il n'ait pas eu Francis pour fils, bien qu'à dire vrai il ne penserait pas tant de bien de lui s'il savait certaines choses que *moi,* je sais à son sujet. Et maintenant, c'est le comble ! Parce que rien ne m'induirait à renoncer à toi. Qu'il n'aille pas s'imaginer que je tiens à son sale argent. L'argent, je m'en moque ; et de toute manière il se trouve que je sais écrire ; et il a beau se moquer de mes œuvres, il y a des gens qui s'y connaissent autrement bien que lui et qui pensent que j'irai loin. Je n'ai pas pu m'empêcher de sourire quand il m'a prédit que je mourrais de faim dans le ruisseau, et qu'il s'en fichait. Bien sûr, il ne pourra jamais croire que l'on puisse gagner de l'argent en écrivant, mais il verra ce qu'il verra et voilà tout ! »

Lola, qui avait écouté ce discours décousu dans un silence complet et inhabituel, se détendit à nouveau sur son rempart d'oreillers et dit d'une voix pensive : « Il est vrai que ton Papa, c'est une très difficile personne, sympathique pas du tout. Ce sera mieux, peut-être, si je ne me marie pas avec toi. »

Geoffrey écarquilla les yeux en la fixant, effaré et incrédule.

« Lola ! Tu ne peux pas croire que je vais renoncer à toi ? Bon Dieu, je suis fou de toi, je t'adore !

— C'est très triste, acquiesça Lola. Moi-même je suis dans le désespoir complet. Mais c'est stupide de se marier si pas d'argent ! On doit penser à ces choses, même si c'est beaucoup désagréable. »

Il lui saisit les poignets.

« Lola, tu n'y songes pas ! Lola, est-ce que tu tiens à moi ? L'argent ne compte pas si nous nous aimons. Je gagnerai de l'argent, je le jure. Tu ne peux pas dire que tu ne m'épouseras pas !

— Certainement je t'aime, répliqua Lola avec componction. Je t'aime toujours avec une passion très grande, mais je ne suis pas une femme stupide, et c'est une chose claire, si tu n'as pas d'argent, une grande quantité, il est impossible de nous marier. Et je vais te dire, mon cher Geoffrey, ce que j'ai pensé : que peut-être c'est mieux que je ne sois pas fiancée à toi, parce que je suis très jeune, pas du tout *passée,* et de plus je découvre que je ne veux pas vivre à la campagne, où il n'y a pas d'absinthe, pas de douche dans ma salle de bains, et où les coqs crient toute la nuit et je ne peux pas dormir.

— Mais nous ne vivrons pas à la campagne ! Nous irons vivre où tu voudras ! fit Geoffrey, avec désespoir.

— J'aime vivre toujours dans les endroits les plus chics, déclara Lola avec simplicité. Et je dois te dire, s'il te plaît, que tu me fais mal. »

Il resserra son emprise sur les poignets de Lola.

« Lola, tu veux me taquiner ? Tu n'en penses pas un mot ! Oh, mon Dieu ! Tu ne saurais être si cruelle, si totalement sans cœur ! »

Les beaux yeux bruns jetèrent des éclairs : « Ce n'est pas moi qui suis cruelle, laisse-moi le dire, mais c'est vraiment toi, mon bon Geoffrey, qui veux que je me marie avec toi quand tu n'as plus du tout l'argent !

— Mais Lola, j'en gagnerai. Je sais que je peux en gagner assez pour nous faire vivre. Ce ne sera pas le pactole, mais nous pourrons toujours nous débrouiller.

— Je trouve que tu es tout à fait un égoïste. Tu penses à moi pas du tout ! déclara Lola, la mine austère. C'est tout à fait nécessaire que j'aie beaucoup d'argent — une fortune, comme vous dites. Et je désire que tu laisses immédiatement mes bras tranquilles, parce que si je ne fais pas de plainte, tu me fais mal, excessivement. Et après tu vas partir, car je dois m'habiller, et *après* avoir mangé mon déjeuner, et pas du tout *avant*, tu me ramènes à Londres. »

Il bondit : son visage était très pâle, ses lèvres tremblaient incontrôlablement : « Je ne peux pas le croire ! Je ne peux pas le croire ! » bégaya-t-il, et sa voix se brisa dans un sanglot. « Je ne peux pas renoncer à toi. Je te le dis : je ne peux pas et je ne le ferai pas !

— C'est pour nous deux une grande tragédie, reconnut Lola, mais ton Papa... »

La pâleur mortelle de Geoffrey augmenta encore. « Tout est de sa faute, souffla-t-il. Depuis ma naissance... et maintenant ça... Ce démon ! Ce démon ! Ce démon ! » Il passa la main devant ses yeux d'un geste brusque et marcha en chancelant vers la porte. « Il a ruiné ma vie et mon bonheur, et il t'a séparée de moi — oh, mon Dieu, je ne puis le supporter ! »

Il ouvrit violemment la porte et se précipita au-dehors, manquant de se heurter à Dawson qui se tenait sur le palier, auditeur palpitant et fasciné.

« ... Et il m'a dit : “ Hors de mon chemin ”, qu'il m'a dit, tout juste comme ça ; et il me pousse et m'envoie valdinguer contre le mur. Oh ! Mrs Moxon, vous ne le croiriez pas, la façon qu'il m'a poussée... C'est un miracle que je ne sois pas tombée à la renverse, un vrai miracle ! Et puis il a dégringolé l'escalier sans un regard en arrière, et il est sorti de la maison en courant, sans chapeau ni rien, et il a laissé la porte d'entrée ouverte derrière lui et là, Mr Finch vous le confirmera, c'est la vérité vraie ! »

CHAPITRE V

A midi moins le quart, la voix du général se fit à nouveau entendre, dans le vestibule cette fois, appelant à grands cris son épouse. Camilla et lui revenaient de leur inspection de la portée de chiots, et que ce fût son désir à elle ou à lui, il paraissait nécessaire que la dame emportât en ville quelques-unes des célèbres roses de Sir Arthur.

Fay, qui venait tout juste d'émerger de sa chambre à coucher et s'entretenait en haut avec Peckham, se hâta de descendre. « Me voici, Arthur, dit-elle, du ton légèrement apeuré qui lui était habituel.

— Ah, te voici ? Je veux que Camilla ait quelques roses à emporter chez elle, décréta le général. Dis-le à Lester, je te prie. Où est-il, cet individu ? Je croyais lui avoir fait comprendre clairement que je voulais voir tondre la pelouse de devant dès le matin. Sans doute est-ce toi qui l'as détourné de ce travail pour lui faire faire quelque chose qui pouvait fort bien attendre ? C'est toujours comme ça ! Dès que j'ai le dos tourné...

— Je ne lui ai rien demandé du tout, répondit Fay d'une voix lasse. Je ne l'ai même pas vu.

— Alors, où diable est-il ? demanda le général, contrarié. Je dois te dire que j'estime que c'est ton affaire de veiller à ce que les domestiques fassent leur travail quand je suis sorti !

— Si tu me l'avais dit, Arthur...

— Ah ! ne commençons pas une dispute à ce sujet, bien que j'aurais cru que... Toutefois, sans doute ai-je eu tort. Va voir ce que fait ce type et dis-lui de couper deux douzaines de roses.

— Vous êtes vraiment trop adorable, dit Camilla. J'espère que ça ne dérange pas trop ?

— Déranger ? Bon sang, ce n'est vraiment pas un dérangement, chère Camilla, c'est un plaisir. Je souhaiterais seulement que ces roses soient plus dignes de vous ! »

Camilla émit son petit rire bébête et répliqua malicieusement : « Voilà qu'à présent vous essayez de me flatter et je ne veux pas écouter un mot de ce que vous dites ! Merci énormément, Fay, vous êtes trop bonne de vous donner tant de peine. Je monte juste un moment pour ôter mon chapeau. »

Le général la regarda escalader les marches et se rendit compte que sa femme se tenait toujours à ses côtés. Comme sa conscience le chatouillait légèrement, il se sentit tout naturellement agacé de la savoir là : « Ma parole, ne traîne pas là avec cette tête d'enterrement ! dit-il, irrité. Tu pourrais au moins essayer de te conduire agréablement avec tes invités. Et sois assez aimable pour comprendre que si quelqu'un veut me voir avant le déjeuner, je suis occupé et ne veux pas être dérangé. J'ai déjà assez gaspillé ma matinée. Regarde-moi l'heure qu'il est ! Midi moins dix, et pour autant que je puisse comprendre, tu viens seulement de te lever ! Je me demande ce que ma mère dirait, si elle était encore en vie aujourd'hui et pouvait voir la façon dont vous autres femmes modernes traînez au lit jusqu'à je ne sais quelle heure !

— Oh ! non, non ! s'écria Fay soudainement, en se prenant la tête à deux mains. Je ne le supporte plus ! Tu me rends folle, Arthur ! »

Le général la suivit des yeux, tandis qu'elle faisait demi-tour et se précipitait vers l'entrée du jardin. « Encore ses nerfs ! » fit-il avec un petit rire, puis il entra dans son cabinet de travail et referma bruyamment la porte.

C'était heureux qu'il ignorât que Miss Fawcett, qui avait passé la matinée à arranger les fleurs, avait déjà dépouillé la roseraie de ses boutons les plus ravissants. A présent, consciente de ses devoirs, elle avait rejoint Stephen Guest sur la terrasse et s'était laissée tomber dans un profond fauteuil d'osier à côté de lui.

« Je trouve l'atmosphère plutôt pesante ! fit-elle remarquer. Ne cherchez pas de sous-entendus, je vous prie. Est-ce que mon nez a besoin de poudre ?

— Il me paraît bien, fit Guest après y avoir dûment réfléchi.

— Je me méfie profondément de votre jugement. Quoi qu'il en soit, je n'ai guère envie de me déranger pour monter... Du reste, j'ai remarqué que cela devient une vraie habitude dans cette maison de se maquiller en public et... Oh, hello ! Mrs Halliday. Comment étaient ces chiots ?

— Exquis ! Je les adore. Ne me dites pas que j'arrive au beau milieu d'un tête-à-tête ! Où est Basil ? »

Stephen Guest, qui s'était levé poliment, regarda

autour de lui d'un air vague. « Je ne sais pas. Je crois qu'il est entré dans la salle de billard. Voulez-vous que j'aille voir ?

— Oh non, ne vous donnez pas cette peine, merci, dit Camilla en s'asseyant. Nous sommes un bien petit groupe, n'est-ce pas ? Je trouve toujours que le lundi est affreusement déprimant, pas vous ? Je veux dire, tout le monde s'en va ou fait sa valise, ou que sais-je. Je suppose qu'il est beaucoup trop tôt pour un cocktail ?

— Il est près de midi », annonça Dinah en consultant sa montre-bracelet.

Cela ne paraissait guère une réponse adéquate à la question de Camilla, qui, poussant un petit soupir, dit : « Eh bien, tant pis ! » et commença à pianoter sur les accoudoirs de son fauteuil.

L'entrée de Mrs Twining quelques instants plus tard créa une diversion. Elle arriva sur la terrasse par le salon ; comme à l'accoutumée, elle était pimpante et habillée à la perfection : « J'ai dit à cet inestimable Finch que je m'annoncerais toute seule, dit-elle. Bonjour, Mrs Halliday. Dinah, j'ai dû aller à Silesbury. Une vraie corvée, mais vous voyez pourquoi je suis là si tôt. Cela ne valait pas la peine, me suis-je dit, de repasser par chez moi. »

Dinah lui serra la main : « Ne voulez-vous pas vous asseoir ? Je crois avoir aperçu Fay qui se dirigeait vers la roseraie il y a une minute, je vais aller lui dire que vous êtes arrivée.

— Allons toutes deux lui annoncer mon arrivée, proposa Mrs Twining. J'ai envie de voir les nouvelles beautés d'Arthur ; les miennes ne sont pas bien réussies, ce doit être le terreau.

— Vous avez vraiment envie de voir les rosiers ?

demanda Dinah de but en blanc, comme elles traversaient la pelouse vers la haie d'ifs qui clôturait la roseraie.

— Pas le moins du monde, ma chère. Je veux que vous me racontiez exactement ce qui s'est passé aujourd'hui... Il règne dans la maison ce silence particulier aux temps de peste, qui accompagne d'habitude des tas de choses déplaisantes...

— Il y en a eu, admit Dinah. Il y a eu une dispute avec Fay et ensuite une espèce d'escarmouche avec moi — mais c'est moi la fautive — et puis ce qui, à l'entendre, était une super-engueulade avec Geoffrey. Je ne sais pas ce qui s'est passé exactement, mais Francis dit que Geoffrey avait l'air plutôt mal en point.

— J'ai toujours senti que l'abstinence forcée du dimanche provoquait une trop forte tension chez Arthur, remarqua Mrs Twining pensivement. Où est Geoffrey, à présent ?

— Ma foi, je n'en sais trop rien. Il *était* assis devant la porte de Lola à dix heures et demie. Il est peut-être dans sa chambre. A vrai dire, Mrs Twining, je ne m'intéresse pas énormément à ses ennuis, sauf lorsqu'ils affectent Fay.

— Pourquoi vous intéresseraient-ils ? Je vous assure que je n'en suis pas surprise. Il a été extrêmement stupide d'amener ici cette remarquable jeune personne, mais je pense que nous ne devons pas laisser Arthur le jeter à la rue.

— Vous aimez beucoup Geoffrey, n'est-ce pas ? » demanda Dinah en la dévisageant avec curiosité.

Mrs Twining s'était arrêtée pour sentir une énorme rose cramoisie.

« Trop épanouie pour être cueillie. Quel dommage ! Non, ma chérie, je ne dirais pas que j'aime beaucoup Geoffrey. Toutefois, je l'ai connu au berceau, et j'ai toujours eu pitié de ce garçon.

— Avez-vous connu sa mère, Mrs Twining ? Je me suis souvent posé la question. »

Avec sa main gantée, Mrs Twining écarta une rose grimpante : « Vraiment, ma chérie ? Oui, je la connaissais très bien.

— Comment était-elle ? Arthur ne fait jamais allusion à elle, vous savez, et il n'y a même pas une photographie.

— Lorsque Arthur expulse quelqu'un de son existence, fit Mrs Twining avec l'ombre d'un sourire, il y va à fond. En général, on la trouvait jolie.

— Je ne peux vraiment pas la blâmer d'avoir quitté Arthur, mais c'était plutôt moche d'abandonner Geoffrey. »

Mrs Twining repassa par le trou de la haie et revint sur la pelouse : « Oui, comme vous le dites, c'était moche, mais quoi qu'elle ait fait de blâmable ou de stupide, elle a dû le payer. Dites-moi, savez-vous si Arthur se trouve à la maison ?

— Oui, je pense qu'il doit y être. Ah, mais voilà Fay qui revient du potager. Fay-ay ! »

Elles attendirent qu'elle les rejoigne. Fay tendit la main à Mrs Twining, en lui disant : « C'est si gentil d'être venue, Julia. Les choses sont... un peu difficiles. Peut-être que si vous lui parliez, Arthur vous écouterait ?

— Écouter n'est pas sa spécialité, mais je vais essayer. Où est-il ?

— Oh, il est impossible de le déranger avant le déjeuner ! répondit Fay, qui parut toute retournée à la seule idée d'une chose pareille. Il écrit des lettres dans son cabinet de travail. »

Elles gravirent les marches de la terrasse. Stephen Guest avança un siège, le regard fixé sur le visage de Fay : « Venez vous asseoir, lui dit-il, vous avez l'air ravagé. »

Elle rejeta ses cheveux de son front : « J'ai la migraine, ce n'est rien. »

Sa voix était triste ; en s'asseyant, elle leva les yeux un instant vers ceux de Guest, et il vit qu'ils étaient remplis de larmes. Elle essaya de sourire et dit pour lui seul d'une voix basse, tremblotante : « Ça va bien, Stephen. Vraiment, ça va bien. »

Mrs Twining parlait aimablement, comme toujours, à Camilla ; Dinah se demandait ce que devenaient Geoffrey et sa Lola, lorsque Finch parut sur la terrasse pour annoncer à Fay que Mrs Chudleigh était là et souhaitait la voir.

« Oh la la ! » soupira Fay, malgré elle, puis, se reprenant, elle ajouta : « Priez-la de bien vouloir venir sur la terrasse, s'il vous plaît.

— Enfer et damnation ! s'exclama Dinah. Que diable peut-elle nous vouloir ?

— Dinah, ma chérie ! se récria Fay.

— Voilà une dame qui s'intéresse énormément aux affaires des autres, dit Guest. Je ne peux pas dire que j'aime personnellement ce genre-là.

— Elle veut que je fasse une causerie à l'Institut féminin. Je lui avais dit que je lui donnerais ma réponse, mais j'ai oublié », expliqua Fay.

« Mrs Chudleigh ! » annonça Finch.

L'épouse du pasteur arriva d'un pas rapide sur la terrasse et son regard vif et perçant en fit le tour. Elle paraissait assez échauffée et plus que chiffonnée dans son tailleur en tussor, et son chapeau couleur de paille brûlée était informe ; de surcroît, elle arborait un chemisier bleu, des chaussures et des bas marron foncé, et des gants de cuir blanc lavable. Elle serra la main de Fay, fit un signe de tête à Mrs Twining et à Dinah, et honora Camilla d'un petit salut raide.

« Je suis désolée de vous importuner, Lady Billongton-Smith, mais vous savez que je m'acquitte de toutes mes corvées déplaisantes le lundi ! C'est pour la Fondation des vacances des enfants et je sais que vous êtes toujours si bonne et généreuse quand vous apportez votre don.

— Ne vous dérobez-vous jamais à vos tâches déplaisantes ? » s'enquit Camilla, d'un air condescendant qui frisait l'insolence.

Mais Camilla ne faisait pas le poids devant l'épouse du pasteur.

« Non, Mrs Halliday, jamais ! rétorqua Mrs Chudleigh d'une voix glaciale. J'espère bien ne jamais me dérober à un devoir, si désagréable fût-il.

— Dieu nous vienne en aide, ça va recommencer », murmura Dinah à Stephen Guest.

Camilla paraissait un peu ridicule ; elle avait ricané un brin et haussé les épaules.

« Venez donc vous asseoir, Mrs Chudleigh, intervint Fay. Bien entendu, mon mari et moi ne serons que trop heureux de cotiser à la Fondation. »

Mrs Chudleigh accepta le fauteuil indiqué, placé à l'extérieur du groupe, et dit qu'elle ne pouvait s'attarder, parce que cela la mettrait en retard pour le déjeuner. « Et Hilary est si distrait qu'il ne penserait jamais à commencer avant moi », ajouta-t-elle, se radoucissant, comme à chaque fois qu'elle parlait de son mari. « En vérité, je ne suis venue que pour mendier, et pour vous demander si vous alliez venir nous parler vendredi. Vous aviez dit que vous pourriez faire une petite causerie pour les femmes, sur les jardins, et je suis sûre que ce serait fort apprécié. Seulement, comme vous ne m'aviez pas donné de réponse, ajouta-t-elle avec un regard lourd de sens, j'ai pensé que vous aviez peut-être un peu trop de travail sur les bras en ce moment. »

Fay rougit : « Non, je serais contente de parler, si vous croyez que cela pourrait intéresser le Club. Mais vous savez que je ne suis pas une très bonne conférencière.

— Eh bien, considérons que c'est une affaire conclue, déclara Mrs Chudleigh, ne prêtant nulle attention à la dernière partie de ce que Fay venait de dire. Je vois que certains de vos invités se trouvent encore avec vous. Vous serez contente, j'imagine, d'avoir à nouveau la maison pour vous seule. Permettez-moi de vous dire que vous ne m'avez pas du tout l'air en forme, Lady Billington-Smith.

— J'ai une légère migraine. Le week-end a été... un peu... éprouvant, comme vous avez dû — je le crains — vous en rendre compte samedi.

— Cette terrible jeune femme ! fit Mrs Chudleigh en aspirant brusquement. Je vous assure que j'ai souffert pour vous. Une situation fort difficile à gérer. J'ai le plus vif intérêt pour chacun des membres de la paroisse de Hilary, et j'ai été infiniment navrée à l'idée que Geoffrey, un garçon si *fragile,* ait été pris au piège par... je dois vraiment le dire : par une aventurière ! Mais vous savez, Lady Billington-Smith, que les jeunes hommes, et en particulier ceux que je qualifie de jeunes gens à haute tension, nécessitent parfois d'être maniés avec beaucoup de prudence. Il faut me pardonner, mais d'après ce que Sir Arthur a dit au cours du dîner, j'ai cru comprendre qu'il était dans une rage folle !

— Oui, reconnut Fay, impuissante sous cette avalanche de paroles, mon mari est très en colère. »

Mrs Chudleigh avança son siège un rien plus près : « Quelle malchance. Je craignais bien qu'il en fût ainsi. Je suppose que l'histoire qui fait le tour du village est fausse : il y aurait une rupture entre Geoffrey et son père ? »

Le cœur manqua à Fay. Elle dit, sans grande conviction : « Je ne puis m'imaginer comment une pareille histoire a pu se répandre.

— Vous savez ce que sont les domestiques, dit Mrs Chudleigh lugubrement. Toujours prêts à cancaner. Le commis du boulanger a raconté à ma cuisinière que *votre* fille de cuisine *lui* avait appris que le général s'était querellé *violemment* avec Geoffrey ce matin. Bien sûr, personnellement, je ne prête jamais attention à ce que disent les domestiques, mais je vous connais si bien, Lady Billington-Smith, que c'est vraiment mon devoir de vous faire savoir ce qu'on dit. Et si cela n'a rien de vrai, je ne serais que trop *heureuse* de démentir cette histoire, d'où qu'elle vienne. »

Dans la tête de Fay, un nerf palpitait intolérablement. Elle se leva.

« Mrs Chudleigh, je regrette de ne pouvoir discuter de cette affaire avec vous. Geoffrey a très gravement provoqué la colère de son père. J'ignore ce qui en ressortira, si bien que je ne suis pas en mesure de vous dire quoi que ce soit. Il faut me pardonner si je parais mal élevée, mais je suis... je suis un peu bouleversée. »

Dinah, obéissant à un signal de Stephen Guest, qui avait observé Fay, le front plissé d'inquiétude, tourna la tête, vit que sa sœur paraissait épuisée et vola promptement à son secours.

« Qu'est-ce que c'est que ce Club où Fay va faire une causerie, Mrs Chudleigh ? s'enquit-elle, occupant le fauteuil quitté par Fay. Je ne savais absolument pas qu'elle donnait des conférences ! »

Elle écouta l'explication de Mrs Chudleigh d'un air intelligent et intéressé, et n'en retint pas un mot. Basil Halliday venait de sortir de la salle de billard et s'approchait du groupe, les mains dans les poches de sa veste, son visage ridé, pâle et figé. Il fit à Mrs Twining un petit salut saccadé et s'assit à côté d'elle. Dinah le vit regarder sa femme pendant un instant, puis se détourner à nouveau.

« Je me demandais ce que tu étais devenu, remarqua Camilla.

— J'étais à l'intérieur », dit-il d'un ton sec.

Ciel, quelle réunion ! pensa Dinah. Il ne manque plus que Geoffrey faisant son numéro de haute tension pour que ce soit complet. Même Lola apporterait une détente.

Stephen Guest fouillait dans ses poches. Halliday proposa, machinalement : « Tabac ? J'en ai un peu. »

Guest se leva, secouant la tête : « Merci, je crois que je vais aller chercher le mien, si cela ne vous fait rien. » Il entra dans la maison et Dinah songea, en souriant par-devers elle : « Il commence à en avoir assez, ce pauvre vieux Stephen. A vrai dire, cela ressemble plus à un asile de dingues qu'à une réunion de week-end. » La voix de Mrs Chudleigh attira son attention, qui se relâchait :

« Votre sœur me paraît en bien mauvaise santé, Miss Fawcett.

— Toute personne forcée de vivre avec mon beau-frère paraîtrait souffrante, répliqua Dinah, avec son incorrigible franc-parler.

— Le général n'est pas un homme facile à manœuvrer, bien entendu. Nous le savons tous, naturellement. J'ai bien peur que cette affaire navrante avec Geoffrey n'ait été trop lourde pour votre sœur.

— Disons, fit Dinah de propos délibéré, qu'elle se trouve dans une position plutôt embêtante, ne trouvez-vous pas ? Geoffrey n'est pas son fils, et elle ne peut rien faire pour empêcher Arthur de le désavouer, et tous ceux qui connaissent Fay — pas des gens comme vous, évidemment — vont penser immédiatement qu'elle a joué les méchantes marâtres.

— C'est bien dommage que Lady Billington-Smith soit tellement plus jeune que le général.

— Je suis entièrement de votre avis », répliqua Dinah avec chaleur.

Mrs Chudleigh pinça ses lèvres en une ligne rigide et se leva. Fay, qui l'observait, dit : « Il faut vraiment que vous partiez, Mrs Chudleigh ? Ne voulez-vous pas rester pour prendre un cocktail avec nous ?

— Merci, je ne touche jamais à rien avant l'heure du dîner, et encore bien rarement, déclara Mrs Chudleigh avec sévérité. Je vous en supplie, ne songez pas à me raccompagner ! Peut-être m'enverrez-vous votre cotisation pour la Fondation, car je ne songerais pas à vous déranger pour me la donner alors que vous vous occupez de vos hôtes. Ciel ! Il est déjà midi et demi ! Il faut vraiment que je me dépêche pour ne pas faire attendre Hilary. Vraiment, Lady Billington-Smith, il n'y a nul besoin de me raccompagner, je vais passer par le jardin, si vous permettez, et cela m'évitera de traverser la maison. Au revoir, j'espère que votre migraine se dissipera bientôt... bien que je ne croie pas que je vous recommanderais des cocktails comme panacée ! »

Elle eut un sourire assez acide, salua les autres d'un signe de tête et descendit les marches menant à la pelouse, qu'elle traversa pour accéder à l'allée carrossable.

Camilla Halliday attendit à peine qu'elle fût hors de portée de voix pour dire : « Bon débarras, le ciel en soit remercié. Je plains beaucoup le pauvre vieux Hilary. »

Mrs Twining la considéra de haut en bas : « Il n'y a pas de quoi, dit-elle, Emmy Chudleigh est entièrement dévouée à son mari. »

Cette seconde réprimande reçue en moins d'une demi-heure fit rougir Camilla de colère. Heureusement, Finch arriva à ce moment précis sur la terrasse, portant un plateau de cocktails, ce qui détourna son attention. Mrs Twining, ayant à sa satisfaction rappelé Camilla à l'ordre, se tourna vers Basil et commença à lui parler de la manière la plus affable. Fay s'allongea sur une chaise longue, les yeux mi-clos, et Dinah, qui sentait que Camilla avait été traitée durement, bien qu'à juste raison, lui demanda comment elle réussissait à bronzer de façon si unie. Comme c'était un propos selon le cœur de Camilla, celle-ci réagit immédiatement et devint extrêmement volubile. En l'espace de dix minutes bien remplies, Dinah apprit l'exacte façon d'acquérir ce ton particulier, brun doré, tant admiré, l'huile à utiliser et celle à éviter, la façon de prendre des bains de soleil sur la Riviera, et la nuance de rouge à lèvres à choisir quand le processus de bronzage était achevé.

C'est alors que réapparut Stephen Guest, et aussitôt Camilla reporta sur lui toute son attention : « Vous êtes presque en retard pour un cocktail ! lança-t-elle. Venez vous asseoir à côté de moi... Prenez-vous le train de trois heures dix comme nous, ou faites-vous partie des riches oisifs possédant une auto ?

— Non, je n'ai pas d'auto. Je serai en effet dans ce train. »

Il tendit la main vers la table et prit son verre.

« Voyons, vous vous êtes coupé ? » demanda Halliday, en se penchant en avant sur sa chaise. Guest jeta un rapide regard à sa main : il y avait une tache de sang sur sa manchette.

« Oui, répondit-il. C'est ce qui m'a retardé. En ouvrant une de ces sacrées boîtes à tabac, j'ai coincé le couvercle et, comme un idiot, j'ai essayé de l'arracher.

— Oh, je sais, ce sont des horreurs ! dit Camilla. Vous parlez du truc qu'il faut faire tourner pour couper ce stupide machin en étain. Vous devriez y mettre de la teinture d'iode, vous savez. J'ai une amie qui s'est infecté la main de cette façon-là. Laissez-moi regarder.

— Ce n'est rien », fit Guest, en tirant sur sa manchette.

Fay avait ouvert les yeux :

« Stephen, vous vous êtes vraiment fait mal ? Je vous en prie, mettez-y quelque chose. Laissez-moi voir ! »

Guest but son cocktail et reposa son verre.

« Des noix ! comme nous disons dans l'Ouest. Rien qu'une égratignure. »

Mrs Twining regarda sa montre : « Fay, ma chère, il n'est pas bien loin d'une heure et grand temps de faire émerger Arthur de sa solitude monacale. Je vais prendre mon courage à deux mains et le surprendre dans sa tanière. »

Elle se leva tout en parlant, répondit par un sourire rassurant au regard indécis de Fay et entra dans la maison. Stephen Guest alla occuper un siège à côté de Dinah : « Je crois comprendre qu'elle va tenter quelque chose auprès d'Arthur, fit-il à voix basse.

— Oui, c'est pour cela qu'elle est venue. Une tentative héroïque, mais je ne pense pas qu'elle parvienne à le faire changer d'idée.

— Non, je dirais qu'elle n'y réussira pas. »

Mrs Twining ne s'absenta pas longtemps. Elle fut de retour à peine cinq minutes plus tard, et s'immobilisa à la porte-fenêtre, blafarde, la respiration haletante : « Fay… Mr Guest ! »

Guest se leva rapidement, en la dévisageant les yeux plissés : « Qu'est-ce qui se passe, Mrs Twining ? Vous avez l'air un peu bizarre, on dirait.

— Oui, fit-elle d'une voix faible, je… j'ai un peu mal au cœur… Arthur… Je suis entrée dans son cabinet de travail… Arthur est là-bas… mort.

— *Mort ?* » Ce cri effaré, c'était Fay. Mrs Twining s'humecta les lèvres : « Assassiné ! » dit-elle. Elle fit un pas, avança la main pour saisir le dossier d'une chaise, et ils virent que son gant était trempé de sang.

CHAPITRE VI

Pendant un moment, personne ne bougea ni ne parla. Puis Guest rompit le silence effaré :

« Dinah, occupez-vous de Fay », dit-il, et il se dirigea vers la fenêtre, passant devant Mrs Twining.

« Je viens avec vous. » Halliday avait une voix bizarre, étranglée. Comme il frôlait le fauteuil de sa femme, il l'entendit bégayer : « Mais, qui... Oh ! c'est trop horrible ! Je n'y crois pas ! »

Finch sortait justement de la salle à manger alors que les deux hommes traversaient le vestibule. Guest lui dit : « Il y a eu un accident, Finch. Vous feriez bien de venir avec nous. »

Le maître d'hôtel posa le plateau qu'il portait : « Un accident, monsieur ? Pas Mr Geoffrey, j'espère ?

— Non. Sir Arthur », répondit Guest en marchant vers la porte du cabinet de travail. Elle était fermée, comme elle l'avait été toute la matinée. Il l'ouvrit et entra.

La pièce lui parut très silencieuse. Le général était assis à son bureau. Il était tombé de travers, sa tête sur le buvard et un bras tendu vers un amas de factures et de relevés ; l'autre bras pendait mollement le long du corps. Un curieux poignard chinois gisait sur le plancher près du fauteuil, la lame poissée de sang. Aucun signe n'indiquait une lutte... La pièce, carrée, au mobilier sévère, était presque péniblement ordonnée. Un fauteuil à haut dossier trônait près de la cheminée vide ; quelques rayons de livres garnissaient un des murs ; il y avait un petit coffre-fort derrière la porte et, à côté, un classeur. La table occupait le centre de la pièce, face aux portes-fenêtres qui donnaient sur l'allée carrossable et qui étaient grandes ouvertes — chacun de leurs vantaux fixé au plancher pour l'empêcher de se rabattre en cas de courant d'air soudain. Il y avait une autre fenêtre haute dans le mur ouest, fermée celle-ci, et dont les rideaux en filet de couleur beige, écartés, laissaient entrer un maximum de lumière. Le général était assis sur un siège tournant, au dossier bas et arrondi. Par terre, un tapis de Turquie et, pendus aux murs, plusieurs trophées. Le bureau à tiroirs, vaste, avec une ouverture pour les genoux, supportait une lampe à abat-jour vert ainsi qu'un téléphone, un encrier en cuivre, un buvard, une brassée de feuilles de comptabilité, quelques porte-plumes et un crayon qui paraissait avoir glissé des mains du général. Par terre, à portée de main, une corbeille à papier à demi remplie de feuilles déchirées et froissées.

Les trois hommes s'immobilisèrent un instant sur le seuil. Le maître d'hôtel s'exclama d'une voix sourde : « Bon Dieu, Monsieur ! » Il s'avança avec Guest, se pencha sur la forme immobile de son maître : « Sir Arthur ! » Puis il leva la tête et regarda tour à tour Guest et Halliday. « Poignardé ! dit-il comme si c'était à peine crédible.

— Oui, fit Guest, sans s'émouvoir, poignardé dans le cou, avec ceci, je pense », et il se baissa pour ramasser le poignard à ses pieds.

« Ne le touchez pas ! » s'écria Halliday.

Jusque-là, il était resté figé sur le seuil, contemplant le corps du général les yeux écarquillés, mais il s'avança rapidement et saisit le bras de Guest : « Il peut y avoir des empreintes digitales. »

Guest se redressa : « J'avais oublié. Vous avez raison.

— Êtes-vous sûrs qu'il soit mort ? Ne pouvons-nous faire quelque chose ? demanda Halliday d'une voix tremblante. C'est abominable ! »

Il avança la main, après avoir hésité une fraction de seconde, puis, résolument, toucha la main molle qui reposait sur le bureau : « Il n'est pas froid.

— Il est bel et bien mort », répondit Guest.

Le maître d'hôtel, blême mais toujours impassible, se dirigea vers les portes-fenêtres, qu'il ferma soigneusement et recouvrit des rideaux en filet. Il tira un mouchoir de sa poche et le passa sur son visage.

« Vous vous sentez mal ? demanda Guest.

— Non, Mr Guest, merci. Ça m'a retourné au premier moment. Ça paraît si soudain. Tout à fait imprévu, comme qui dirait. Dois-je comprendre que vous allez téléphoner au poste de police ?

— Je suppose que nous devrions le faire immédiatement », répondit Guest, et il prit le combiné en main.

« Dites donc, c'est une sale affaire, fit Halliday.

Bien sûr, il faut faire venir la police, mais je pense à Lady Billington-Smith.

— Pardonnez-moi, monsieur, mais est-ce que Madame a été informée de... l'accident ?

— Bon sang, oui ! Tout le monde est au courant. C'est Mrs Twining qui l'a trouvé.

— Oh ! la la ! Oh ! la la ! murmura Finch. Ce n'est pas... si je peux me permettre... un spectacle pour une dame. »

Stephen Guest parlait au téléphone. « Je vous appelle de La Grange, la demeure du général Sir Arthur Billington-Smith... Oui, il y a eu un accident... Oui, le général. Il est mort... Non, non, pas de mort naturelle. Vous venez tout de suite ? Très bien. »

« Qu'allons-nous faire ? demanda Halliday. On ne va pas le laisser comme ça !

— Je crois, monsieur, que si nous fermions la porte à clé, ce serait préférable, dit Finch. Je le ferai avec votre permission, et je garderai la clé jusqu'à l'arrivée de la police.

— Oui, ce serait bien », affirma Guest. Il jeta un coup d'œil rapide au mort. « Nous n'avons rien à faire ici. Nous ferions bien de rejoindre les dames. »

A ce moment, une sonnette retentit dans le lointain. Finch fronça légèrement les sourcils : « Je crois que c'est la porte d'entrée, messieurs ; si vous voulez bien venir maintenant, je verrouillerai la pièce avant d'ouvrir la porte.

— Ne vous occupez pas de cela pour le moment, dit Halliday. Allez nous débarrasser de l'importun, quel qu'il soit. »

Le maître d'hôtel le regarda. « Oui, monsieur,

mais si vous voulez bien m'excuser, je préfère veiller d'abord à ce que tout soit fermé. »

Guest s'approcha de la porte et retira la clé placée à l'intérieur. « Ça va bien, Finch, je fermerai, dit-il d'un ton sec.

— Très bien, monsieur », répondit Finch, et il sortit.

« Donnez-moi la clé, dit Halliday. Je vais fermer. Allez retrouver Lady Billington-Smith. »

Stephen Guest inséra la clé, mais à l'extérieur. « Voilà qui est fait. A votre place, je ne continuerais pas à le regarder. Ce n'est pas un beau spectacle.

— Non ! fit Halliday en frissonnant. Horrible ! »

Finch revint et s'adressa à Guest : « C'est le docteur Raymond, monsieur, qui est venu voir Madame. Je me demande si nous ne ferions pas bien d'informer le docteur de ce qui est arrivé.

— Mais comment donc ! répliqua Stephen. Est-ce qu'il est dans le vestibule ? Je vais immédiatement aller lui parler. »

Le médecin était un homme trapu d'une quarantaine d'années, au comportement enjoué et aux yeux bleus pétillants. Il enlevait ses gants de chauffeur au moment où Guest sortait du cabinet de travail. Il lui dit : « Bonjour, docteur. Je m'appelle Guest. Voudriez-vous venir dans le cabinet de travail un instant ?

— Certainement, répondit le docteur Raymond, qui parut légèrement surpris. Mais je suis venu voir Lady Billington-Smith. Il se passe quelque chose ?

— Oui, fit Guest brutalement. On vient de découvrir Sir Arthur — mort. »

Le sourire du médecin disparut : « Sir Arthur, *mort* ? Dieu du Ciel ! Je viens immédiatement. »

Lorsqu'il se trouva dans le cabinet de travail et vit le corps du général, son visage changea. Il jeta un seul regard rapide, interrogateur, à Guest puis à Halliday, s'approcha du bureau et se pencha sur la forme immobile. Il leva les yeux et demanda d'une voix impersonnelle : « Savez-vous quand c'est arrivé ?

— Nous comptons plutôt sur vous pour nous le dire », répliqua Guest.

Doucement, le docteur Raymond souleva la main du général et testa le réflexe des doigts. Les trois autres hommes se tenaient debout en silence, attendant qu'il finisse son bref examen. Bientôt il se redressa : « Avez-vous averti la police ?

— Dès que nous l'avons découvert. »

Halliday s'écarta de la porte :

« Avez-vous pu vous former une opinion quant au moment où cela s'est passé ? interrogea-t-il.

— Difficile à dire avec précision. Certainement au cours de la dernière heure. Après, si vous le permettez, je voudrais me laver les mains, et je crois que je ferais bien de voir Lady Billington-Smith. Elle est informée, naturellement, de cette... tragédie ?

— Oui, elle sait, dit Guest. Halliday, vous pourriez conduire le docteur au vestiaire. Vous n'avez besoin de rien faire d'autre ici, docteur ? Alors Finch peut fermer la pièce. »

Halliday le prit à part un instant : « Dites voir, Guest, est-ce que vous ou moi ne ferions pas mieux de prendre la clé ? Je veux dire... on ne prend jamais assez de précautions, vous savez.

— J'ai idée que vous n'avez pas à vous en faire pour Finch. Toutefois, vous avez peut-être raison.

Docteur, voulez-vous prendre en charge la clé jusqu'à l'arrivée de la police ? »

En sortant, ils rencontrèrent Dinah, qui venait de quitter le salon, assez pâle, mais somme toute égale à elle-même.

« Dites donc, c'est plutôt moche, non ? Mrs Twining vient de nous raconter comment elle l'a trouvé. Que doit-on faire ? Puis-je servir à quelque chose ?

— Les obliger tous à se tenir tranquilles, recommanda Stephen. Voici le docteur... Je ne crois pas que vous m'ayez dit votre nom, docteur ? »

Le visage de Dinah s'éclaira : « Ah, c'est bien ! Ma sœur se sent plutôt chamboulée, docteur Raymond, et je pense qu'une bonne dose de brandy-et-soda ne ferait pas de mal à Mrs Twining. En fait, c'est ce que je venais chercher.

— Je vais voir Lady Billington-Smith dans un moment, promit le médecin. Vous êtes Miss Fawcett, j'imagine ? Si vous me montriez le chemin, monsieur... Halliday, n'est-ce pas... je pourrais me laver les mains. »

Dinah attendit que Halliday et lui fussent partis, puis elle se tourna à nouveau vers Guest : « Stephen, cela va être horrible. Ça signifie la police, n'est-ce pas ?

— J'en ai peur. Cela signifie, ou je me trompe fort, que personne ne va prendre le train de trois heures dix pour Londres. Vous croyez pouvoir vous en sortir avec les femmes ? »

Finch toussota discrètement : « Si j'osais faire une suggestion, monsieur, je pourrais servir un déjeuner, discrètement, pour les invités, tout de suite, dans la salle à manger.

— Ça me paraît assez horrifiant, fit Dinah d'un

air de doute. Pourtant, je suppose qu'il faut bien manger, et de toute manière cela occupera Lola et Camilla.

— Est-ce que Lola est descendue ? » s'enquit Guest.

Un sourire involontaire détruisit la gravité de Miss Fawcett. « Oui. Je ne veux pas paraître facétieuse, mais elle vaut son pesant d'or. Seulement, naturellement, c'est une vraie épreuve pour Fay. Elle semble être bien décidée à être arrêtée pour le crime. Camilla a une simple crise de nerfs. Ce que je ne parviens pas à comprendre, c'est où est passé Geoffrey. Il n'y a pas trace de lui et il est déjà une heure et demie. »

Halliday et le médecin revinrent à ce moment-là, et Dinah s'interrompit pour conduire le docteur Raymond au salon.

Fay était assise à côté de Mrs Twining, sur le canapé, ses mains serrées nerveusement sur ses genoux, ses yeux anormalement agrandis, comme si elle venait d'apercevoir quelque chose d'horrible. Mrs Twining, pour sa part, affichait sa sérénité coutumière, même si elle était pâle. Camilla Halliday tirait sur un mouchoir, répétant encore et encore : « Je ne peux pas y *croire !* Je ne peux tout simplement pas y *croire !* » Lola, dans un fauteuil à haut dossier, avait un air sémillant et héroïque. Au moment où le médecin entrait, elle était en train de déclarer avec beaucoup de satisfaction : « Pour moi c'est une affaire extrêmement terrible. C'est une chose connue que le général — que pourtant je pardonne, car je suis très bonne chrétienne — a été pour moi terriblement cruel. Certainement la police croira que c'est moi qui poignarde le général ! »

Fay frissonna, mais ses yeux, fixés dans le vague, ne flanchèrent pas.

« Voici le docteur Raymond, annonça Dinah, prenant la situation en main. Mrs Halliday, Lola, voulez-vous venir dans la salle à manger maintenant ? Le docteur souhaite voir ma sœur seule, et... et je crois que Finch va servir le déjeuner.

— Déjeuner ! cria Camilla comme une folle. Comment pouvez-vous être aussi horrible ? Je vomirais rien que de *voir* de la nourriture ! »

Mrs Twining se leva : « Sornettes ! fit-elle. Vous devez vous efforcer de contrôler vos émotions, Mrs Halliday, et de nous aider, autant que vous le pouvez, en vous conduisant tout à fait normalement. »

Elle échangea avec le docteur Raymond un sourire quelque peu forcé, et les entraîna vers la porte de la salle à manger. Avant qu'elle ait eu le temps de l'ouvrir, un cri de Lola la figea sur place : « Ah, Dios ! » s'exclama-t-elle en pointant le doigt, d'un geste dramatique, sur la fenêtre. Geoffrey était planté là, échauffé et hirsute.

« Geoffrey ! Où diable étais-tu ? » demanda Dinah malgré elle.

Il se passa une main sur le front : « En quoi est-ce que ça te regarde ? Je ne sais pas, moi... A des kilomètres ! » Il prit conscience de leurs yeux fixés sur lui et dit avec rudesse : « Qu'est-ce que vous avez tous à me regarder ? Ce n'est pas vos oignons de savoir où j'étais, n'est-ce pas ? »

Le docteur Raymond fit un pas vers lui et lui prit le bras : « Du calme, jeune homme. Vous êtes un peu trop tendu. Asseyez-vous. Quelque chose d'assez choquant vient de se produire. Votre père a été... eh bien, assassiné, j'en ai peur. »

Geoffrey le dévisagea, le regard inexpressif :

« Quoi ? Père *assassiné ?* » Il cligna des paupières, l'air perdu. « Vous devenez dingue, ou quoi ? Ce... ce n'est pas sérieux, n'est-ce pas ? » Il lut la réponse sur le visage du médecin et soudain se leva : « Bon Dieu », fit-il, et sa bouche commença à trembloter. A la consternation de tous, il se mit à rire, des hoquets de rire, irrépressibles, fous.

« Mince ! fit Camilla dans un souffle, c'est le bouquet !

— Arrêtez ça ! dit le docteur Raymond avec dureté. Arrêtez ça immédiatement, Geoffrey, vous m'entendez ? Contrôlez-vous, voyons. Tout doux, tout doux !

— Oh, je n'y puis rien ! Bon sang v...vous ne... ne... c...comprenez ppp...as comme c'est d...drôle ? Vos... vos figures. Ah, ne me... ne me faites pas ri...rigoler ! »

Dinah disparut pour revenir quelques instants plus tard avec un carafon de cognac et un verre. Le médecin et Mrs Twining étaient penchés sur Geoffrey, un peu calmé, mais secoué encore d'une gaieté d'aliéné. Le docteur Raymond leva les yeux : « Ah, merci ! Pas trop. Oui, cela suffit. Maintenant, Geoffrey vous allez boire ça. » Il plaça le verre contre les lèvres du jeune homme et lui fit entrer l'alcool dans la gorge presque de force. Geoffrey toussa et crachouilla. Le rire s'apaisa. Il regarda tout autour de lui et s'humecta les lèvres. « Désolé, je ne sais pas ce qui m'a pris, dit-il d'une voix épuisée. Hel... hello, tante Julia ! Qu'est-ce que vous faites ici ? Qui a assassiné Père ?

— Nous ne le savons pas, mon chéri, répondit Mrs Twining avec douceur. Dinah ! vous voulez bien emmener Mrs Halliday et Mlle de Silva déjeuner, je crois que je resterai ici jusqu'à ce que Geoffrey se soit mieux repris en main. »

Dinah ouvrit promptement la porte pour que les deux autres femmes sortent. Sous son regard insistant, elles se soumirent, mais arrivées dans le vestibule, Camilla eut un frisson et se déclara incapable de passer devant la porte du cabinet de travail. Il fut difficile de lui faire surmonter ce recul apeuré, et elle finit par entrer dans la salle à manger en s'accrochant au bras de Dinah. Guest et Halliday étaient assis à table ; Guest attaquait de bon appétit du bœuf froid et Halliday, en face de lui, faisait semblant de manger. Ils se levèrent quand les trois femmes entrèrent, et Guest tira une chaise devant la table. « Parfait, dit-il, venez vous asseoir, Mrs Halliday. »

Camilla ne lui prêta aucune attention, mais s'accrocha à son mari : « Oh ! Basil, c'est épouvantable, n'est-ce pas ? Que va faire la police ? Est-ce qu'ils voudront me voir ? »

Basil ôta la main de Camilla de sa manche : « Tu n'as rien à craindre, Camilla, cela ne te concerne en rien. Assieds-toi et reprends tes esprits. »

Camilla éclata en sanglots : « Tu n'as pas besoin de me parler si méchamment, sanglota-t-elle. Tu n'as pas l'air de te rendre compte combien je suis retournée. Je veux dire... j'étais *avec lui* tout récemment. Qu'est-ce que la police va me demander ? Je ne sais *rien* de ce qui s'est passé !

— C'est évident ! Ni toi ni moi ne savons rien. Tout ce que nous avons à faire, c'est de répondre à leurs questions de parfaite bonne foi, lui dit Halliday en l'installant sur une chaise. J'ai raison, non, Guest ?

— Sans doute. Peux pas dire que je connaisse grand-chose à leur procédure. »

Mlle de Silva dévisagea Camilla d'un œil austère : « Je ne trouve pas que vous avez des raisons pour pleurer, annonça-t-elle. Si je fais ça, moi, c'est facile à comprendre, car Sir Arthur était le père de Geoffrey. Moi je ne pleure pas, parce que j'ai grand courage, et aussi je ne désire pas les yeux rouges. Il y aura des reporters et il faut penser à ces choses ; c'est très bon ma photo dans tous les journaux, mais pas avec des yeux rouges, je vous assure. »

Ce discours eut l'effet d'arrêter les sanglots assez bruyants de Camilla, qui dit : « Comment pouvez-vous être aussi cynique ! Et je vous en prie, ne me demandez pas de manger quelque chose, parce que je ne peux tout simplement pas avaler une bouchée !

— Juste un peu de poulet, madame », proposa Finch, qui se tenait dans son dos, et il plaça une assiette devant elle.

Dinah s'était assise à côté de Stephen Guest et mangeait machinalement un bout de poulet, qui lui parut curieusement insipide et assez difficile à avaler. Elle avait le sentiment de prendre part à un déjeuner dans un vilain cauchemar où tout était sens dessus dessous, où des êtres familiers disaient et faisaient des choses ridicules qui vous étonnaient même en rêve. Elle demanda : « Est-ce que la police est arrivée ? » et pensa aussitôt à ce que sa phrase avait de bizarre. C'était tout à fait irréel, aussi irréel que la pensée d'Arthur assassiné chez lui, dans son cabinet de travail — le genre de chose macabre qui arrivait aux autres et était relaté dans les journaux du soir, en vous incitant à vous demander comment pouvaient bien être ces gens qui se mettaient dans des cas aussi extraordinaires. Des choses pareilles n'avaient tout simplement pas lieu dans votre famille à vous ! Cela ne servait à rien de se répéter que c'était *vraiment* arrivé, on ne pouvait pas y croire.

« Oui, disait Guest, ils sont là depuis environ cinq minutes. Ils sont quatre. Ils se trouvent dans le cabinet de travail en ce moment. Ils voudront interroger Fay en premier, j'imagine. Est-elle très bouleversée ?

— Eh bien, naturellement, c'est une chose terrible, fit Dinah. J'ai laissé le docteur Raymond et Mrs Twining avec elle. Elle paraît surtout pétrifiée. Geoffrey est là-bas également », ajouta-t-elle.

Camilla leva la tête : « Je n'ai jamais rien vu de semblable à la façon dont Geoffrey a pris la chose, annonça-t-elle. Il en faut beaucoup pour me scandaliser, mais je dois dire que c'était la fin de tout. Il a tout bonnement *ri* ! Même s'il avait eu une querelle très grave avec le pauvre Sir Arthur, j'aurais pensé qu'il aurait pu au moins *faire semblant* d'avoir de la peine !

— Hystérie ? demanda Guest en levant les sourcils.

— Je n'en sais rien, je vous assure. Tout ce que je puis vous dire, c'est qu'il est entré, l'air vraiment d'un sauvage. J'étais absolument terrifiée. Je croyais qu'il était devenu fou, ou je ne sais quoi...

— C'est pour Geoffrey une chose bonne que son papa est tué, fit Lola pensivement. Naturellement, je ne pouvais pas me marier avec lui quand il n'avait pas d'argent, mais c'est très différent maintenant : il aura une grande quantité d'argent et aussi il sera Sir

Geoffrey, que je trouve mieux que " Mister " ! Plus distingué.

— Désolée, intervint Dinah, Arthur n'était pas un baronet mais un chevalier, cela signifie qu'il était anobli par la reine, et son titre n'est pas héréditaire ; aussi Geoffrey devra continuer à être Mr Billington-Smith. »

Mlle de Silva parut fort chagrinée par cette information, voire indignée : « Je préfère devenir Lady Billington-Smith, comme votre sœur, dit-elle avec fermeté. Pourquoi Geoffrey ne sera pas Sir Geoffrey, je ne comprends pas. C'est pour moi tout à fait incompréhensible, mais peut-être on pourra arranger ça. J'en parlerai à Geoffrey. »

Soudain, Dinah comprit qu'elle aussi allait éclater d'un rire irrépressible. Elle se mordit la lèvre et essaya de réprimer son impulsion. Finch, en fin observateur, contourna la table et versa un peu de vin dans son verre : « Un peu de bourgogne, mademoiselle », chuchota-t-il. Dinah avala le vin avec gratitude. Vraiment, ce Finch était merveilleux ; un véritable garde-malade !

Camilla, sur qui les mets et le vin semblaient avoir eu un effet vivifiant, s'était lancée dans un récit décousu, sur le mode exclamatif, touchant les événements de la matinée, sans s'adresser à personne en particulier. Son mari essaya de la faire taire : « Ça ne sert à rien de se demander qui a pu le faire ; il nous est impossible de le savoir, fit-il avec colère. Moins nous en parlerons, mieux cela vaudra. »

Le valet entra, venant du vestibule, et murmura quelque chose à l'oreille de Finch. C'était un homme jeune qui paraissait un rien effrayé, comme si toutes ces péripéties dramatiques constituaient pour lui un plaisir mêlé de terreur.

Finch hocha la tête et alla se placer derrière la chaise de Guest : « Le commissaire voudrait vous voir tout de suite, monsieur, fit-il à voix basse. Dans le petit salon, monsieur. »

Dinah, qui l'avait entendu, pensa irrésistiblement à la salle d'attente d'un dentiste, où l'on appelait votre nom d'une voix sépulcrale, et vous vous leviez en ressentant un petit malaise au creux de l'estomac.

Stephen Guest revint au bout de dix minutes environ et fit un signe de tête à Halliday. « C'est vous qu'ils veulent voir, maintenant. Ils notent simplement nos déclarations. Apparemment, ils ne peuvent faire grand-chose avant que le chef de la police du comté n'arrive de Silsbury. Si j'ai bien compris, il amène le médecin légiste avec lui. »

Halliday se leva et sortit.

« Qu'est-ce qu'ils ont dit ? Est-ce qu'ils voudront me voir ? Est-ce qu'ils savent qui l'a fait ? » demanda Camilla.

Guest ramassa sa serviette et s'assit. Il jeta un regard plutôt méprisant à Camilla par-dessus la table et lui répliqua d'un ton bref : « Pas encore. Je m'attends à ce qu'ils veuillent voir tout le monde.

— Où est Fay ? demanda Dinah. Est-ce qu'ils en ont fini avec elle ?

— Elle est montée dans sa chambre. Ils l'ont vue en premier, je crois. J'ai parlé à Mrs Twining. Elle m'a dit que Fay voulait rester seule. Elle allait s'étendre et souhaitait que personne ne monte. J'ai bien peur qu'aucun de nous n'ait la chance de partir aujourd'hui. Est-ce que cela va vous contrarier, mademoiselle de Silva ?

— Pour le moment, parce que je choisis comme ça, et pour aucune autre raison, je reste, répondit Lola avec dignité. Certainement je ne pars pas, mais je pense que c'est mieux si je change cette robe que je porte, puisqu'elle est verte, comme vous voyez, et moi je suis tout à fait de la famille, alors je dois porter une robe noire. Et je me rappelle que j'ai apporté une robe noire, extrêmement chic, de plus.

— A dire vrai, je me demandais ce qu'il fallait porter, dit Camilla. Je veux dire que ça ne semble pas correct de se promener en robe de couleur, pas vous ? Seulement je ne porte jamais de noir et je ne peux pas dire que j'ai envie de m'acheter quelque chose, parce que ça ne me servirait à rien après, vous comprenez. »

Dinah se sentit incapable de prendre part à la discussion, aussi se tourna-t-elle vers Guest, qui étalait du beurre sur un biscuit au fromage, d'un air nonchalant qui paraissait incongru :

« Est-ce qu'ils ont trouvé quelque chose ? demanda-t-elle doucement.

— Je l'ignore. Ils ne se confient pas beaucoup. »

Dinah soupira ; elle l'eût souhaité moins laconique. Un moment plus tard, Halliday revint. Il annonça d'une voix anormalement calme : « Ils te réclament, Camilla. Tu dois leur dire exactement ce que tu as fait ce matin, tu vois ; c'est seulement pour vérifier tes allées et venues, aussi ne te mets pas dans tous tes états et ne dis pas tout un tas de choses qui n'ont rien à voir avec ça.

— Oh ! Basil, je voudrais que tu viennes avec moi ! Ils ne le permettront pas ? Cela m'effare tout simplement d'y aller seule. Je suis sûre qu'ils vont poser toutes sortes de questions auxquelles je ne pourrai répondre.

— Alors tu diras que tu ne sais rien. Pour l'amour de Dieu, ne te conduis pas comme si tu avais peur ! dit-il brutalement. Tu n'as absolument rien à craindre, je ne cesse de te le répéter. »

Il tint la porte pour la laisser passer et la referma derrière elle avec un bruit sec. Puis il revint à sa chaise et allongea le bras pour prendre son verre. « C'est assez sérieux en ce qui me concerne, dit-il. Je suppose que vous savez que je suis apparemment la dernière personne à avoir vu Sir Arthur vivant ? »

Dinah le fixa, étonnée ; Lola, qui pelait soigneusement une pêche, ne lui prêta aucune attention. Stephen Guest plia sa serviette. « Non, je ne peux pas dire que je le savais, répliqua-t-il.

— Eh bien, dit Halliday, j'ai eu avec lui... pas exactement, une empoignade... ma foi, appelons ça une mésentente. Ça ne se fait pas de se disputer avec un homme dans sa maison, bien entendu, et c'est assez malencontreux, vu la façon dont les choses ont tourné. » Il jeta un coup d'œil de l'autre côté de la pièce, là où se tenait Finch : « Je crois comprendre que vous m'avez entendu parler à Sir Arthur, Finch... Vous semblez avoir donné à la police l'impression que nous avons eu une violente engueulade.

— Ce n'était pas mon intention, monsieur, répondit le maître d'hôtel avec douceur. Quand on m'a demandé si j'avais entendu quelqu'un en compagnie de Sir Arthur, à quelque moment que ce fût entre midi et une heure, je ne pouvais faire moins que de leur dire la vérité.

— Vous n'aviez pas besoin de leur dire que nous

nous disputions. Ce n'était pas exact. Toutefois, ça n'a vraiment pas d'importance, mais votre témoignage me place dans une situation délicate.

— Je regrette infiniment, monsieur. »

Camilla revint, paraissant agitée :

« Dieu merci, c'est fini ! C'est vous qu'ils réclament à présent, mademoiselle de Silva. Basil, si on ne nous autorise pas à rentrer chez nous, nous ferions bien de nous occuper de déballer nos affaires. Je dois dire que je ne peux pas comprendre pourquoi nous devons rester ici. Cela me tape sur les nerfs de voir tous ces policiers traîner dans les parages. Il y en a un dans le vestibule en ce moment. Je suppose qu'ils ont peur que nous tentions de nous enfuir !

— On dirait que je suis réservée pour la fin, remarqua Dinah, quand les Halliday furent sortis. Je voudrais qu'ils se dépêchent, je veux monter chez Fay.

— J'ai dans l'idée, mademoiselle, qu'on ne va pas vous demander de faire une déposition, dit Finch, arrivant à ses côtés avec le plateau de café. J'ai cru comprendre que vous êtes restée sur la terrasse tout le temps.

— Oui, je pense que c'est exact, réfléchit Dinah. Cela signifie-t-il que je ne suis pas suspecte ? »

Elle n'avait pas plus tôt prononcé ces mots qu'elle les regretta. Elle se leva : « Je vais boire mon café en haut. Je trouve que tout cela devient assez répugnant. Je n'y avais pas pensé jusque-là, même quand Mr Halliday nous a dit qu'il avait été le dernier à voir Arthur. Cela ne m'avait pas l'air de signifier quelque chose de particulier, en somme. J'imagine que le soupçon plane plus ou moins sur chacun de nous.

— Je ne m'en ferais pas à votre place, dit Guest, en lui ouvrant la porte. Et ne laissez pas Fay s'en faire non plus. D'accord ? »

Cet après-midi-là fut sûrement le plus interminable jamais passé à La Grange. Il semblait à Dinah qu'il ne s'achèverait jamais. Le sentiment d'irréalité allait croissant. Fay restait enfermée dans sa chambre et n'admettait personne ; les Halliday avaient, eux aussi, choisi de rester en haut. Dawson vaquait à sa besogne en sanglotant bruyamment ; Geoffrey paraissait incapable de rester tranquille, et Stephen, assis parfaitement silencieux dans la salle de billard et lisant un journal, semblait par son calme même aussi peu naturel que possible. Lola, après une entrevue prolongée avec le commissaire, abasourdi mais soupçonneux, avait annoncé qu'il était important qu'elle se repose entre le déjeuner et le thé, et était montée. Mrs Twining était restée dans le salon avec Geoffrey, et le docteur Raymond avait été autorisé à partir dès qu'on eut soigneusement transcrit sa déposition.

Le major Grierson, chef de la police du comté, arriva juste avant trois heures et demie, dans une grosse voiture, avec le médecin légiste, un brigadier en civil et un photographe. Le major était un homme à la mine soucieuse, frisant la cinquantaine ; il avait un parler rapide et tatillon et, apparemment, un catarrhe chronique. Il n'arrêtait pas de tamponner son nez maigre avec un mouchoir roulé en boule, et sa conversation était ponctuée de reniflements. Il fut accueilli par le commissaire local et par Dinah, qui se trouvait dans le vestibule lorsqu'il arriva. Il dit : « C'est une affaire terrible. Choquante ! Choquante ! Connaissais le général très — hum — bien.

Vous êtes sa belle-sœur ? Parfait. A présent, commissaire, si vous êtes prêt ? »

Lui, le médecin et le photographe, ainsi que l'homme en civil, qui se révéla être un expert en empreintes digitales, suivirent tous le commissaire dans le cabinet de travail, où ils restèrent très longtemps.

A quatre heures et demie, Fay descendit. Elle avait revêtu une robe noire, qui rehaussait sa pâleur. Ses yeux avaient encore ce regard tendu, dilaté, comme hanté, mais son comportement était soigneusement contrôlé. Elle s'installa à sa place habituelle devant le plateau à thé et dit avec effort : « C'est gentil à vous d'être restée, Julia. J'ai peur que tout cela n'ait été très... très horrible pour vous. Je m'aperçois que je ne puis encore y croire. Je ne sais comment... cela ne paraît pas *possible*. Est-ce qu'ils... ont déjà fini ? Ont-ils découvert quelque chose qui... leur fournisse un indice ? Le savez-vous ? Pour ma part, je suis certaine que ce doit être quelqu'un de l'extérieur. Après tout, les fenêtres étaient ouvertes et... Arthur s'était fait beaucoup d'ennemis. Vous ne le croyez pas, Julia ? Tu ne le crois pas, Dinah ? »

Geoffrey posa sa tasse et sa soucoupe d'une main peu ferme : « Je suppose, dit-il, que vous croyez que c'est moi qui ai fait ça ? Dans ce cas, cela pourrait vous intéresser d'apprendre que je n'étais nulle part dans les parages. »

Fay parut affligée : « Oh non, non, ce n'est pas ce que j'ai voulu dire ! Naturellement, ce n'est pas ça ! »

Elle leva la tête comme Guest entrait dans le salon, et dans cet instant fugace Dinah lut la terreur dans le regard de sa sœur. Puis Fay murmura :

« Ah ! vous voilà, Stephen. J'allais justement demander à Geoffrey de vous dire que le thé était servi. »

Les Halliday entrèrent au même moment. Camilla avait apparemment résolu le problème vestimentaire à sa safisfaction, en arborant une robe brune, à la place de la bleu pâle qu'elle avait portée toute la matinée. On aurait dit qu'elle avait pleuré, et elle paraissait assez abattue.

Il n'y avait aucun abattement chez Lola, qui fit bientôt son entrée — en grand deuil. Tout étranger pénétrant dans la pièce l'eût à coup sûr prise pour la veuve, au lieu de Fay. Elle avait mis une longue robe à traîne en tissu noir de jais, sans aucun ornement, et elle tenait un mouchoir à large bordure noire. Dinah ne pouvait imaginer où elle avait pu trouver pareil accessoire en si peu de temps ! Elle fut amenée à conclure soit qu'il appartenait à la fidèle Concetta, soit que la bordure couleur d'encre avait été cousue en toute hâte à un mouchoir ordinaire.

« Je suis bouleversée tout à fait, annonça Lola. Vous pouvez sentir mon cœur qui tape trop vite. J'ai vu qu'on avait ôté cadavre du papa de Geoffrey. Et je dois vous dire que c'est pour moi grand désagrément quand ces trois policemen qui sont debout dans le vestibule me regardent avec des yeux ronds, comme s'ils croient que j'ai poignardé le papa de Geoffrey ! J'ai dit au gros policeman qu'il ne peut prouver pas du tout que je suis assassin, mais je crois qu'il est idiot, car lui seulement ouvrir la bouche comme un poisson et ne pas répondre quand je parle. »

Son auditoire évita la nécessité de répondre à cette harangue grâce à l'entrée de Finch, venu dire à Fay que le chef de la police aimerait lui parler ainsi qu'à

Geoffrey. Ils sortirent tous deux, Geoffrey en disant : « Je me demande pourquoi il veut me voir. Je suppose, bien que je n'y aie pas pensé plus tôt, que maintenant que Père est mort, je suis le chef de famille. Je suppose que c'est ça. »

Le chef de la police avait l'air plus soucieux que jamais. Le commissaire, debout derrière lui, les pouces dans sa ceinture d'une circonférence vraiment énorme, avait un regard profondément insatisfait et fixait obstinément une peinture au-dessus de la cheminée ; son œil vitreux donnait l'impression qu'il s'était entièrement dissocié de toute procédure à venir.

La vue de Fay incita le major Grierson à se tamponner le nez plusieurs fois de suite. Il dit : « Ah, Lady Billington-Smith ! Parfait ! Hum... une très mauvaise affaire. Je vous assure que je — hum — compatis à votre tristesse. A présent, monsieur — hum — Billington-Smith, nous sommes parvenus à la conclusion, le commissaire et moi-même... Oui, oui, commissaire ! Nous sommes parvenus à la conclusion, comme je viens de le dire, qu'il s'agit ici d'une affaire où il serait raisonnable de faire appel à Scotland Yard.

— Scotland Yard ? Vous voulez dire que nous devons faire venir un détective ? Mais dites donc... je veux dire, est-ce absolument nécessaire ? »

Le commissaire abaissa son regard distrait du tableau *le Combattant téméraire* et le posa avec sévérité sur Geoffrey.

Le comportement du major Grierson devint encore plus impersonnel : « Je ne ferais rien, Mr Billington-Smith, qui serait selon — hum — mon opinion... inutile. A présent, vous comprendrez, bien entendu, que personne ne doit pénétrer dans la pièce où... en bref, le cabinet de travail. Parfait. Le commissaire laissera deux de ses hommes — hum — en faction. J'ai cru comprendre que vous avez des invités dans la maison... Aucun d'eux ne doit partir jusqu'après — hum — la visite de l'inspecteur du Yard. Oui, commissaire, vous disiez ?

— En ce qui concerne Mrs Twining, dit le commissaire, très raide, elle désire, si cela ne vous contrarie pas, retourner à Blessington House, sa résidence, qui se trouve dans le voisinage.

— Mrs Twining ? Oui, je crois que dans le cas de Mrs Twining, puisqu'elle habite si près — hum — à portée de main... il n'y aurait pas d'objection. Elle comprendra, cela va de soi, qu'elle doit se tenir — hum — prête à se trouver ici pour répondre à d'autres questions que l'inspecteur du Yard peut souhaiter lui poser. Naturellement. » Il se tamponna le nez derechef. « Et — hum — un autre sujet, Mr Billington-Smith. L'inspecteur tiendra à faire — hum — ouvrir le coffre-fort du cabinet de travail. Cela devra être fait par le notaire de — hum — votre père. Peut-être pourrez-vous vous arranger pour qu'il — hum — vienne ici dans ce but ? Je crois que ce sera tout... pour le moment.

— Oui, mais ça n'est sûrement pas nécessaire... je veux dire que ça va faire un terrible embarras d'être forcés de nous entasser tous ici avec un tas de policiers en faction, objecta Geoffrey. Je n'aurais pas cru que ce serait si terriblement difficile de découvrir qui a assassiné Père... ce n'est pas une critique, naturellement, mais... »

Fay lui pressa la main : « Geoffrey, si le major

Grierson pense que c'est nécessaire, bien sûr... bien sûr qu'il faut faire comme il dit, murmura-t-elle de façon presque inaudible. Nous... nous comprenons parfaitement, major. Et vous voulez que nous fassions venir le notaire de mon mari ? Oui, je vois. Geoffrey, tu vas lui téléphoner, n'est-ce pas ? »

CHAPITRE VII

L'inspecteur Harding, de Scotland Yard, arriva à Ralton un peu avant deux heures, le mardi après-midi, et se rendit directement au poste de police, où l'attendaient le commissaire principal Lupton et le brigadier Nethersole. Le commissaire principal, qui avait cinquante ans, des cheveux gris bouclés et clairsemés, un visage quelque peu farouche et un tour de taille de 125 centimètres, envisageait l'arrivée de l'inspecteur Harding avec une hostilité considérable. Ce n'était pas qu'il eût vraiment envie de s'occuper de cette affaire de La Grange. Il n'irait pas jusqu'à dire qu'il la croyait au-dessus de ses moyens, mais il voyait bien qu'elle représentait beaucoup de travail, du travail délicat au surplus, vu que le général avait été un gros bonnet dans le voisinage, et que Lady Billington-Smith avait distribué des prix à « Police Sports », il y avait juste une semaine. Non qu'il approuvât tous ces sports et équipes de football et Dieu sait quoi encore — ça n'existait pas dans la police au temps de sa jeunesse et l'on aurait bien tort de croire qu'il allait encourager les jeunes gars de sa division à perdre leur temps à toutes ces absurdités, parce qu'il n'en ferait rien ! Une tranquille détente, assis dans un bar douillet avec un bock de bière, lui avait toujours largement suffi dans ses moments de liberté ; et c'était vrai aujourd'hui encore, bien que, naturellement, en vieillissant, on eût besoin de quelques bocks de plus. Mais ces réflexions ne menaient nulle part. Et qu'il approuvât le sport dans la police ou non, ce n'en serait pas moins un boulot délicat que cette affaire, un boulot très délicat. Cela ne voulait pas dire qu'il avait envie qu'un de ces bêcheurs du Yard vienne fourrer son nez partout et cherche à lui apprendre son métier. S'il faisait mine de le régenter, ce Monsieur l'Inspecteur-Je-Sais-Tout, on allait voir ce qu'on allait voir. Lui, le commissaire, saurait le remettre à sa place en vitesse !

Le brigadier Nethersole, un homme de trente-sept ans, franc et travailleur, attendait l'arrivée de l'inspecteur Harding agité de sentiments bien différents. C'était quelqu'un qui manquait d'assurance, très soucieux de faire son chemin dans la police. Il n'avait jamais jusqu'à ce jour eu la chance de travailler avec Scotland Yard ni, au vrai, de rencontrer dans sa carrière quelque chose de plus excitant que quelques accidents de la route et deux cas de cambriolage, et lorsqu'il apprit qu'il avait été désigné pour aider l'inspecteur Harding dans son enquête, il se sentit très flatté et résolut d'observer de près les méthodes de détection employées par l'un de ces types futés de Londres. C'était un homme corpulent, au visage un peu figé. Ses grands yeux bleus avaient une façon originale de regarder fixement n'importe quel objet qu'ils rencontraient dès qu'il réfléchissait un tant soit peu. Il était lent à s'exprimer, et plus lent encore à se fâcher. Personne ne pouvait se souvenir d'avoir vu le brigadier Nethersole se laisser aller à un agacement passager et, à la différence du commissaire, il ne brutalisait jamais ses subordonnés.

Lorsque l'inspecteur fut introduit dans le bureau du commissaire, le brigadier se leva de sa chaise et le fixa, sans ciller, pendant deux bonnes minutes. Il n'avait pas le moindre désir de le vexer ; simplement, il faisait la connaissance de l'inspecteur Harding. Son regard pouvait paraître bovin, mais son esprit méthodique était en train d'absorber un certain nombre d'informations au sujet de l'inspecteur.

Ce dernier n'était pas du tout tel qu'il l'avait imaginé. Ce fut là sa première pensée. C'était l'un de ces hommes sortis de l'enseignement secondaire qui lui plaisaient assez. On pouvait toujours les repérer : bonnes manières, calme, deux yeux directs et fermes qui vous regardaient en face sans flancher. J'aime un gars qui peut vous regarder en face, songea le brigadier, sans réfléchir qu'il y avait peu de personnes aux nerfs assez solides pour soutenir sans flancher son propre regard.

Ce n'était pas non plus un de ces types chevronnés, grincheux, et encore moins un rigolo. Il devait avoir le même âge que lui. Juste le gars à manier ces rupins de La Grange, étant lui-même un monsieur, comme on pouvait le voir. Nethersole ignorait encore tout de sa façon de travailler, mais dans l'ensemble, il était forcé de reconnaître que Harding lui plaisait assez.

L'inspecteur traversa la pièce et serra la main du commissaire : « Bonjour, commissaire. J'espère que je ne vous ai pas fait attendre », dit-il. Puis, rencontrant le regard du brigadier, il se retourna et lui serra également la main.

Eh bien ! se dit le commissaire, ce n'est pas la joie quand ils décident de vous envoyer des fils à papa ! Il servira à quoi, tout farci qu'il est d'instruction universitaire et décidé, sûr de sûr, à tenir la dragée haute à tout le monde. C'était pas qu'il ne parlait pas plutôt convenablement, bien respectueux et poli, mais allez savoir !

« Alors, inspecteur Harding, fit-il d'un air condescendant, vous êtes venu nous décharger de cette affaire ?

— Non, pas vous en décharger, commissaire. Vous prêter main-forte. J'ai cru comprendre que c'était vous qui en étiez chargé. »

L'œil du commissaire devint un rien moins glacial : « C'est ça, fit-il. Naturellement, comme je suis le commissaire du district, c'est à moi que l'affaire revient. Mais je suis moins jeune que je n'étais, et moi et le chef de la police du comté nous nous sommes concertés, et nous sommes arrivés à la conclusion que ce qu'il nous fallait, c'était quelqu'un qui nous donnerait un coup de main, car c'était beaucoup demander à un homme de mon âge de se mettre sur les bras une affaire comme celle-ci sans aide. Voilà comment ça se présente.

— Selon les instructions que j'ai reçues, je dois vous apporter toute l'aide en mon pouvoir. Je comprends qu'il s'agit d'un cas plutôt embarrassant pour un policier local. »

Voilà qui était, pour sûr, élégamment formulé — élégamment, c'était le mot.

« Ma foi, c'est bien ça, déclara le commissaire, fondant presque visiblement. Embarrassant, vous l'avez dit. A présent, ce que nous avons de mieux à faire, c'est de nous y coller tout de suite, vous et moi et le brigadier Nethersole que voici, que j'ai choisi pour vous seconder tant que vous serez sur ce crime.

— Eh bien, allons-y ! » dit l'inspecteur, qui avança une chaise et s'assit.

Le récit que le commissaire commença à dérouler n'était ni concis ni facile à suivre, mais l'inspecteur semblait en saisir les lignes essentielles et, sauf une ou deux interruptions pour demander, en s'excusant, que tel ou tel point lui soit expliqué de manière plus approfondie, il l'écouta plus ou moins en silence.

Ses grosses mains serrées entre ses genoux, le brigadier songeait : « Lupton ne s'en sort pas, voilà tout. Ça doit être un joli casse-tête pour quelqu'un qui ne connaît pas le général et sa famille. Qu'est-ce qu'il a besoin de lire des petits bouts de toutes leurs déclarations ? Il saute d'une personne à l'autre sans expliquer clairement qui elles sont, au lieu de se borner à rapporter les faits et à laisser l'inspecteur lire les déclarations tout seul. Patient, le gars, on dirait, et il comprend les choses vite fait ! »

L'inspecteur Harding laissa le commissaire parler jusqu'à ce qu'il fût à bout de souffle, puis il dit :

« Je vois. Vérifions que nous sommes au clair pour les faits essentiels — j'ai peur que l'identité des diverses personnes liées à cette affaire me dépasse un petit peu pour le moment. Le général Billington-Smith entre dans son cabinet de travail à midi moins dix. A midi cinq le maître d'hôtel traverse le vestibule, se dirigeant vers la porte d'entrée, et entend ce qu'il prend pour une dispute entre le général et l'un des invités du week-end.

— Mr Halliday, acquiesça le commissaire, c'est un gentleman à l'air malsain. Ce que j'appelle agité, si vous voyez ce que je veux dire. Il saute en l'air juste un peu trop souvent, me suis-je dit. Pas d'occupation, ce qui est louche, si vous y regardez de près. A perdu son boulot, si vous voulez mon avis. »

L'inspecteur attendit que cette randonnée dans les régions de la conjecture eût pris fin, puis il dit : « Si j'ai bien compris, Halliday a admis être entré dans le cabinet de travail aux environs de midi, et y avoir eu des mots avec le général à propos d'un sujet qu'il préfère ne pas dévoiler. Il ne sait pas quand il a quitté le cabinet de travail, mais pense qu'il n'y est pas resté plus d'un quart d'heure. De là il est monté dans sa chambre, puis il a rejoint les autres sur la terrasse, environ dix minutes plus tard. D'après ce que vous savez, il est la dernière personne à avoir vu le général en vie. Quelques minutes avant une heure, Mrs… Mrs… » — il jeta un coup d'œil à l'une des nombreuses feuilles de papier étalées devant lui — « … Twining est allée inviter le général à retrouver la compagnie sur la terrasse pour les cocktails — et l'a trouvé mort à son bureau. Elle s'est penchée sur lui, a vu qu'il avait été poignardé et qu'elle ne pouvait rien y faire, et est retournée sur la terrasse annoncer la nouvelle aux autres. Est-ce que j'ai bien tout saisi ?

— Vous avez bien compris jusqu'à un certain point, répliqua le commissaire sans aménité. Mais il y en a bien plus à dire, je peux vous l'assurer. Vous avez omis les mouvements de tous les invités qui séjournent dans la maison. Et d'un !

— Tant que je n'ai pas eu le temps de relire minutieusement les déclarations, je crois que je ferais mieux de m'en tenir aux grandes lignes, commissaire. Puis-je voir les rapports du médecin ? »

Le commissaire fouilla dans un paquet de documents et tendit deux feuillets machine dactylographiés par-dessus la table : « Les voilà. J'imagine que vous voudrez également les photographies ?

— Merci. » L'inspecteur Harding prit les photographies et les posa près de lui, sans lever les yeux du rapport qu'il tenait dans sa main. Il lut en silence pendant un petit moment, observé par le commissaire et le brigadier. « Je vois. Il a été frappé par-derrière, alors qu'il était assis à son bureau, avec un poignard chinois dont il se servait comme coupe-papier ; le poignard a pénétré dans le cou, sous l'oreille droite, et sectionné la carotide. La mort, selon l'opinion du... » — ici il consulta le premier rapport — « docteur Raymond, a eu lieu au bout d'une minute, peut-être moins. Pas d'empreintes digitales ? »

Le commissaire secoua la tête : « Non, c'est justement ce qui nous embarrasse. De nos jours, les gens en savent si long, avec leurs livres pleins d'histoires de meurtres et que sais-je encore, qu'ils connaissent tous les trucs. Celui qui a commis ce meurtre a pris soin de porter des gants. Voilà à quoi mènent tous ces bla-bla-bla sur le Progrès... à mettre les gens au parfum de toutes ces malices », fit-il amèrement, et il ouvrit un des tiroirs du bureau et en sortit le poignard chinois. « Le voilà. Pièce à conviction numéro 1. Un bien vilain outil à laisser traîner, si vous voulez mon avis. »

L'inspecteur prit le poignard, formé d'une fine lame et d'une poignée d'ivoire sculpté, et le tint un moment dans la main. « Un bien vilain outil, en effet.

— Pièce à conviction numéro 2, poursuivit le commissaire, en remettant à l'inspecteur une feuille de papier à lettres. Trouvée sous la main du défunt, comme s'il avait écrit ça juste avant de mourir.

— Intéressant, fit l'inspecteur.

— Ma foi, je n'en sais trop rien. Le médecin légiste s'en tient à l'opinion que Sir Arthur n'aurait pas eu le temps d'écrire quoi que ce soit après avoir été frappé. Le docteur Raymond, lui, pense que si. C'est comme ça avec les médecins... L'un dit une chose, l'autre soutient que ça a pu se passer autrement, et vous ne savez jamais où vous en êtes. Et il m'a l'air de ne nous mener nulle part, ce bout de papier. Enfin, je veux dire, regardez-le ! »

L'inspecteur était en train de l'examiner. Griffonné au crayon, obliquement, sur une demi-feuille de papier à lettres à en-tête, on lisait le mot « La ». Rien de plus. Le trait pâle disparaissait en s'étirant comme si le crayon était tombé des doigts raidis.

« M'est avis que ça mène nulle part, grogna le commissaire. “ La ”, et puis quoi ? Je vois les choses comme ça : Sir Arthur s'apprêtait à écrire quelque chose quand soudain il a été poignardé par-derrière. Il n'y a rien pour montrer qu'il l'a écrit *après* qu'il a été poignardé.

— Sauf que le mot est griffonné de travers, suggéra l'inspecteur. J'aimerais le conserver, si vous m'y autorisez, commissaire.

— Comme il vous plaira, répondit le commissaire généreusement. De surcroît, c'est à peu près tout ce qu'on a. Mais quelque chose pourrait encore se présenter, parce que le chef du comté tenait dur comme fer à ce que rien ne soit dérangé dans la pièce où le meurtre a eu lieu ; si bien qu'il n'y a pas encore eu ce que j'appelle une fouille dans les règles.

— Je vois. Et à propos de la situation de la pièce, j'ai compris qu'elle se trouvait côté façade, donnant sur l'allée carrossable ?

— Exact. A droite de la porte d'entrée. Derrière, c'est ce qu'ils appellent le « petit salon », puis l'escalier, ensuite le grand salon, qui est une vaste pièce à l'arrière de la maison, puis le billard, à côté.

— La terrasse, si je comprends bien, se trouve également sur l'arrière ? Donc le cabinet de travail en est à une distance considérable ? Aucune chance pour qu'un bruit parvienne de ce cabinet aux oreilles de quiconque se trouverait sur la terrasse ?

— Aucune ! affirma le commissaire avec un sourire indulgent à l'égard d'un homme qui ne connaissait pas encore les dimensions de La Grange. C'est une très grande maison. Ce que vous pourriez appeler un manoir. Joliment riche, qu'il était, Sir Arthur, et il ne se refusait rien.

— Et ces fenêtres, poursuivit l'inspecteur, consultant l'une des photographies, étaient-elles ouvertes ou fermées ?

— Celle du milieu, grande ouverte. Celle du côté ouest, le général ne la faisait jamais ouvrir, vu qu'elle était en plein face à la porte, et qu'il n'aimait pas les courants d'air. C'est le maître d'hôtel qui a fermé les fenêtres après qu'on a découvert le crime, ce que, à proprement parler, il n'aurait jamais dû faire.

— Pas d'empreintes de pas, dehors ?

— Non, mais ça ne veut rien dire non plus, quand on y pense. Il n'y a pas eu de pluie depuis je ne sais plus quand et la terre est dure comme du roc. C'est pas comme s'il y avait eu une plate-bande sous la fenêtre, non plus — pouvait pas y en avoir à cause de ces portes-fenêtres, comme vous le constaterez vous-même. Il y a juste un rien d'herbe et puis l'allée carrossable, qui est de gravier. Celui qui a assassiné le général a pu entrer par la porte-fenêtre sans laisser de trace, ou, d'autre part, il a pu entrer par la porte et nous voilà gros-jean-comme-devant.

— Cela ne facilite pas les choses, en effet, remarqua l'inspecteur. Sait-on si le général avait des ennemis ? » Tout en parlant, il détourna les yeux des photographies et vit que les visages des deux hommes se détendaient en de larges sourires. Ses yeux à lui, gris et assez graves, se plissèrent légèrement : « Est-ce que j'ai dit quelque chose de drôle ?

— Ma foi, inspecteur Harding, vous avez visé dans le mille, répondit le commissaire. J'ai idée que si vous passiez tout le pays au peigne fin, vous ne trouveriez pas quelqu'un qui aurait plus d'ennemis que Sir Arthur. J'irais même jusqu'à dire que si vous vous mettiez à chercher un type qui aurait un mot gentil à dire à son sujet, vous auriez un sacré boulot !

— Ça, c'est bien vrai, corrobora le brigadier d'une voix lente et profonde. Vous auriez un sacré boulot ! »

C'est à ce moment-là que le chef de la police du comté entra dans la pièce.

« Ah, commissaire, je vois que l'inspecteur est — hum — arrivé. Sans doute l'avez-vous — hum — mis en possession des faits. Inspecteur Harding, n'est-ce pas ? Je suis très content que vous soyez venu, inspecteur. »

Harding s'était levé et faisait face au major Grierson, qui lui avait tendu la main, en l'observant d'un regard extrêmement aigu. Il dit : « Mon Dieu, mais nous nous — hum — sommes déjà rencontrés, sûrement ? Votre visage m'est très — hum — familier, mais pour le moment, je ne puis me rappeler — hum — où nous nous sommes rencontrés. Est-ce que, par hasard, vous vous souvenez de m'avoir rencontré ?

— Oui, major, je me souviens de vous parfaitement, répliqua l'inspecteur en lui serrant la main. C'était à Bailleul, en France.

— Mais bien sûr, bien sûr ! s'exclama le major. Harding, ma parole ! Oui. Vous secondiez le colonel — hum — Mason ! Oui, oui, oui ! Ma foi, pour une surprise ! Mais que faites-vous dans la police ? Vous... attendez, ça me revient... Vous faisiez des études de droit à — hum — Oxford !

— La guerre a rudement balayé tout cela, major. Aussi, au lieu du droit, je me suis enrôlé dans la police.

— Par exemple, par exemple, par exemple ! » répéta le major Grierson.

L'inspecteur s'approcha du bureau et y posa les photographies qu'il tenait encore dans la main gauche : « Le commissaire Lupton vient de me communiquer tous les faits de cette affaire, major, dit-il. Ça a l'air d'être un peu chatouilleux. »

Le visage du major s'assombrit.

« Très mauvaise affaire. Une vilaine — hum — histoire, Harding. J'ai senti immédiatement que c'était un travail pour — hum — Scotland Yard. Trop de monde là-dedans. Avez-vous lu les — hum — déclarations ?

— Pas encore, major. J'allais suggérer au commissaire qu'il me laisse les emporter maintenant, de façon à ce que je puisse les étudier avant de monter à La Grange.

— Comment donc ! Certainement ! Un — hum — plan excellent. Ce n'est pas — hum — votre avis, commissaire ? »

Le commissaire, qui avait considéré avec déplaisir la rencontre entre le major et l'inspecteur Harding, déclara qu'il n'avait pas d'objections, mais que, selon lui, plus tôt l'inspecteur monterait à La Grange, mieux cela vaudrait. L'inspecteur consulta sa montre.

« Disons dans une heure ? Il sera alors trois heures et demie.

— Oui, oui, faites exactement ce qui vous paraît — hum — le mieux, Harding, dit le major. Où est-ce que vous — hum — logez ?

— A la Couronne, major, s'ils ont une chambre.

— Vous ne pouviez mieux choisir, approuva le major. Je vais vous y — hum — déposer. »

Sorti du poste de police, il retint l'inspecteur d'un air confidentiel et l'avertit que le commissaire était un homme peu commode : « Entre nous — hum —, Harding, il n'est pas tout à fait l'homme qu'il faudrait pour cette — hum — histoire. Naturellement, je me rends parfaitement compte que vous devez — hum — agir à votre guise. Mais si vous *pouviez* vous arranger pour — hum — être dans ses petits papiers, en quelque sorte... Mais je ne doute pas que vous ferez — hum — de votre mieux.

— Certainement.

— Et lorsque nous — hum — en aurons fini avec cette affaire, il faudra que vous veniez — hum — dîner avec moi et nous bavarderons. A présent, je ne vais pas vous retenir. Vous avez — hum — un rude travail là-bas. Tout à fait déplaisante cette — hum — affaire. » Il se tamponna le nez. « Tout à fait déplaisante ! » répéta-t-il avec conviction.

CHAPITRE VIII

A la Grange régnait une gêne étrange. Dès le moment où l'on sut que Scotland Yard allait intervenir, une chape de plomb descendit sur la maison. Jusque-là, chacun se trouvait soit sous le choc soit morbidement excité, selon la disposition d'esprit des uns et des autres ; mais les mots « Scotland Yard » prononcés, toutes les implications issues de ce crime furent ressenties par tout le monde. Une atmosphère de suspicion se glissa dans la maison ; on discutait du meurtre avec circonspection et personne, excepté Mlle de Silva, ne formulait sa pensée sans s'assurer d'abord que la chose était sans danger.

Dinah, qui écoutait confidences, théories et discussions, fut frappée par la pensée que peut-être personne ne disait toute la vérité. Chacun avait quelque chose à cacher, à atténuer ou à expliciter. Personne ne paraissait plus tout à fait naturel, depuis Fay, inhabituellement silencieuse et se contrôlant bien, jusqu'à Guest, plus taciturne que jamais. La seule mention de Scotland Yard avait produit des émotions variées. Il était aisé de voir que Fay redoutait ce qui les attendait tous, mais ne l'avouerait même pas à Dinah. Il était plus facile encore de lire en Geoffrey. Il ne pouvait cesser de parler de l'événement et le ressassait continuellement, alternativement démontrant la folie de faire venir des détectives et se demandant, l'air désinvolte, ce que les détectives voudraient savoir.

Camilla poussa quelques cris aigus quand elle apprit la nouvelle. Elle déclara qu'il était ridicule que quiconque lui demande quoi que ce soit parce qu'elle ne savait rien ; elle ne voyait pas pourquoi Basil et elle ne pouvaient pas rentrer chez eux. Tout à coup, elle jugeait fort incommode de rester à La Grange ; elle trouvait injuste qu'on la mette ainsi dans l'embarras, et immédiatement, en se montant la tête, fut prise de haine et de répulsion pour la police. D'évidence, la panique avait envahi sa petite cervelle et elle fit montre d'une vulgarité tout à fait extraordinaire dans sa façon de s'y abandonner. C'était, se dit Dinah, probablement le type de femme qui pousse des cris d'orfraie dans une situation critique.

De temps à autre, Basil Halliday, irrité, suppliait sa femme, au nom du ciel, de se tenir tranquille, mais il paraissait n'avoir pas la moindre influence sur elle. Lui-même affirmait que c'était clairement une affaire pour Scotland Yard. Il était absurde d'en faire tout un plat ! Cela ne pouvait gêner personne de répondre à quelques questions. Pourtant, songea Dinah, qui observait le mouvement convulsif des sourcils de Basil, cela pourrait bien le gêner, lui — et peut-être plus que sa femme.

Nul n'aurait su dire à quoi pensait Stephen Guest. Aucun signe d'émotion ne modifia son expression indéchiffrable lorsqu'il apprit la décision du major Grierson. Il replia le journal du soir, ouvert à la page du milieu, avec ses doigts forts et précis, et dit : « Je pensais bien qu'ils feraient appel au Yard ! » Ce fut son seul commentaire ; il ne paraissait pas particulièrement concerné.

Lola s'en désintéressait, elle aussi. Elle dit que les *policemen* ne comptaient pas pour elle, et qu'il était incroyable que seul un reporter du journal local se fût jusqu'alors présenté en quête d'un reportage. Elle ne voulait pas avoir affaire à lui ; peut-être vaudrait-il mieux que rien ne paraisse dans les journaux avant qu'elle ait vu son attaché de presse, « car j'ai idée, dit-elle avec sérieux, que peut-être c'est une chose pas bonne de mettre ça dans les journaux. En France ce serait un succès très énorme, mais l'Angleterre je ne connais pas si bien, et je demande si ça sera pour moi une très belle publicité, ou, au contraire, pas bonne mais très mauvaise ».

Contrairement à Camilla, Lola ne manifesta pas le moindre désir de quitter La Grange. Elle se retint même de se plaindre des habitudes matinales des coqs, se bornant à annoncer que lorsqu'elle serait mariée à Geoffrey, il faudrait « arranger ça ». Le meurtre de son hôte était, de son point de vue, une bonne chose. Geoffrey aurait beaucoup d'argent, ce qui lui permettrait de l'épouser, et il n'y aurait plus l'inexplicable pénurie d'absinthe dans la maison. Elle exprimait librement ces conclusions, car, comme elle l'indiqua avec bon sens, cela faisait du bien à tout le monde de regarder le côté lumineux des choses. L'absinthe lui fut fournie par Finch, qui informa Dinah, en lui faisant ses excuses, qu'il avait pris sur lui de téléphoner au marchand de vin, « car, si je puis me permettre, mademoiselle, cela fera un souci en moins ».

L'autre problème ne pouvait pas être réglé si facilement. Lola découvrit que Geoffrey se comportait de manière tout à fait absurde et, au lieu de l'adorer ouvertement, montrait une répugnance marquée à se trouver dans ses parages. Si elle croisait son regard, il se hâtait de détourner les yeux ; si elle s'adressait à lui, il lui répondait de manière contrainte et commençait immédiatement à parler à quelqu'un d'autre. Même la séduction de sa beauté n'arrivait pas à rallumer sa passion, et lorsqu'elle tenta de voir l'effet qu'elle lui ferait en lui glissant les bras autour du cou, au pied de l'escalier, le lundi soir, et en lui chuchotant : « Embrasse-moi, mais embrasse-moi, mon Geoffrey ! », le résultat ne fut guère heureux : il se dégagea presque violemment, en disant : « Arrête ! Ne peux-tu me laisser tranquille ? Je ne veux pas te toucher ! » Et comme elle écarquillait les yeux devant cette conduite si bizarre, il ajouta, d'une voix aiguë, énervée : « Cesse de parler tout le temps de mariage ! Nous ne nous marierons pas. Tu m'as fichu en l'air quand tu as cru que je n'avais pas d'argent, et j'ai compris quel imbécile j'avais été de t'aimer. Et cela a absolument *tué* mon amour pour toi ! »

C'était très choquant, fort grossier de la part de Geoffrey, et de plus, extrêmement agaçant, car il avait parlé d'une voix si forte que tout le monde aurait pu l'entendre. Un petit moment, Lola hésita, au bord d'une scène véritablement magnifique : c'eût été une fin splendide pour cette journée, et elle aurait eu plaisir à une empoignade où chacun hurlerait des insultes et lancerait des vases par terre. Mais Geoffrey, après tout, était Anglais, et sans doute n'entrerait-il pas dans l'atmosphère du jeu : il s'en irait tout bonnement, tout à fait dégoûté. Elle se maîtrisa et déclara d'un ton de profond reproche : « Mais je te trouve cruel entièrement, mon cher Geoffrey. Tu me fais grand mal, je t'assure, mais je pardonne, parce que chacun peut voir que tu n'es pas toi-même. » Après quoi, elle monta se coucher et, rencontrant Dinah sur le palier, elle lui demanda quand on saurait combien d'argent reviendrait à Geoffrey.

Dinah fut incapable de l'éclairer. Geoffrey avait téléphoné à l'étude de Tremlowe, Tremlowe, Hanson et Tremlowe, dès le major parti, mais Mr Horace Tremlowe n'était pas encore rentré d'un long week-end, et Mr Gerald Tremlowe n'espérait guère le revoir avant onze heures le mardi. Geoffrey avait expliqué de façon plutôt incohérente l'urgence de voir Mr Horace Tremlowe, et Mr Gerald, très scandalisé, avait fait « tut-tut-tut » d'une voix perturbée, et promis que Mr Horace, à la fois le notaire et l'exécuteur testamentaire du général, se rendrait à La Grange le mercredi, par le premier train.

Tout au long de la matinée du mardi, Finch fut occupé à la porte d'entrée. Beaucoup de personnes arrivaient en voiture et lui remettaient qui des fleurs, qui un petit mot pour Fay. Presque tous ces visiteurs sympathisants disaient à Finch combien ils étaient choqués ; presque tous présumaient que Lady Billington-Smith ne recevait pas encore, puis, cette présomption confirmée, repartaient à regret.

Mrs Chudleigh ne vint pas ni n'apporta des fleurs. Elle téléphona et ne se laissa pas envoyer promener par le maître d'hôtel. Elle dit qu'elle désirait parler à Miss Fawcett : « Je vous en prie, pour un motif important. » Lorsque Dinah prit à contrecœur le téléphone, le motif important lui fut révélé. Le pasteur, dit Mrs Chudleigh, l'avait obligée à téléphoner, car il hésitait à s'imposer en un moment pareil, et pourtant il souhaitait voir Fay. « Consolation spirituelle », ajouta Mrs Chudleigh. Dinah déclina l'offre au nom de sa sœur.

« Je ne doute pas que vous connaissiez les désirs de Lady Billington-Smith, Miss Fawcett, fit la voix aiguë au bout du fil. Je dois dire pourtant que j'aurais cru, en un moment pareil... Toutefois, je puis vous assurer que ni mon mari ni moi-même ne songerions à déranger votre sœur à moins qu'elle n'exprime le désir de voir l'un de nous deux. Sans doute avez-vous été assiégés par des visiteurs ? Je sais que les gens peuvent se montrer d'une indiscrétion grossière, et c'est pour cela que j'ai appelé au lieu de laisser un billet. Naturellement, je suppose, il faudra qu'il y ait une *enquête* ?

— Oui, je le crains, répondit Dinah patiemment.

— Si pénible pour la famille ! J'espère qu'il n'y a pas un mot de vrai dans ce que l'on raconte — à savoir que la police jugerait nécessaire d'avoir recours à Scotland Yard. Je n'y ai pas prêté la moindre attention lorsque la chose m'a été répétée, mais vous savez évidemment que le brigadier Hammond est fiancé à la deuxième femme de chambre de Mrs Darcy ?

— Je l'ignorais, fit Dinah, mais...

— Donc, sans aucun doute, c'est comme ça que l'histoire a filtré. Vous pensez bien que j'ai dit à Mrs Darcy que je m'étonnais de lui voir prêter l'oreille aux commérages de ce genre. Je suppose que c'est complètement faux ?

— Non, répliqua Dinah, c'est parfaitement vrai.

Je suis sûre que vous me pardonnerez, Mrs Chudleigh, mais je suis très occupée en ce moment et...

— Je comprends *tout à fait !* Tout doit être sens dessus dessous, j'en suis sûre. Et pour vous, c'est si intolérable d'avoir des détectives dans la maison. Et aussi des reporters !

— Oui, odieux. Je dirai à Fay que vous avez téléphoné. Vous êtes très aimable. Au revoir ! »

Plus tard, ce fut Mrs Twining qui téléphona. Elle voulait simplement savoir comment allaient Fay et Geoffrey, et si l'on avait besoin d'elle.

« Non, non, pas pour l'instant, répondit Dinah. Le détective ne s'est pas encore présenté. Ce sera un vrai soulagement lorsqu'il arrivera, si vous voulez mon avis. Cette attente prolongée tape sur les nerfs de tout le monde. Est-ce que vous viendrez aujourd'hui ?

— Oui, je crois que je ferais bien de venir, répondit Mrs Twining de son ton calme. Fay m'a fait comprendre que je devais me tenir prête à répondre aux questions que le détective pourrait vouloir me poser. Je ne m'y connais pas trop dans l'étiquette de ce genre de procédés. Est-ce qu'un détective va venir me voir, ou dois-je aller le trouver ?

— Je ne sais pas, mais j'aimerais bien que vous veniez. Nous... nous avons assez besoin d'une personne normale ici.

— Dans ce cas, je viendrai cet après-midi. »

Au déjeuner, Camilla annonça qu'elle avait une terrible migraine et qu'elle resterait couchée tout l'après-midi. Et si le détective finissait par arriver tout de même, ce n'était pas la peine de s'attendre à ce qu'elle le vît, parce qu'elle se sentait trop souffrante pour parler à quiconque. Sur quoi, Lola tourna vers elle un regard sans aménité et déclara : « Je ne vois pas la raison pourquoi un policeman voudrait vous voir. Vous pas importante du tout ; c'est moi qui le dis, et c'est stupide tout à fait les scènes que vous nous jouez. »

Camilla, pâle de rage, répliqua d'une voix tremblante qu'elle ne resterait pas assise là à se faire insulter et sortit en manifestant son indignation. Après un petit moment d'incertitude, Halliday se leva abruptement et la suivit.

« Je suis contente tout à fait, dit Lola avec sérénité, qu'ils sont partis. Ils sont pas du tout sympathiques, et puis je suis presque sûre que ses cheveux, elle les teint. »

Il semblait qu'on en eût fini avec Camilla. Personne ne trouva la force de faire un commentaire sur ce discours, et le repas se poursuivit dans un silence dépressif.

Lorsqu'il fut achevé, Dinah prit fermement Fay par la main et la conduisit à l'étage dans sa chambre : « Tu vas t'étendre jusqu'à l'heure du thé, ma petite. Combien d'heures as-tu dormi la nuit dernière ?

— Pas beaucoup », répondit Fay avec un sourire forcé. Elle laissa Dinah l'aider à ôter sa robe et, prise d'un petit frisson, s'emmitoufla dans un peignoir.

Dinah entassa sur le lit les oreillers, qu'elle tapota comme pour inviter sa sœur à se coucher : « Allons, viens, ma cocotte. Tu te sentiras mieux si tu réussis à rattraper un peu de sommeil. »

Fay avança, docile, et s'allongea. Ses grands yeux effleurèrent un instant le visage de Dinah puis elle les abaissa : « Oui, je pense qu'il faudra, Dinah... »

Dinah lui prit une de ses mains froides : « Faudra quoi, ma chérie ?

— Quand le détective viendra, dit Fay en pesant ses mots, crois-tu qu'il me faudra être là ? Naturellement, il voudra me voir, je m'en rends bien compte. Mais penses-tu que j'aie besoin de le recevoir ? Tu ne pourrais pas le faire à ma place ? Geoffrey ne vaut pas grand-chose et... j'imagine que le détective voudra voir quelqu'un, n'est-ce pas ?

— Je n'en ai pas la moindre idée, mais je serai là, sûr de sûr. Ne t'en fais pas pour ça !

— Merci », dit Fay.

Miss Fawcett se retira et descendit téléphoner. Elle s'était souvenue que personne jusque-là n'avait annoncé la nouvelle à sa mère.

Mrs Fawcett la reçut de manière caractéristique. Après les premières exclamations d'horreur et d'incrédulité, elle susurra d'une voix faible, blessée, que Dinah n'aurait pas dû lui annoncer la chose au téléphone ; le choc était trop terrible. Aussi Dinah sut-elle que sa mère se complaisait dans une période de santé délabrée et qu'il n'y aurait pas la moindre nécessité de la dissuader de venir auprès de Fay. Mrs Fawcett avait fait de son confort personnel son objectif premier depuis tant d'années qu'il était extrêmement douteux que quelque chose pût rompre une habitude si fermement ancrée. D'une voix plaintive qui eût pu inciter une tierce personne à la croire au bord de l'évanouissement, elle dit qu'elle aurait tant voulu pouvoir venir immédiatement pour être auprès de sa Fay bien-aimée. Mais à quoi bon, ajouta-t-elle tristement, faire un voyage long et fatigant, en se traînant, pour se mettre au lit à l'instant même de son arrivée ? Ce serait folie pure, car elle n'était déjà guère vaillante, et Dinah devait certainement savoir que le moindre effort la laissait prostrée.

Dinah eut un large sourire en reposant le combiné. Enfin ! Maman va passer des moments merveilleux, maintenant, songea-t-elle, et elle se représenta Mrs Fawcett marchant d'un pas chancelant jusqu'à son canapé. Elle va le raconter à ses amis, leur dire qu'il est terrible pour elle d'être clouée sur sa chaise longue alors qu'elle donnerait n'importe quoi pour être ici avec Fay. Et elle va jouer son rôle à merveille, pensa encore Miss Fawcett, admirative ; puis elle alla s'asseoir sur la terrasse, en attendant l'arrivée du détective.

Il mit longtemps à venir, et, une fois de plus, Dinah pensa à la salle d'attente d'un dentiste. Il semblait fort improbable qu'elle pût être accusée du meurtre, mais elle avait toute la méfiance féminine envers la police, et ce qu'elle avait vu du commissaire principal ne la conduisait pas à envisager la venue d'un autre individu de sa tribu autrement qu'avec le plus sombre pressentiment. Toutefois, sur un point au moins elle avait pris une décision : si ce type de Scotland Yard croyait pouvoir lui poser des questions sur un ton grossier et tyrannique, il découvrirait qu'il faisait une belle erreur.

A trois heures et demie, le sentiment d'être dans la salle d'attente du dentiste avait augmenté considérablement, et quand, à quatre heures moins le quart, Finch vint informer Geoffrey, qui avait rejoint Dinah sur la terrasse un peu plus tôt, que le brigadier Nethersole et l'inspecteur de Scotland Yard étaient arrivés, Miss Fawcett éprouva une sensation des plus curieuses — et des plus désagréables — au creux de l'estomac.

« Je suppose que je ferais bien de voir ce type, non ? fit Geoffrey. Ce n'est pas que je puisse lui servir à quelque chose, pour autant que je sache. De quoi a-t-il l'air, Finch ?

— Nous allons bientôt le savoir par nous-mêmes, déclara Dinah avec encouragement. Viens, j'y vais avec toi. » Elle serra amicalement le bras de Geoffrey. « Ne te mets pas sens dessus dessous, mon enfant. Il ne peut pas te manger.

— Oh ! je ne suis pas agité, fit Geoffrey en riant. Seulement, j'espère vivement qu'ils ne nous ont pas envoyé un affreux goujat. Où l'avez-vous mis, Finch ?

— Je l'ai fait entrer dans le petit salon, monsieur. Il a l'air, si j'ose me permettre, d'un gentleman fort calme.

— Eh bien, c'est déjà cela ! remarqua Geoffrey, ajustant sa cravate d'une main nerveuse. Allons, viens, Dinah — si tu veux *vraiment* venir ! »

Il y avait deux hommes dans le salon, l'un en uniforme de brigadier, l'autre portant un complet qui avait l'indéfinissable marque d'un bon tailleur.

« L'inspecteur Harding, monsieur, dit Finch, sentant apparemment que les présentations s'imposaient.

— Oh... euh... bon... bonjour, inspecteur, dit Geoffrey.

— Bonjour », répondit Harding d'un ton agréable.

Il regarda du côté de Dinah et découvrit que la demoiselle le surveillait avec un étonnement évident.

Bon sang, mais c'est vraiment un gentleman !

songea Geoffrey. Eh bien, c'est déjà quelque chose. Il n'a pas l'air d'un mauvais bougre, non plus.

Miss Fawcett, se rendant compte que son franc regard lui était rendu avec une petite lueur amusée, eut la grâce de rougir. Elle s'avança et tendit la main : « Comment allez-vous ? fit-elle poliment.

— Et vous-même, Miss Fawcett ?

— Comment diable savez-vous que je suis Miss Fawcett ? demanda Dinah, visiblement impressionnée.

— Le maître d'hôtel m'a annoncé qu'il irait chercher Miss Fawcett, expliqua Harding gravement.

— Oh ! fit Dinah, déçue. Et moi qui croyais que vous étiez malin comme un renard.

— Non, je crains que ce ne soit pas le cas », répondit Harding, d'un air d'excuse.

Pas de doute, décida Miss Fawcett, cet homme-là va se montrer gentil.

CHAPITRE IX

L'inspecteur Harding écoutait Geoffrey, volubile et légèrement offusqué.

« Bien sûr, je sais que vous devez demander des renseignements, mais j'espère beaucoup que vous le ferez le plus rapidement possible, parce que c'est affreusement moche pour ma belle-mère... je veux dire qu'elle a reçu un choc vraiment accablant, vous savez... Nous en avons reçu un tous les deux, à dire les choses comme elles sont... et cette maison bourrée d'invités rend les choses absolument horribles pour nous. Et naturellement, eux non plus n'ont pas envie de traîner ici. Personnellement, je ne vois pas...

— Je serai aussi rapide que possible, Mr Billington-Smith, déclara Harding, sentant, selon les apparences, que cette harangue décousue pouvait continuer indéfiniment. J'aimerais d'abord inspecter le cabinet de travail, s'il vous plaît, et ensuite peut-être permettrez-vous à votre maître d'hôtel de me montrer les autres pièces de cet étage ?

— Pourquoi diable voulez-vous voir les autres pièces ? demanda Geoffrey. Naturellement, vous pouvez le faire si cela vous plaît, mais je dois dire que je ne vois pas très bien...

— Merci, répondit Harding. Je ne vous retiens pas plus longtemps pour le moment, Mr Billington-Smith. » Il se tourna vers Finch, encore debout près de la porte : « Voulez-vous me conduire dans le cabinet de travail ?

— Oui, montrez le chemin à l'inspecteur, Finch, dit Geoffrey. Si vous avez besoin de moi, vous n'aurez qu'à le dire à Finch, inspecteur ; ce n'est pas que je puisse vous être de quelque utilité, parce qu'il se trouve que je n'étais pas ici quand mon père a été assassiné, mais si vous avez *vraiment* besoin de moi...

— Dans ce cas, je demanderai à Finch d'aller vous chercher », dit Harding, qui suivit le maître d'hôtel dans le vestibule.

L'agent de garde dans le cabinet de travail se leva de sa chaise, placée contre le mur, lorsque la porte s'ouvrit, et fut visiblement ravi en voyant le brigadier. C'était un boulot bien ennuyeux que de monter la garde dans une pièce vide.

Le brigadier lui dit qu'il pouvait aller attendre dehors, puis il fixa son regard sur l'inspecteur, qui, debout et immobile devant le bureau, regardait tout autour de lui.

« Rien n'a été déplacé, brigadier, d'après ce qu'on m'a dit ?

— Rien d'autre que ce que le commissaire vous a montré au poste de police.

— Je vois. »

Harding se retourna : « Juste une minute avant que vous ne partiez, Finch. Lorsque vous êtes entré dans cette pièce avec messieurs Guest et Halliday, les fenêtres étaient-elles ouvertes ou fermées ?

— Les fenêtres donnant sur le devant étaient ouvertes, monsieur. Sir Arthur ne faisait jamais ouvrir les fenêtres donnant sur le côté quand il était assis ici. J'ai cru bien faire en fermant les fenêtres quand nous avons verrouillé la pièce, au cas où quelqu'un aurait essayé d'entrer.

— Vous aviez une raison de croire que quelqu'un aurait envie d'entrer ici ? »

Le maître d'hôtel hésita. « Pas à ce moment-là... si je puis dire.

— Mais vous en avez eu une par la suite.

— Je n'irais pas jusqu'à dire cela, monsieur, mais il m'a semblé que Mr Halliday n'avait pas l'air trop content.

— Qu'est-ce qui vous a fait croire cela ?

— Ma foi, monsieur, je ne sais pas si je peux vous donner une raison précise, mais il me semblait que Mr Halliday paraissait tenir à avoir la clé en main. »

Harding le considéra pendant un moment : « Mr Guest a été d'accord avec vous pour estimer que le cabinet devait être fermé à clé ?

— Oh oui, monsieur. C'est Mr Guest qui a suggéré que la clé soit confiée au docteur Raymond.

— Et pour finir, vous avez quitté cette pièce ensemble ?

— Oui, monsieur.

— Qui, en fait, a fermé la porte ?

— Mr Guest. Et il a immédiatement donné la clé au docteur Raymond.

— Est-ce que lui ou vous avez vérifié que la porte était vraiment fermée à clé ?

— Oui, monsieur, j'ai vérifié moi-même, répliqua Finch instantanément.

— Et il n'y avait aucune possibilité de la rouvrir avec une autre clé ?

— Non, monsieur, aucune. Sir Arthur avait fait faire une serrure différente pour chaque porte quand il a construit la maison.

— Je comprends. » Harding inscrivit quelque chose dans son agenda. « A présent, voulez-vous arranger cette pièce exactement comme vous l'avez trouvée lorsque vous y êtes entré pour la première fois après le meurtre, s'il vous plaît ?

— Vous pensez aux fenêtres, monsieur ? Tout le reste est exactement comme c'était.

— Oui, les fenêtres. »

Le maître d'hôtel s'avança vers l'une des portes-fenêtres de devant, tira les rideaux, tourna l'espagnolette et ouvrit en grand ; puis il passa à l'autre et écarta légèrement les voilages. « C'était comme ça, monsieur.

— Merci. Avant que vous ne partiez, je voudrais que vous répondiez à une ou deux questions. D'abord, où Sir Arthur gardait-il le poignard dont il se servait comme coupe-papier ?

— Toujours sur le bureau.

— Il devrait y avoir un étui assorti à la poignée. Je ne le vois pas ici.

— Non, monsieur, l'étui a été égaré voilà des années, quand Sir Arthur habitait à l'étranger.

— Ah ! je me demandais... » Harding tira un tas de papiers de sa poche de poitrine et les parcourut jusqu'à ce qu'il eût trouvé celui qu'il cherchait. « Vous avez dit qu'à midi cinq, lundi, vous avez surpris des voix dans cette pièce, et que vous en avez identifié une comme étant celle de Mr Halliday.

— Oui, monsieur.

— Vous êtes sûr que c'était la voix de Mr Halliday ?

— Je n'ai aucun doute, monsieur. Aucun. Mr Halliday a ce que j'appellerais une voix très caractéristique.

— Avez-vous entendu quelque chose de ce qui se disait ?

— Non, monsieur. Les portes de cette maison sont très épaisses, comme vous pouvez le voir, et Sir Arthur parlait en même temps.

— Avec colère ?

— Plutôt, comme qui dirait, en tempêtant, monsieur. C'était Mr Halliday qui envenimait la dispute. »

Harding leva les yeux de ses notes : « Vous ne pouviez distinguer ce qu'ils disaient, et pourtant vous affirmez catégoriquement que c'est Mr Halliday qui provoquait la querelle ? Est-ce que ce n'est pas un peu curieux ?

— Peut-être que je n'aurais pas dû dire les choses tout à fait de cette façon, monsieur. J'ai présumé que c'était Mr Halliday qui était en colère, à cause du sentiment de Sir Arthur pour Mrs Halliday.

— Oh ? Ce sentiment était-il très marqué ?

— Très marqué. Si vous permettez, monsieur, je m'attendais à ce qu'il se produise quelque chose du genre d'une querelle, puisque Mr Halliday n'appréciait pas trop les attentions de Sir Arthur pour Mrs Halliday.

— Vous avez eu l'impression que Mr Halliday était jaloux.

— Oh oui, monsieur, très jaloux. Mr Halliday surveillait continuellement Mrs Halliday et Sir Arthur. Ce n'est pas à moi de le dire, mais Mrs Halliday se montrait ce que j'appellerais flirteuse, toujours à provoquer Sir Arthur. Il était facile de voir que Mr Halliday n'aimait pas ça. »

Harding hocha la tête et reprit ses considérations sur la première déclaration du maître d'hôtel : « Vous n'avez pas vu Mr Halliday sortir du cabinet de travail. Où êtes-vous allé en quittant le vestibule ?

— Je suis allé à l'office, monsieur, jusqu'à l'arrivée de Mrs Twining.

— Cela fait combien de temps ? »

Le maître d'hôtel réfléchit : « Eh bien, monsieur, pas plus de cinq minutes, je dirais, avant la sonnerie de la porte d'entrée.

— Lorsque vous êtes allé ouvrir à Mrs Twining, entendiez-vous encore des voix dans le cabinet de travail ?

— Non, monsieur. Pas un son.

— Et après avoir escorté Mrs Twining jusqu'à la terrasse, où êtes-vous allé ?

— Je vous demande pardon, monsieur, je n'ai pas conduit Mrs Twining à la terrasse. Elle a dit qu'elle s'annoncerait toute seule.

— Était-ce habituel ?

— Tout à fait habituel dans le cas de Mrs Twining. C'était une très ancienne amie de Sir Arthur. Elle était arrivée dans une automobile découverte, et elle souhaitait se recoiffer avant de se rendre sur la terrasse. Il y a un miroir dans le vestibule, comme vous pourrez le remarquer, monsieur ; Mrs Twining est allée s'y regarder et m'a dit que je n'avais pas besoin de l'attendre.

— Si bien que vous ne l'avez pas vue sortir sur la terrasse ?

— Non, monsieur. Je suis retourné tout droit à l'office pour préparer les cocktails.

— Y avait-il quelqu'un d'autre dans cet office ? »

Le maître d'hôtel considéra la question pendant un moment. « Il me semble bien que Charles — le valet — se trouvait entre l'office et la salle à manger, en train de mettre le couvert pour le déjeuner. Mais je n'ai aucune certitude sur ce point. Quand la sonnette a tinté une nouvelle fois — ça a dû arriver quelques minutes plus tard, car j'étais en train de couper les oranges pour les cocktails —, j'ai regagné le vestibule.

— Et là encore vous n'avez pas entendu de bruit provenant du cabinet de travail ?

— Non, monsieur. Tout était silencieux.

— Qui avait sonné à la porte d'entrée ?

— Mrs Chudleigh, l'épouse du pasteur. Je l'ai accompagnée jusqu'à la terrasse et suis retourné à l'office.

— Êtes-vous allé dans le vestibule par la suite ?

— Pas avant de porter le plateau de cocktails ; il devait être un peu passé midi et demi, du fait que j'avais été dérangé pendant que je préparais les cocktails, me mettant quelques minutes en retard sur mon horaire habituel.

— Et vous n'avez pas retraversé le vestibule avant une heure, au moment où vous avez rencontré Mr Guest et Mr Halliday qui entraient dans le cabinet de travail ?

— Non, monsieur. J'étais occupé aux préparatifs du déjeuner.

— Dans la salle à manger ?

— Entre la salle à manger et l'office. Il faut que je vous dise qu'il existe une porte menant de la salle à manger au couloir de l'office.

— Vous n'avez pas raccompagné Mrs Chudleigh ?

— Non, monsieur. J'ai cru comprendre que cette dame était partie par le jardin.

— Ah ? Quel chemin est-ce là ? »

Le maître d'hôtel s'approcha de la fenêtre donnant à l'ouest : « Vous pouvez voir par vous-même, monsieur ; cette fenêtre s'ouvre sur le sentier qui conduit de l'allée centrale à la pelouse, à l'arrière de la maison. »

Harding le suivit et regarda au-dehors. « Je vois. » Il consulta le papier qu'il tenait à la main. « Une question encore. A quelle heure Mr Billington-Smith a-t-il quitté la maison lundi matin ?

— Je ne pourrais vraiment pas le dire », répondit Finch, après un instant de réflexion.

Les yeux gris se levèrent vers son visage : « Tâchez de vous en souvenir, voulez-vous ? dit Harding avec douceur.

— J'ai peur de n'avoir pas remarqué l'heure, monsieur. Je sais que c'était avant que Sir Arthur ne soit rentré.

— Diriez-vous qu'il était onze heures et demie ?

— A peu près, je dirais.

— Est-ce que Mr Billington-Smith avait l'air dans tous ses états lorsqu'il est sorti ?

— Je n'ai rien remarqué d'insolite, monsieur.

— Vous n'avez pas jugé insolite de sa part de sortir sans chapeau par une journée aussi chaude ?

— Oh, grands dieux, non, monsieur ! Mr Billington-Smith portait rarement un chapeau à la campagne.

— Est-ce qu'il paraissait pressé ?

— Cela ne m'a pas frappé, monsieur.

— Selon vous, il n'est pas sorti précipitamment de la maison, comme s'il était tout à fait hors de lui ?

— Non, monsieur, certes non. Mais c'est que je connais Mr Geoffrey très bien, et je n'attacherais pas d'importance à la rapidité de ses mouvements, comme on dit. Mr Geoffrey a une façon impétueuse de se conduire, si vous me comprenez.

— Si bien que vous ne trouvez pas bizarre qu'il ait, en partant, laissé la porte d'entrée ouverte ?

— Oh, pas du tout, monsieur. Mr Geoffrey est très oublieux pour ce genre de choses. »

Une fois de plus, Harding le gratifia d'un long regard scrutateur. « Merci, dit-il. Je ne crois pas avoir autre chose à vous demander pour le moment. »

Le maître d'hôtel s'inclina : « Bien, monsieur. Peut-être aurez-vous la bonté de presser la sonnette quand vous souhaiterez que je vous fasse visiter la maison ? »

Le brigadier surveilla la sortie de Finch, qui referma la porte derrière lui avec soin, et transféra son regard à l'inspecteur Harding : « Vous avez tiré plus de choses de lui que le commissaire, monsieur, fit-il remarquer de sa voix lente et profonde. Un bon paquet de plus !

— Un témoin fort précis... jusqu'au moment où nous en sommes arrivés à Mr Billington-Smith, et où je pense qu'il s'est quelque peu écarté de la vérité, commenta Harding.

— Je l'ai observé de près pendant tout ce temps,

dit le brigadier. Il m'a semblé qu'il était circonspect… je n'en dirai pas plus. Circonspect.

— Brigadier, voulez-vous vous asseoir à ce bureau ? » Harding retourna à la fenêtre ouest. « Je crois qu'il nous serait grandement utile de savoir si un homme assis dans ce fauteuil peut être vu de quelqu'un qui descend le sentier en direction de l'allée centrale. »

Tout en parlant, il ouvrit la fenêtre et sortit dans le jardin en la refermant derrière lui. Comme devant la façade de la maison, une large bordure herbeuse s'étendait jusqu'au sentier de gravier. Harding la traversa, remonta l'allée sur quelques mètres, puis fit demi-tour et passa devant la fenêtre. Ensuite il entra dans la pièce et verrouilla à nouveau la fenêtre. « Oui, je pense que Mrs Chudleigh pourrait peut-être nous aider à fixer l'heure du meurtre avec plus d'exactitude », dit-il. Il s'approcha du bureau. « A présent, brigadier, regardons ces papiers », poursuivit-il en s'asseyant dans le fauteuil tournant que le brigadier venait de quitter. « Je ne crois pas qu'il y ait autre chose susceptible de nous intéresser, à l'exception, peut-être, du coffre-fort. Il faudra l'ouvrir, bien sûr. Savez-vous si le major a demandé à Mr Billington-Smith de faire venir le notaire de son père ?

— Oui, monsieur, je sais qu'il l'a fait parce que je me trouvais dans le vestibule à ce moment-là. Mais le coffre était dans l'état où vous le voyez ; personne n'y a touché.

— Des empreintes digitales ? demanda Harding, les yeux sur le crayon posé sur le bureau.

— Non, rien de tel. » Le brigadier dévisagea

Harding d'un air intrigué : « Vous pensiez qu'il aurait pu y avoir un cambriolage, monsieur ?

— Non. Cela me paraît tout à fait invraisemblable.

— C'est bien ce que je pensais », déclara le brigadier, content de se trouver du même avis que son supérieur.

Harding avait ramassé un bout de papier posé sur une liasse de feuillets. Un pense-bête y avait été griffonné au crayon. A nouveau, Harding considéra le crayon pendant un moment.

« On dirait que le général était en train de dresser la liste de ce qu'il avait à faire, suggéra obligeamment le brigadier.

— Il semblerait qu'il ait été interrompu pendant qu'il écrivait. Il n'a pas terminé sa dernière phrase.

— C'est pourtant vrai ! s'exclama le brigadier, qui s'était penché pour mieux déchiffrer le griffonnage. “ Parler à Lester ” — c'est le jardinier —, ensuite “ Voir Barker à propos... ” Ça n'a pas de sens, n'est-ce pas ? Le général n'aurait pas écrit cela ; c'était un homme extrêmement méthodique. Non, vous avez raison, monsieur. Quelqu'un l'a interrompu avant qu'il ait le temps de noter pourquoi il voulait voir Mr Barker, et s'il n'a pas terminé ce pense-bête plus tard, c'est qu'il était mort.

— Pas tant de hâte, brigadier. En même temps, il est fort possible qu'il ait été en train de rédiger cette note lorsque le meurtrier a pénétré dans la pièce, et qu'il ait eu le crayon en main au moment où le coup a été frappé. »

Le brigadier retourna l'hypothèse dans sa tête :

« Vous pensez à ce bout d'écriture que le commissaire vous a montré ? demanda-t-il.

— Oui, en effet. »

Harding mit de côté le bout de papier et commença à inventorier les autres feuillets éparpillés sur le bureau. Ils n'offraient aucun intérêt et, quand il les eut parcourus, il se tourna vers la corbeille à papier, à côté de son siège. Elle était à demi pleine de lettres déchirées et froissées ; une inspection superficielle informa Harding qu'il s'agissait soit de circulaires, soit d'appels pour des dons. En dessous, il trouva les fragments éparpillés d'un chèque, déchiré en quatre morceaux. Harding les sortit, les plaça sur le bureau en les réunissant ; le brigadier s'approcha, observant le procédé. Quand ce fut terminé, il resta silencieux pendant un moment, puis il affirma :

« Ça, c'est suspect, monsieur.

— Du moins, répondit Harding, cela semblerait expliquer la dispute de Mr Halliday avec le général. »

Le chèque — de cinquante livres sterling — n'avait pas été encaissé. Il était daté du 1er juillet, établi au nom de Mrs Camilla Halliday, et portait la signature du général.

Il n'y avait rien d'autre d'important dans la corbeille, et après un coup d'œil rapide à deux circulaires et à l'annonce d'une réunion de la section des Fascistes britanniques de Silsbury, Harding ramassa le chèque déchiré et se leva : « Je vais maintenant voir la disposition des autres pièces de cet étage, brigadier. Laissez un homme de garde ici jusqu'à l'ouverture du coffre, voulez-vous.

— Bien, monsieur. Vous y comprenez quelque chose ? ajouta-t-il timidement.

— Pas grand-chose jusqu'ici. Il y a un ou deux points... »

Il alla jusqu'à la cheminée et appuya sur la sonnette. Le maître d'hôtel arriva bientôt en réponse à cet appel et l'escorta dans tout le rez-de-chaussée de la maison, un peu à la manière d'un guide dans une demeure historique. Il lui fit traverser la salle à manger pour gagner la porte de l'office, et le ramena par une porte battante qui séparait l'aile des domestiques du vestibule. Puis il lui montra la resserre, à l'est de la maison comme les cuisines, indiqua l'escalier de service, revint dans le vestibule et pénétra dans la salle de billard ; par ses fenêtres, Harding apercevait la terrasse, où les invités étaient réunis pour le thé. Il refusa d'entrer au salon : « Merci. Je crois que je me suis fait une assez bonne idée de la maison, dit-il. A présent, je voudrais voir les diverses personnes rassemblées ici. Pouvez-vous me montrer une pièce où je ne serai pas dérangé et où je ne dérangerai personne ?

— Je crois que le petit salon conviendra parfaitement, monsieur, répondit Finch, qui s'écarta pour lui permettre de revenir dans le vestibule. Par ici, s'il vous plaît. »

Harding fit un signe de tête au brigadier, qui l'attendait au pied de l'escalier.

« Voulez-vous venir également, brigadier ? » Il consulta une liste dans son agenda et regarda le maître d'hôtel : « Est-ce que Mrs Twining se trouve par hasard dans la maison ? lui demanda-t-il.

— Oui, monsieur. Mrs Twining est sur la terrasse en ce moment même.

— Dans ce cas, voudriez-vous lui demander de venir ici, je vous prie ? »

Il y avait une table carrée au milieu de la pièce. Quand le maître d'hôtel fut parti, Harding en approcha une chaise et s'y assit, le dos à la lumière. Le soleil, qui gagnait l'ouest, inondait la pièce, et les fenêtres étaient grandes ouvertes pour laisser entrer le plus d'air possible en cette après-midi chaude et sans vent.

Harding étala ses papiers sur la table et en tira la première déclaration de Mrs Twining. Il la parcourait des yeux lorsque Finch ouvrit la porte et annonça : « Mrs Twining ». Celle-ci entra d'un air de léger ennui. Elle portait une robe mauve qui donnait une subtile impression de demi-deuil, et un grand chapeau de paille noire à calotte haute, placé de biais sur sa tête bien coiffée. « Bonjour, inspecteur », dit-elle, en l'observant à sa manière calme et ironique.

Harding se leva, fit le tour de la table et lui présenta un fauteuil.

« Bonjour. Asseyez-vous, je vous en prie. J'aimerais, si vous le voulez bien, vous poser deux questions. »

Elle prit le fauteuil qu'il avait avancé pour elle et l'écarta un peu de la lumière directe. « Certainement, répondit-elle, mais à mon âge, inspecteur, on ne s'installe pas en plein soleil. Ce n'est pas se mettre à son avantage ! » Elle s'assit, un coude appuyé sur l'accotoir du fauteuil en bois, l'autre maintenant son sac posé sur ses genoux. Elle aperçut le brigadier, qui se tenait debout près de la cheminée, l'œil fixe. Elle leva légèrement les sourcils et ses lèvres s'entrouvrirent, esquissant un sourire : « Ah ! bonjour brigadier, fit-elle.

— Mrs Twining, demanda Harding, vous souvenez-vous de l'heure précise à laquelle vous êtes arrivée ici hier matin ?

— Parfaitement. Je suis arrivée à midi dix.

— Merci. » Harding écrivit rapidement quelque chose. « Le maître d'hôtel vous a ouvert, je crois. Voulez-vous me décrire exactement ce que vous avez fait après être entrée dans la maison ?

— Je vais essayer. Mais je compte bien que vous ne l'utiliserez pas comme témoignage à charge contre moi ? »

Il sourit : « Nous n'agissons comme cela qu'en cas d'arrestation, Mrs Twining. Si vous pouviez vous reporter aux événements — je sais que c'est difficile de se souvenir exactement —, cela m'aiderait à recouper les diverses déclarations.

— Eh bien, je crois que j'ai commencé par poser mon ombrelle, répondit Mrs Twining, songeuse. Ah ! cela ne vous intéresse pas. J'ai dit à Finch que je voulais me recoiffer — un euphémisme, bien sûr, pour “ me repoudrer ” —, et que je m'annoncerais moi-même sur la terrasse.

— Et, de fait, vous vous êtes repoudrée devant le miroir au-dessus de la cheminée ?

— Très soigneusement, oui.

— Combien de temps cela vous a-t-il pris ? »

Elle eut l'air plutôt amusée. « Lorsqu'une femme se repoudre, inspecteur, elle perd le sens du temps. Mon estimation serait d'une minute ou deux ; mais tous les hommes, ou presque, diraient probablement “ un temps fou ”.

— Jusqu'à cinq minutes ?

— J'espère bien que non ! Disons trois, sans parti pris.

— Et pendant ce temps, avez-vous entendu des voix dans le cabinet de travail ?

— Non, je n'ai entendu aucun bruit.

— Et quand vous avez quitté le vestibule, vous êtes allée droit sur la terrasse ? Vous rappelez-vous qui était là ? »

Elle réfléchit un petit moment : « Certainement Miss Fawcett, répondit-elle. Ah oui ! Mrs Halliday aussi, et Mr Guest.

— Vous êtes sûre qu'il n'y avait personne d'autre, Mrs Twining ?

— Pas au moment de mon arrivée. Miss Fawcett et moi avons déambulé vers la roseraie pour trouver Lady Billington-Smith, mais elle était dans le potager. Elle nous a rejointes sur la pelouse au moment où nous retournions vers la terrasse.

— Est-ce que quelqu'un d'autre était arrivé entre-temps ?

— Non. Je me souviens m'être dit que Mrs Halliday avait l'air de s'ennuyer ferme en la seule compagnie de Mr Guest. »

Harding nota encore quelque chose. « A présent, Mrs Twining, pouvez-vous vous rappeler quand, exactement, les autres membres de la maisonnée vous ont rejointe ? C'est assez important, aussi ne craignez pas de prendre votre temps. »

Elle réfléchit un moment, regardant le brigadier d'un air absent. « Mrs Chudleigh. Elle est arrivée presque immédiatement après que Miss Fawcett, Lady Billington-Smith et moi sommes remontées sur la terrasse. Elle voulait une cotisation pour une œuvre. Mr Halliday a été le dernier à faire son apparition. Il est sorti du billard quelques minutes plus tard.

— Qu'entendez-vous par “ quelques minutes ” ? Cinq, dix, quinze ?

— Difficile à dire. Nous étions tous en train de

parler, voyez-vous. Certainement pas quinze minutes. Quelque part entre cinq et dix. Mais je ne fais que conjecturer.

— Donc, Mlle de Silva ne vous a pas rejoints à ce moment-là ?

— Non, beaucoup plus tard, seulement... Peu après une heure.

— Je vois. Et quelqu'un a-t-il quitté la terrasse avant une heure ?

— Je crois que Mr Guest est monté chercher son tabac.

— Vers quelle heure, Mrs Twining ?

— Juste après que Mr Halliday nous a rejoints.

— Diriez-vous que c'était avant midi et demi ou après ? »

Elle réfléchit : « Avant. A midi et demi, Mrs Chudleigh a attiré notre attention sur l'heure, et dit qu'elle devait partir, sinon elle serait en retard pour le déjeuner.

— Est-ce que Mr Guest était revenu, à ce moment-là ? »

Elle eut un léger froncement : « Je n'en suis pas très sûre. J'ai idée que non.

— Vous souvenez-vous s'il était revenu quand Finch a apporté le plateau de cocktails ? »

Elle fit un petit geste de la main : « Une fois de plus, je ne suis pas sûre. Je ne crois pas avoir remarqué son retour. Il était certainement sur la terrasse juste avant une heure. C'est tout ce que je peux dire. »

Harding leva les yeux : « En fait, il a pu s'absenter pendant une demi-heure ?

— Oh non ! fit-elle. Je l'aurais sûrement remarqué.

— Et personne n'a quitté la terrasse jusqu'au moment où vous-même êtes allée chercher Sir Arthur ?

— Non. Personne.

— Merci, Mrs Twining. A présent, vos mouvements à vous : vous êtes allée chercher Sir Arthur. Aviez-vous une raison particulière pour le voir ? »

Elle leva les sourcils un rien dédaigneusement :

« Une raison particulière ? répéta-t-elle. Je crois que je ne vous comprends pas bien, inspecteur. Que voulez-vous dire précisément ?

— Rien de très spécial, répondit Harding, avec son sourire plutôt charmeur. Je suis simplement frappé, en tant qu'étranger à la maison, que si l'unique raison d'aller chercher Sir Arthur était qu'il ne manque pas son cocktail — comme vous en avez informé le commissaire hier —, Lady Billington-Smith n'y soit pas allée elle-même. »

Mrs Twining ouvrit son sac, puis le referma : « Ce n'est pas si étonnant, inspecteur, lorsqu'on connaît la situation.

— Mais je ne la connais pas, voyez-vous. Et j'aimerais bien que vous me l'expliquiez. »

Mrs Twining cessa de regarder son sac : « J'ai peur que cela prenne un peu trop de temps, inspecteur. J'étais une très vieille amie de Sir Arthur. Il n'y avait rien d'insolite à ce que j'aille converser un peu avec lui.

— Donc, vous vouliez, en fait, le voir seule à seul ? »

Elle hésita : « Oui, repondit-elle enfin. Il y avait quelque chose dont je tenais à discuter avec lui. » Elle répondit au regard pénétrant de Harding. « Le mariage de son fils. Sir Arthur était infiniment contrarié par les fiançailles de Geoffrey avec Mlle de Silva, et je voulais en discuter avec lui.

— Quand vous dites “ contrarié ”, Mrs Twining, entendez-vous “ désolé ”, ou “ furieux ” ?

— Les deux, j'imagine, inspecteur. La nouvelle a forcément été un coup pour Sir Arthur. »

Elle remua légèrement sur son fauteuil et leva la main pour se protéger du soleil.

« Ai-je raison de penser, Mrs Twining, qu'une dispute sérieuse avait eu lieu entre Sir Arthur et son fils, et que vous souhaitiez l'aplanir ? »

Elle sourit : « Sérieuse, inspecteur ? Oh non ! Bruyante, peut-être, mais guère sérieuse pour quelqu'un qui connaîtrait Sir Arthur. Il avait eu trop de disputes avec son fils — et, en fait, avec toute personne avec qui il entrait en contact — pour que ses éclats puissent être pris au sérieux. Mais pendant que durait sa mauvaise humeur, il pouvait devenir extrêmement désagréable. Non, ma mission ne consistait qu'à essayer de le mettre de bonne humeur, pour qu'il ne rende pas le déjeuner organisé par sa femme invivable — ce qu'il avait quelque tendance à faire à la moindre contrariété.

— Vous ne considériez pas cette querelle avec son fils comme ayant une grande importance ?

— Voyez-vous, dit Mrs Twining comme pour s'excuser, je connaissais Sir Arthur trop bien pour attacher beaucoup de crédit à ses menaces.

— Et vous ne pensiez pas que ces menaces pouvaient pousser son fils à quelque action extrême ? »

Elle eut un petit rire : « Non, inspecteur, je ne l'ai certainement pas pensé. Je connais également très bien Geoffrey… trop bien pour m'attendre à ce qu'il fasse autre chose que ce qu'il a fait précisément : s'élancer hors de la maison dans un accès de colère, marcher, et... revenir l'oreille basse.

— Je vois, dit Harding. Et maintenant, Mrs Twining, voulez-vous essayer de me dire exactement comment vous avez trouvé Sir Arthur quand vous êtes entrée dans son cabinet de travail, et ce que vous avez fait ?

— Je l'ai trouvé mort, inspecteur, répondit-elle avec calme. Il était tombé en avant en travers de son bureau.

— Vous n'avez pas lancé d'appel au secours ?

— Si vous voulez savoir si j'ai hurlé, la réponse est non ! Je ne suis pas une gamine, répliqua Mrs Twining avec un rien d'âpreté. Et je ne me suis pas immédiatement rendu compte que Sir Arthur était mort. Si je me souviens bien, j'ai commencé par l'appeler par son nom, puis je me suis approchée et j'ai posé la main sur son épaule. » Involontairement, elle regarda sa main. « Je n'ai pas aperçu de sang avant de le toucher, poursuivit-elle d'une voix égale, bien contrôlée. Je crois que je n'ai pas saisi ce qui était arrivé, même à ce moment-là... J'ai dû rester tout à fait immobile pendant quelques minutes. J'étais un peu... abasourdie. Lorsque je me suis reprise, j'ai essayé de le réveiller ; je crois que j'ai tâté son pouls. » Elle se tut et pressa son mouchoir sur ses lèvres.

« Et alors ? » demanda Harding d'une voix encourageante.

Elle le regarda : « J'avais très mal au cœur. Je me suis assise sur le bras du fauteuil près de la cheminée — ou peut-être devrais-je dire, plus correctement, que je m'y suis effondrée. Je crois que si je ne l'avais pas fait, je me serais tout bonnement évanouie. Quand la... nausée... est passée, j'ai quitté la pièce et fermé la porte derrière moi pour que personne ne puisse voir à l'intérieur. Puis je suis retournée sur la terrasse avertir les autres.

— Si bien qu'il peut s'être passé au moins cinq minutes, peut-être même davantage, après que vous avez découvert Sir Arthur, et avant que vous reveniez sur la terrasse ?

— Je n'en ai aucune idée. Je crois que c'est tout à fait probable. »

Harding se leva : « Merci, Mrs Twining. Je ne vais plus rien vous demander pour le moment. »

Elle se leva à son tour et gagna la porte. Harding la lui ouvrit et, comme elle sortait, lui dit : « Auriez-vous l'obligeance de prier Mrs Billington-Smith de venir ici ? »

Elle inclina la tête : « Certainement, inspecteur. »

CHAPITRE X

Harding ferma la porte derrière Mrs Twining et revint lentement vers la table : « Alors, brigadier ? »

Le brigadier fit la moue : « Vous désirez savoir ce que j'en pense, inspecteur ?

— Que oui !

— Eh bien, je dirais qu'elle s'est comportée avec beaucoup de sang-froid. Beaucoup, vraiment. Je ne dis pas que ça ne s'est pas passé comme elle l'a dit, mais j'aurais trouvé, comme qui dirait, plus naturel si elle était sortie en courant de la pièce dès qu'elle a vu que le général était mort.

— Je suis de votre avis. En même temps, elle me donne l'impression d'être une femme douée d'une considérable force de caractère. »

Il fouilla dans ses papiers pour trouver la déclaration de Fay. « Elle cachait quelque chose, naturellement. D'après ce que je peux constater, les colères du général n'étaient pas tout à fait aussi éphémères qu'elle voudrait nous le faire croire.

— Non, monsieur, dit le brigadier, d'un ton de doute.

— Ni si rapidement apaisées.

— Rapidement apaisées ? Je dirais que ce n'était pas le cas, monsieur ! Je n'aimerais pas dire du mal des défunts, mais Sir Arthur était une vraie terreur. Ç'aurait pu être son synonyme, pour tout dire. »

La porte s'ouvrit. Fay entra et resta debout un moment à regarder Harding à l'autre bout de la pièce. Dans sa robe noire, elle avait un air pathétiquement frêle. Ses yeux étaient profondément assombris, ses lèvres comme privées de sang.

« Lady Billington-Smith... commença Harding. Prenez la peine de vous asseoir. »

Il parlait de manière rassurante, tout à fait inattendue pour quelqu'un qui n'avait d'autre expérience que les méthodes du commissaire Lupton.

« Merci, dit Fay d'une voix basse, en prenant le fauteuil qu'avait occupé Mrs Twining. Je crois que vous... voulez me questionner. J'ai... fait une déclaration au commissaire, hier. Je ne sais pas... s'il y a quelque chose d'autre que vous voulez me demander.

— Je regrette, Lady Billington-Smith, mais je crains d'avoir à vous poser certaines questions qui seront peut-être assez pénibles pour vous. Voulez-vous essayer d'y répondre tout à fait franchement et croire que je ne vous les poserais pas si je ne les considérais pas nécessaires ? »

Les yeux de Fay se fixèrent à nouveau sur le visage de Harding, surpris et reconnaissants : « Oui, bien sûr. »

Il s'assit : « Je voudrais savoir en premier lieu, Lady Billington-Smith, si vous étiez en bonnes relations avec votre mari au moment de sa mort ? »

La soudaineté de la question la fit tressaillir.

« Que voulez-vous dire ? balbutia-t-elle.

— Je n'insinue rien, dit-il. Je ne veux que vous entendre me dire la vérité.

— Mon mari... mon mari n'était pas un homme de rapports faciles, répondit Fay avec difficulté. Nous avions parfois nos mésententes, mais nous n'étions pas en mauvais termes.

— Votre mari était, d'après ce que j'ai compris, un homme au tempérament extrêmement emporté. Vous vous disputiez assez fréquemment ?

— Je... je ne suis pas une personne querelleuse, inspecteur. Mon mari avait une façon de... de tempêter quand il était agacé. Nous ne nous disputions pas.

— Vous voulez dire que votre mari était enclin à — si je puis dire — vous gronder lorsque quelque chose survenait qui l'ennuyait ?

— Oui. Mais ce n'était rien. Ce n'était pas intentionnel.

— Au matin du 1er juillet — hier, en fait —, une scène de ce genre a-t-elle eu lieu entre vous ?

— Mon mari était très en colère contre Geoffrey... son fils. Pas contre moi.

— Il arrive parfois, Lady Billington-Smith, qu'un homme qu'on a mis dans une forte colère soit apte à passer son ressentiment sur une personne parfaitement innocente. Est-ce ce qui s'est passé ? »

Elle hésita. « Il était très en colère, répéta-t-elle.

— Si fâché que vous en avez été complètement bouleversée ?

— Ce n'était pas cela... en partie, seulement. Il est vrai que j'étais un peu troublée hier matin. Je viens d'être souffrante et le week-end a été très éprouvant. Mon mari avait une façon de... de s'exprimer...

violente. Dès qu'il était un tant soit peu irrité il criait et... cela me donnait la migraine. C'est tout.

— La cause de cette violente irritation était, je crois, les fiançailles de son fils avec Mlle de Silva ?

— Oui. Il était épouvantablement fâché contre Geoffrey, et moi — assez sottement — j'ai essayé de le raisonner.

— Je comprends tout à fait. Vous aviez peur qu'une querelle vraiment sérieuse puisse éclater entre votre beau-fils et son père ?

— Oh non, non ! Je savais que jamais Geoffrey ne se querellerait avec son père. Il le craignait trop. J'avais peur qu'Arthur — mon mari — ne le flanque à la porte. C'était, par certains côtés, un homme très dur. »

Harding ramassa son crayon et en considéra la pointe. « Lady Billington-Smith, il faut me pardonner si je vous fais de la peine, mais était-ce là l'unique cause de la scène qui a eu lieu entre vous et Sir Arthur ? N'y avait-il pas, de votre part, un sentiment de jalousie ?

— De jalousie ? » répéta-t-elle d'une voix blanche.

Il leva les yeux : « Vous n'étiez pas fâchée — ou peut-être blessée — par la cour indue que Sir Arthur aurait faite à l'une de vos invitées ? »

Elle rougit : « Non, je n'étais ni fâchée ni blessée. Certes pas jalouse. Mon mari avait une façon joviale, galante de... traiter les femmes, mais cela ne signifiait rien. Pareille idée ne m'est jamais venue à l'esprit. C'était purement au sujet de Geoffrey... cette... cette scène.

— Eh bien, c'est tout ce que je voulais savoir à ce

sujet, Lady Billington-Smith. A quelle heure êtes-vous finalement descendue hier matin ?

— Je ne suis pas descendue avant que mon mari m'appelle, mais j'étais sortie de ma chambre auparavant pour parler à la première femme de chambre, à l'étage.

— Si bien que vous ne savez pas ce qu'il s'est passé entre Sir Arthur et son fils ?

— Non.

— Quelle heure était-il lorsqu'il vous a appelée ?

— Ce devait être peu avant midi. Il venait de rentrer avec... Mrs Halliday, et il voulait que je veille à ce qu'elle ait quelques roses à emporter quand elle partirait.

— Mrs Halliday se trouvait avec lui à ce moment-là ?

— Oui, mais elle est montée dans sa chambre pour ôter son chapeau. Ensuite, mon mari est entré dans son cabinet de travail. Il a dit qu'il ne voulait pas être dérangé. C'était le premier du mois, le jour où il fait ses comptes et paie le personnel. Je me souviens à présent qu'il était midi moins dix, parce qu'il a attiré mon attention sur l'heure, me disant qu'il avait déjà perdu assez de temps ce matin-là. Alors je suis allée...

— Une minute, coupa Harding. Sir Arthur était-il encore fâché contre vous à ce moment-là ?

— Il était un peu... grincheux. Ce n'était rien, vraiment. »

Harding prit un feuillet dactylographié, portant en tête : *Déclaration de Charles Thomson, valet de pied.* « Je vais vous poser la question en toute franchise, Lady Billington-Smith : est-ce que Sir Arthur, après que Mrs Halliday fut montée, vous a parlé avec une grande rudesse, vous reprochant la façon dont vous vous comportiez envers vos invités, et vous accusant de traîner au lit “ jusqu’à des heures impossibles ” ?

— Je crois qu’il a, en effet, dit quelque chose de ce genre, répondit Fay d’une voix étranglée.

— Et avez-vous répondu que vous n’en pouviez plus, qu’il vous rendait folle ? »

Elle fixait sur Harding un regard d’étonnement apeuré.

« Je ne m’en souviens plus. Si je l’ai fait, ce n’est pas ce que je voulais dire. Peut-être l’ai-je dit. J’étais momentanément... agacée par mon mari parce qu’il m’avait parlé assez rudement. On... on dit des choses bêtes, théâtrales parfois, dès qu’on est un peu énervé.

— Oui, très souvent, reconnut Harding en reposant la déclaration du valet. Donc, votre mari est entré dans son cabinet de travail à midi moins dix. Qu’avez-vous fait alors ?

— Je suis allée dans le jardin, par le vestibule, pour trouver Lester, le chef-jardinier.

— Aviez-vous une idée de l’endroit où il pouvait se trouver ?

— Non, j’ai demandé à son aide, qui portait justement des légumes à la cuisine.

— Et il a pu vous renseigner ?

— Oui, il m’a dit que Lester était au potager.

— Est-ce loin de la maison, Lady Billington-Smith ? »

Elle le regarda, l’œil inquiet : « Non, c’est tout à côté de la maison, à deux minutes à pied de la resserre.

— Combien de temps vous a-t-il fallu pour transmettre à Lester les instructions de Sir Arthur ?

— Eh bien, je... une minute, j'imagine.

— Lui avez-vous dit autre chose ?

— Je lui ai dit que Sir Arthur voulait qu'il tonde la pelouse devant la maison.

— Rien d'autre ?

— Non, non. Rien d'autre, j'en suis sûre.

— Et après avoir transmis ces deux messages, qu'avez-vous fait ?

— Je me suis dirigée vers le potager, à l'arrière de la maison. Mrs Twining et ma sœur, qui traversaient la pelouse, m'ont appelée.

— Lady Billington-Smith, vous aviez quitté la maison par la resserre juste après midi moins dix. Mrs Twining n'est pas arrivée avant midi dix, aussi il ne pouvait pas être plus tôt que midi vingt-cinq — au minimum midi vingt — lorsque vous l'avez rejointe. Qu'avez-vous fait pendant cette demi-heure ? »

Les mains de Fay s'agrippèrent nerveusement aux bras du fauteuil. « Je suis désolée, je n'avais pas l'intention de vous induire en erreur, inspecteur. Je ne suis pas allée à la recherche de Lester immédiatement. Je suis allée dans le verger.

— Pourquoi ? » demanda la voix calme.

Elle s'humecta les lèvres. « Je ne me sentais pas capable de voir qui que ce fût juste à ce moment-là. Je... j'étais assez émue.

— A cause de ce que Sir Arthur venait de vous dire ?

— Je... oui, un peu. Je ne me sentais vraiment pas bien. Peut-être suis-je un peu trop facilement bouleversée. Je suis allée au verger parce que je voulais être seule et... je savais que dans la maison — ou dans le jardin — je rencontrerais forcément quelqu'un.

— Quelqu'un vous a-t-il vue entrer dans le verger ?

— Je... je ne sais pas. Je ne crois pas. Je n'ai remarqué personne. » Elle le regarda, les yeux écarquillés. « Vous ne croyez pas... vous ne croyez pas que... ?

— Je ne crois rien encore, Lady Billington-Smith. Quand vous avez rencontré Mrs Twining et Miss Fawcett, qu'avez-vous fait ?

— Nous sommes montées ensemble sur la terrasse. Mrs Halliday était là avec Mr Guest. Mr Guest est une relation de mon mari. Puis Mrs Chudleigh est arrivée. Elle voulait parler de la Fondation pour les vacances des enfants, et je crois que Mr Halliday a dû arriver sur la terrasse juste à ce moment-là, mais je n'en suis pas sûre. J'avais une très forte migraine.

— Quelqu'un a-t-il quitté la terrasse entre ce moment-là et une heure ?

— Mrs Chudleigh est partie. Ah, et Mr Guest est rentré quelques minutes pour chercher son tabac.

— Diriez-vous que c'était avant le départ de Mrs Chudleigh, ou après ?

— Je ne sais pas. Je ne me souviens pas très bien. Avant, me semble-t-il, mais je n'en suis pas sûre.

— Est-ce que Mr Guest s'est absenté longtemps ?

— Oh non ! Pas plus d'une minute ou deux. Il est simplement monté dans sa chambre chercher sa blague à tabac, c'est tout.

— Était-il de retour quand Mrs Chudleigh s'est levée pour partir ?

— Je ne m'en souviens vraiment pas, inspecteur. Je ne suis même pas sûre qu'elle ne soit pas partie avant. Je n'y prêtais vraiment pas grande attention, répondit Fay, un peu oppressée.

— Tâchez de vous rappeler, Lady Billington-Smith, si Mr Guest était sur la terrasse au moment où le maître d'hôtel est sorti avec les cocktails.

— Je pense qu'il s'y trouvait sûrement. Je ne me souviens pas très bien, mais je sais qu'il n'a été absent que très peu de temps. Je suis désolée d'être si vague. Il faut me pardonner mais... le choc a été très dur pour moi, et j'ai une certaine peine à... revenir sur ce qui s'est passé hier.

— Je le sais, et je ne vais pas vous tourmenter davantage, Lady Billington-Smith », déclara Harding, qui se leva et marcha vers la porte. « Je souhaiterais maintenant voir votre beau-fils.

— Je vais le lui dire. » Sur le seuil, elle hésita : « Je... peut-être devrais-je vous avertir que Geoffrey est assez excitable. Il a reçu un choc en apprenant la nouvelle de la mort de son père. J'espère que vous ne... j'espère que vous n'aurez pas besoin de...

— Je serai aussi prévenant que je le pourrai, promit Harding.

— Merci », dit-elle, et elle sortit.

Après son départ, il y eut un moment de silence. Harding, fronçant légèrement les sourcils, revint vers la table. Le brigadier se grattait la joue. Finalement, il se risqua : « Je n'ai jamais entendu personne dire quoi que ce soit contre Lady Billington-Smith, monsieur. En même temps, je ne dirais pas que le général ne l'a pas poussée à bout, parce que, d'après tout ce qu'on entend, ce ne serait pas la vérité. Il l'éprouvait drôlement, je vous le dis.

— Vous la connaissez mieux que moi, brigadier.

— Ma foi, monsieur, c'est un fait, et si vous me demandiez mon avis, je vous dirais qu'elle ne ferait pas de mal à une mouche.

— En même temps, elle est dans un état d'extrême tension. Si la moitié de ce que les domestiques ont déclaré dans les dépositions prises par le commissaire est vrai, on pourrait aisément imaginer qu'elle a été tarabustée jusqu'à commettre un meurtre. »

Le brigadier y réfléchit. « J'ai idée, monsieur, que c'est point elle. Je pencherais plutôt pour cette poule étrangère, ou ce Mr Halliday. »

A cet instant, la porte s'ouvrit pour laisser entrer Geoffrey, qui affichait un air de nonchalance exagérée. Il commença aussitôt à parler :

« Paraît que vous voulez me voir. L'ennui, c'est que je ne peux pas vous servir à grand-chose, inspecteur. A propos, je ne peux pas continuer à vous appeler “ inspecteur ”, Mr Harding, ça sonne vraiment faux... je veux dire... » Il jeta un coup d'œil au brigadier et termina maladroitement : « Enfin, euh... vous savez...

— Je crois, si cela ne vous fait rien, que nous nous en tiendrons à “ inspecteur ”, Mr Billington-Smith, répondit Harding, insensible à ses avances. Veuillez vous asseoir, je vous prie.

— Comme il vous plaira », fit Geoffrey, un rien boudeur. Il se laissa tomber dans un fauteuil et recommença à jouer avec sa cravate : « Je suis prêt à répondre à tout ce que vous voudrez — euh — inspecteur. Je suppose que vous avez lu ma première déclaration ?

— Je l'ai ici, et il y a un ou deux points que j'aimerais vous voir éclaircir.

— Ma foi, je n'ai vraiment rien à y ajouter, mais je vous expliquerai tout ce que vous voudrez, répondit Geoffrey élégamment. Seulement, je ne vois pas ce que vous voulez savoir de plus. Je veux dire, considérant que je n'étais pas là quand mon père a été tué... »

Harding interrompit sans cérémonie ce discours : « Voulez-vous me dire, Mr Billington-Smith, quelles étaient vos relations avec votre père ?

— Écoutez, que diable cela vient-il faire là-dedans ? explosa Geoffrey. Je n'arrête pas de vous dire que je n'étais pas ici lorsqu'on a assassiné Père ! »

D'un seul coup, une certaine sévérité rendit la voix de Harding moins agréable : « Mr Billington-Smith, mon temps est limité. Ayez la bonté de répondre à ma question. »

Geoffrey avala sa salive. « Bon, mais je continue à ne pas... » Il vit le visage de l'inspecteur se durcir, et s'interrompit. « Ma foi, je dirais que nous ne nous entendions pas au mieux. Mon père était complètement obtus, vous savez. Il fallait faire la part des choses avec lui.

— Quand vous dites que vous ne vous entendiez pas au mieux, est-ce que cela signifie que vous vous disputiez ?

— Oh non, ce n'était pas exactement des disputes. Mon père avait l'habitude de s'emporter contre moi, mais je ne me disputais pas avec lui, parce qu'il se trouve que je ne suis pas de nature batailleuse, et de plus, ça n'en valait pas la peine.

— Pourquoi votre père s'emportait-il ?

— Mon Dieu, je n'en sais rien. C'était simplement sa façon d'être. En fait, il voulait que j'aille à l'école militaire de Sandhurst, seulement je n'étais pas assez costaud — non que j'y serais allé, si je l'avais été : j'abomine l'armée — et Père a été fou de rage quand j'ai commencé à écrire. Bien sûr, pour ce qui le concernait, il n'existait tout simplement pas d'autre profession que l'armée. Il m'en a rebattu les oreilles, de l'armée, à me rendre malade rien qu'à entendre ce mot ! J'ai un cousin dans la cavalerie — il était ici pour le week-end, je crois qu'il est parti peu après le petit déjeuner, hier matin — et tout ce que je peux dire, c'est que s'il est un bon spécimen, je suis content de n'être pas allé à Sandhurst ! Seulement, il va de soi que le simple fait que Francis — mon cousin — soit dans l'armée suffisait pour que Père voie en lui le modèle des types épatants. Bien sûr, Francis faisait toujours rudement attention de se mettre dans les petits papiers de Père, encore que... je sais qu'hier, pour une fois, il n'a pas réussi à l'attendrir. Probablement parce que Père était d'une humeur massacrante. Je ne doute pas qu'il aurait cédé pour finir. Mais parce que je n'avais pas une trop bonne santé et que j'étais, disons, littéraire, Père n'a jamais su que faire de moi. Je peux le dire, Dickens et Walter Scott sont les seuls auteurs qu'il ait lus de toute sa vie. Ça vous montre le genre d'homme qu'il était — je veux dire par là qu'il n'y connaissait rien en art ou en littérature, et qu'il n'avait pas la moindre sympathie pour quiconque était différent de lui.

— Il a dû vous rendre la vie assez dure.

— Franchement, oui. Non que cela ait eu de l'importance — et je ne voudrais pas vous donner l'impression que nous étions toujours à couteaux tirés. Naturellement, quand j'étais gosse, c'était plutôt moche pour moi, mais lorsque j'ai grandi, j'ai tout bonnement suivi ma voie et lui la sienne.

— Pour tout dire, il n'y a jamais eu beaucoup d'affection entre vous ?

— Seigneur, non ! Père n'avait absolument pas de temps à m'accorder. Personnellement, j'ai toujours cru que c'était à cause de ma mère. Elle s'est enfuie avec un autre homme quand j'étais petit — non que je la blâme, parce que je parie qu'il a dû être assez brutal avec elle — et je suis presque sûr que c'est pour cela qu'il ne m'aimait pas.

— Diriez-vous qu'il s'est comporté comme " une sale brute " à votre égard aussi loin que remontent vos souvenirs ?

— Oh, je n'irais pas si fort ! A mes yeux il était plutôt comique, quoique, naturellement, souvent assommant. »

A ce moment-là, le regard du brigadier se porta sur le profil de Harding, s'y tint un instant, puis se fixa finalement sur l'espace nu du mur opposé.

« Vous ne vivez pas ici, n'est-ce pas, Mr Billington-Smith ? s'enquit Harding.

— Non, je partage un appartement avec un type que je connais à Londres. Mais ça n'est pas parce que je ne m'entends pas avec mon père !

— Je ne pensais pas à cela, répliqua Harding équitablement. Vous vous êtes récemment fiancé à une certaine demoiselle Lola de Silva ? »

Geoffrey donna des signes d'agitation.

« Tout cela est terminé, je puis vous l'assurer. »

Harding leva les yeux d'une note qu'il était en train de rédiger. « Vraiment ? Mais ce n'était pas terminé, n'est-ce pas, lorsque vous avez amené Mlle de Silva ici, samedi ? »

Geoffrey émit un rire bref. « Non, en effet. Mais depuis lors... toutefois, c'est un sujet dont je préfère ne pas discuter.

— Dommage, dit Harding, car je crains d'avoir à vous demander de m'en parler. Quand ces fiançailles ont-elles été rompues ?

— Hier, s'il faut que vous le sachiez.

— C'est vous qui avez rompu, ou Mlle de Silva ? »

Geoffrey se leva d'un bond : « Écoutez voir, j'ai déjà dit que je ne voulais pas en discuter. Ça ne peut vous regarder en rien, et je ne me gênerai pas pour vous dire que je n'apprécie guère votre manière de fouiner dans mes affaires privées.

— Asseyez-vous, Mr Billington-Smith. »

Geoffrey hésita, puis se rassit.

« Il y a deux façons d'apporter un témoignage à la police, poursuivit Harding d'une voix égale. L'une consiste à répondre aux questions qui vous sont posées, et l'autre, à se faire arracher la vérité. Je recommande la première. Vous la trouverez moins déplaisante. »

Geoffrey parut manifestement effrayé. « Je ne voulais pas... Bien sûr, si vous m'assurez que c'est nécessaire, c'est une autre affaire. Seulement, je peux vous dire que j'ai perdu toutes mes illusions sur Lola — Mlle de Silva — et je ne veux tout simplement plus entendre prononcer son nom.

— Est-ce elle ou vous qui avez rompu ? » répéta Harding.

Geoffrey promena sa main sur le bras du fauteuil.

« Eh bien, tout ça est assez difficile à expliquer. Dans un sens, c'est elle qui a rompu.

— Que voulez-vous dire par “ dans un sens ” ?

— J'ai compris qu'elle était complètement intéressée. Évidemment, je vivais dans un paradis de crétin, je m'en rends compte maintenant.

— Vous vous éloignez du sujet.

— Oh, je ne sais pas si je voulais insinuer quelque chose de particulier, fit Geoffrey d'un ton irrité. Elle a déclaré qu'elle ne m'épouserait pas, et cela m'a ouvert les yeux ; et je puis vous assurer que plus rien ne m'induirait maintenant à l'épouser, quelque illusion qu'elle puisse encore se faire.

— Elle pense donc que vous allez l'épouser ?

— Dieu sait ce qu'elle pense ! C'est une de ces diablesses très belles et complètement privées d'âme. Elle m'a aveuglé...

— Pourquoi a-t-elle changé d'avis ? demanda Harding.

— Parce que tout ce qui l'intéresse, c'est l'argent. L'argent ! A présent que Père est mort, elle croit que je vais être extrêmement riche. Mais il a pu laisser tout son argent à Francis, pour ce que j'en sais. Cela ne me surprendrait pas le moins du monde : c'est juste le genre de chose qu'il serait susceptible de faire.

— Mlle de Silva a donc rompu ses fiançailles pour des raisons pécuniaires ?

— Oui », admit Geoffrey à contrecœur.

Harding posa son crayon. « Je vois. A présent, je ne vais pas vous demander si votre père était dressé contre ces fiançailles, parce que je sais que c'était le cas. En outre...

— Vous me paraissez en savoir un paquet, marmonna Geoffrey.

— Je suis content que vous commenciez à vous en rendre compte, rétorqua Harding, calmement. Il est inutile, vous voyez, d'essayer de m'égarer avec des demi-vérités et des réponses évasives. Vous ne parviendriez qu'à me donner une image de vous qui ne serait pas pour vous plaire, j'en suis tout à fait sûr. Lundi matin, vous avez eu une entrevue avec votre père, qui était très en colère contre vous. C'est exact, n'est-ce pas ?

— Oui, répondit Geoffrey, un peu calmé. Du moins, il était en colère à cause de Lola.

— Quel a été le résultat de cette entrevue, Mr Billington-Smith ?

— Ma foi, on a eu une petite engueulade... plus que ça, en réalité, parce qu'il était absolument vert de rage ; et pour finir, il m'a dit que je pouvais aller au diable, hors de sa vue, qu'il allait me couper les vivres et qu'il ne voulait plus jamais me revoir. Il n'y avait pas là de quoi m'inquiéter vraiment, parce que, comme je l'ai dit, nous ne nous entendions pas, et quant à " mourir de faim dans le ruisseau " — c'est comme ça qu'il s'est exprimé —, l'argent ne signifie rien à mes yeux, et de toute manière je peux subvenir à mes besoins grâce à ma plume. Ce fut ce qu'on pourrait appeler une joyeuse entrevue.

— Je vous crois volontiers, acquiesça Harding. Mais après, qu'avez-vous fait ?

— Je suis monté raconter à Lola ce qui s'était passé. L'idée ne m'est même pas venue que cela pouvait changer quelque chose à nos relations. Certes, le fait d'être pratiquement déshérité n'était pas particulièrement plaisant, mais à ce moment-là, je ne me tracassais pas beaucoup.

— Vous dites que vous êtes monté. J'en déduis que Mlle de Silva avait pris son petit déjeuner au lit ?

— Oui. Elle ne se lève jamais avant onze heures. Elle n'avait pas voulu me voir jusque-là, et j'ai été obligé de me tourner les pouces sur le palier pendant un temps fou. Quand elle m'a enfin laissé entrer dans sa chambre, je lui ai raconté... et ce fut un vrai knock-out. Au début, je croyais qu'elle plaisantait quand elle m'a dit qu'elle ne m'épouserait pas si je n'avais pas un tas d'argent. Puis j'ai vu que non et... mes sentiments ont dû basculer brutalement car je n'ai plus pensé qu'à une chose : sortir de la maison, m'éloigner de Lola. J'ai senti que j'allais vomir si je restais là une minute de plus. Aussi, c'est exactement ce que j'ai fait.

— Quoi ? demanda Harding.

— Je suis sorti, répondit Geoffrey, agacé.

— Avez-vous une idée de l'heure qu'il était ?

— Non, bien sûr que non. Quand un homme a reçu un coup comme celui-là, quand sa foi en une femme vient d'être totalement détruite, alors... ce que je veux dire... vous n'imaginez pas que je me suis arrêté pour regarder l'heure, n'est-ce pas ? Tout ce que je sais, c'est qu'il était un peu plus de onze heures, et que Père n'était pas encore rentré.

— Et quand vous avez quitté la maison, Mr Billington-Smith, où êtes-vous allé ?

— Oh, je ne sais pas. A des kilomètres. J'ai simplement marché et marché.

— Je suis tout prêt à admettre que vous étiez bouleversé, dit Harding, mais vous avez sûrement une idée de l'endroit où vous êtes allé ?

— Oui... J'ai traversé les bois, puis dépassé la colline de Longshaw, et je suppose que j'ai tourné en rond, plus ou moins par instinct, parce que je me suis retrouvé sur les terres du vieux Carnaby — il habite entre nous et le village — et je suis rentré à la maison par le sentier qui traverse son parc. En fait, je n'ai pas débouché du tout sur la grand-route, parce que l'on peut passer du parc de Moorsdale à notre propriété sans s'approcher d'une route. Vous n'avez qu'à traverser un chemin de terre et vous arrivez au bosquet au fond de notre jardin. C'est par là que je suis revenu.

— Je vois. Est-ce que vous avez rencontré quelqu'un pendant votre sortie ?

— Rencontré quelqu'un ? C'était la dernière chose dont j'avais envie ! fit Geoffrey avec amertume.

— Tâchez de vous souvenir, Mr Billington-Smith. Je ne connais pas cette région, mais vous m'avez décrit ce qui m'apparaît comme une promenade fort solitaire.

— Bien sûr. Je ne voulais pas me cogner à des gens. Je voulais être seul !

— Êtes-vous bien connu par ici ? demanda Harding. Si par hasard une personne vous avait aperçu au cours de votre promenade, serait-elle susceptible de vous reconnaître ?

— Je ne sais pas. Je pense que oui. Ça dépend. » Geoffrey lança un regard de défi par-dessus la table. « Je vois où vous voulez en venir, mais si vous croyez...

— Je ne veux en venir nulle part, répliqua l'inspecteur sur le mode grave, mais j'aimerais, dans votre propre intérêt, que vous vous efforciez de vous rappeler si vous avez rencontré quelqu'un.

— Je vous dis que je ne sais pas ! Mon esprit était complètement tourneboulé. Je suis assez sûr qu'effectivement je n'ai rencontré personne, mais comment diable pourrais-je savoir si quelqu'un m'a vu ou non ?

— Très bien, Mr Billington-Smith. C'est tout ce que je voulais vous demander pour le moment. Priez Mr Halliday de venir ici, voulez-vous ? »

Geoffrey se leva d'un mouvement saccadé. « Écoutez, inspecteur, tout ça est bel et bon, mais si vous m'avez noté comme suspect simplement parce que je ne peux pas faire venir un tas de témoins pour prouver que je dis la vérité, eh bien, c'est un peu fort ! Il y a des masses de gens qui avaient autant de raisons que moi de tuer Père. Si vous voulez savoir, quelqu'un en particulier a un mobile autrement plus puissant... et c'est à moi que vous vous en prenez ! »

Harding leva le nez de son calepin : « Mr Billington-Smith, vraiment, cela ne vous mènera nulle part. Voulez-vous, s'il vous plaît, m'envoyer Mr Halliday ? »

Geoffrey hésita, puis tourna les talons et se dirigea vers la porte. Comme il l'ouvrait, Harding le rappela : « Un instant ! Est-ce que le chef de la police vous a averti qu'il était nécessaire que le coffre-fort du cabinet de travail de votre père soit ouvert en ma présence ?

— Oui, il me l'a dit. Et le notaire de Père va arriver ici demain », lança Geoffrey d'un ton revêche. Et il sortit en claquant la porte.

L'inspecteur le suivit d'un regard méditatif, puis,

sans tourner la tête : « Vous m'avez regardé une fois, je crois, brigadier. Pour quelle raison ?

— Ma foi, monsieur, je n'ai pu m'empêcher de penser que dire du général qu'il était comique ne s'accordait guère avec tout ce que j'avais entendu dire de lui. J'ai eu l'impression qu'on ne pouvait pas très bien se fier à tout ce qu'il disait, ce jeune homme. C'est ce que j'appellerais un bien mauvais témoin, monsieur.

— Abominable ! » fit Harding.

Le brigadier toussa derrière sa main. « Faites excuse, monsieur, mais j'ai pensé que vous y alliez peut-être un peu fort avec lui, si je peux me permettre. S'il avait vraiment refusé de répondre à la question qui l'avait offusqué, je ne sais pas très bien ce que nous aurions fait !

— Nous aurions présenté nos excuses poliment, brigadier. Mais si je ne l'avais pas bousculé un peu, je n'aurais rien tiré de lui. Un jeune gentleman assommant.

— Oui, monsieur. Et son histoire ne pèse pas lourd.

— Pas lourd du tout.

— Il est aussi, comme qui dirait, un rien soupe-au-lait, ajouta pensivement le brigadier. Et très nerveux.

— Très nerveux et complètement affolé », acquiesça Harding, et il tourna la tête au moment où la porte s'ouvrait pour laisser entrer Basil Halliday.

CHAPITRE XI

Halliday s'avança, son regard passant rapidement de l'inspecteur au brigadier et vice-versa. « Bonsoir, dit-il. Vous vouliez me poser quelques questions ?

— Oui, répondit Harding. Veuillez vous asseoir, Mr Halliday. Votre épouse et vous avez été invités dans cette maison, je crois ?

— Nous sommes venus pour le week-end, répondit Halliday, qui croisa une jambe par-dessus l'autre. En temps ordinaire, nous aurions dû rentrer en ville hier, mais naturellement, c'est devenu impossible tant que cette affaire n'est pas tirée au clair. Mon adresse, chez moi, est…

— Je l'ai ici, Mr Halliday. Vous connaissiez Sir Arthur depuis longtemps ?

— Non, nous étions des relations tout à fait récentes. Nous nous sommes rencontrés à Nice l'hiver dernier. J'avais un emploi temporaire dans le midi de la France, et les Billington-Smith y passaient les mois de janvier et février. Lady Billington-Smith et ma femme sont devenues assez amies. Ensuite, à notre retour chez nous, nous les avons perdus de vue, jusqu'à ce qu'un jour ma femme croise par hasard Sir Arthur en ville, et l'amitié a été renouée. » Pendant qu'il parlait, Basil regarda une ou deux fois le brigadier — comme s'il y était contraint — et ses sourcils se contractèrent légèrement ; il déplaça un peu son siège pour se mettre à l'abri de la ligne directe de ce regard fixe qui le paralysait. Harding lui demanda, à sa manière impersonnelle : « Quand avez-vous vu Sir Arthur vivant pour la dernière fois, Mr Halliday ?

— Lundi matin, répondit Halliday promptement. Je l'ai vu dans son cabinet de travail vers midi. Je ne suis pas sûr de l'heure précise, mais ce devait être dans ces environs-là. Il vaut mieux que je sois tout à fait franc avec vous, inspecteur, aussi je vais vous dire immédiatement que Sir Arthur et moi avons eu — bien malencontreusement, vu la suite — un différend.

— Une dispute, Mr Halliday ?

— Non, pas une dispute. Je ne dis pas qu'il n'y aurait pas pu y en avoir une si les circonstances avaient été différentes, car j'avais une raison d'en vouloir considérablement à Sir Arthur. Mais ma qualité d'invité dans sa maison me plaçait dans une situation gênante. On ne se dispute pas avec son hôte.

— Votre mésentente était de nature sérieuse ? »

Halliday eut un sourire fugace, sans gaieté. « Il m'est assez difficile de vous répondre, inspecteur ; ce malentendu concerne mes affaires privées et je préférerais ne pas vous y mêler. Je peux simplement vous dire que j'étais résolu à ne pas accepter une autre invitation à séjourner chez Sir Arthur.

— L'entrevue s'est-elle échauffée ? s'enquit Harding.

— Pas de mon côté, j'espère. Ah ! vous pensez à la déclaration quelque peu exagérée de Finch ? Il a, je crois, dit au commissaire qu'il avait surpris une violente engueulade entre Sir Arthur et moi. J'ai peur qu'il ne s'agisse d'une version haute en couleurs de ce qui s'est passé — mais j'admets que j'ai dû élever la voix pour me faire entendre. Sir Arthur avait coutume de crier à la moindre contrariété, comme, sans doute, on a dû vous le dire.

— Donc, ce que vous aviez à dire à Sir Arthur a eu pour effet de le mettre en colère ?

— Et comment ! rétorqua Halliday avec un petit rire. Sir Arthur n'aimait pas se trouver dans son tort, pas plus que la plupart des gens. »

Harding sortit son calepin et l'ouvrit. Halliday y jeta un seul coup d'œil bref et fixa à nouveau son regard sur le visage de l'inspecteur.

« Savez-vous quelque chose à propos de ceci, Mr Halliday ? » demanda Harding, en réunissant les quatre parties déchirées du chèque du général.

La main de Basil serra fortement le bras du fauteuil, puis se détendit à nouveau. Il se passa un moment avant sa réponse. Enfin il dit, posément :

« Oui, inspecteur. Je regrette beaucoup que vous ayez trouvé ce chèque. Vous comprendrez pourquoi je ne souhaitais pas vous donner la raison de mon entrevue avec Sir Arthur.

— Parfaitement », répondit Harding, et il attendit.

« Je suppose que je ferais mieux de vous raconter exactement ce qui s'est passé. Ma querelle avec Sir Arthur se rapportait purement au chèque. Pendant notre séjour, Sir Arthur avait comblé ma femme de quantité d'attentions importunes. La meilleure description que je puisse en donner, c'est qu'elles se voulaient paternelles. Vous voyez probablement ce que je veux dire par là. Cette attitude ne permettait guère à ma femme de l'envoyer promener. Hier matin, il a insisté pour qu'elle accepte le chèque, avec tout un baratin sur son désir de lui faire un petit cadeau. Elle a, bien sûr, essayé de lui expliquer qu'il lui était tout à fait impossible d'accepter un cadeau pareil, mais il a présenté la chose de manière tout à fait gênante pour elle, si bien qu'elle a cru préférable de céder et de venir immédiatement me consulter. Naturellement, je...

— Un instant, Mr Halliday. A quel moment de la matinée Sir Arthur a-t-il remis ce chèque à votre femme ?

— Cela, je ne puis vous le dire. C'est au moment où ils se trouvaient tous les deux dans la maison du garde-chasse, à admirer une portée de chiots. Entre onze heures et midi.

— Si j'ai bien compris, ils sont revenus peu avant midi moins dix. Quand votre femme vous a-t-elle confié ce qui s'était passé ?

— Immédiatement, bien sûr. Elle pensait que c'était ce qu'elle pouvait faire de mieux, à juste raison.

— Et où vous trouviez-vous, lorsque Mrs Halliday vous a fait cette confidence ?

— En haut. Ma femme était montée retirer son chapeau.

— Vous étiez donc dans votre chambre à coucher ?

— Non, pas quand ma femme y est entrée. Je l'y ai rejointe — euh — quelques minutes plus tard.

— Combien de temps êtes-vous resté là avec votre femme ?

— A vrai dire, je n'en sais rien. Pas plus de quelques minutes. Je me suis rendu compte que la seule chose à faire, c'était de voir Sir Arthur moi-même, et je suis descendu aussitôt, pour en finir.

— Et où Mrs Halliday est-elle allée ?

— Sur la terrasse, il me semble. Elle s'y trouvait lorsque j'ai rejoint les autres plus tard.

— Et combien de temps avez-vous passé dans le cabinet de travail de Sir Arthur ? »

Halliday réfléchit : « Pas plus de dix minutes. Je me suis conduit aussi poliment que je le pouvais, mais il va de soi que j'étais fort contrarié, et je devais faire comprendre au général qu'il commettait une grave erreur. Il a essayé de s'en sortir en tempêtant, et j'ai compris que si je discutais, cela ne me mènerait qu'à de gros ennuis ; aussi j'ai déchiré le chèque, je l'ai laissé tomber dans la corbeille à papier, et j'ai quitté la pièce.

— Et ensuite, Mr Halliday ?

— Voyons, qu'ai-je fait ensuite ? Est-ce que... Non, je suis monté pour vérifier si toutes mes affaires avaient été emballées, je me suis lavé les mains et je suis redescendu sur la terrasse.

— Vous vous y êtes rendu directement ?

— Oui, directement... Non, en fait, je suis d'abord entré dans la salle de billard, me rappelant que j'y avais oublié ma pipe. C'est après que je suis sorti sur la terrasse par une porte-fenêtre du billard.

— Avez-vous une idée de l'heure qu'il pouvait être ?

— Non, désolé, mais je ne pense pas y avoir fait attention.

— Était-ce avant midi et demi ou après ?

— Vraiment, je ne pourrais... oh, mais attendez une minute, tout de même ! Mrs Chudleigh s'est levée pour partir tout de suite après que j'ai rejoint la compagnie, et je crois qu'elle a dit qu'il était midi et demi ; j'ai donc dû sortir sur la terrasse vers midi vingt-cinq — plus ou moins.

— Vous n'avez plus quitté la terrasse avant une heure ?

— Non. Pas jusqu'au moment où Guest et moi sommes allés dans le cabinet de travail.

— Quelqu'un d'autre a-t-il quitté la terrasse ?

— Oui, Guest.

— Vous rappelez-vous à quel moment ?

— A peu près au moment où Mrs Chudleigh est partie, un instant avant ou après, il me semble. Je venais de m'asseoir quand il a commencé à fouiller dans ses poches pour prendre sa blague à tabac. Je lui ai offert la mienne, mais il a dit qu'il préférait aller chercher son propre tabac.

— Selon vous, combien de temps est-il resté absent ?

— Un bout de temps. Un bon quart d'heure, je dirais. »

Harding nota quelque chose dans son calepin.

« Merci. Brigadier, appuyez sur la sonnette, je vous prie. »

Halliday l'observait, agité et silencieux. Au bout d'un moment, il déclara avec une fausse insouciance : « Si je peux vous donner d'autres renseignements, inspecteur, je serais naturellement très heureux de le faire.

— Je ne crois pas qu'il y ait autre chose pour l'instant, Mr Halliday. » Harding leva la tête comme le maître d'hôtel entrait : « Voulez-vous avoir la bonté de prier Mrs Halliday de venir ici ? » lui demanda-t-il.

Halliday s'interposa : « Vous la trouverez au salon, Finch. » Il se retourna vers Harding. « Elle est un peu bouleversée par toute cette affaire, vous savez. Je dois dire que cela m'a fait un sale coup également. J'ai été absolument foudroyé. Je suppose qu'il n'y a aucune chance pour que le coupable soit une personne extérieure à la maison ? C'est ce que pense Lady Billington-Smith, vous savez. Quelqu'un qui serait entré par la fenêtre ?

— Jusqu'à plus amples informations, Mr Halliday, je crains de ne pouvoir risquer une opinion quelle qu'elle soit, répliqua Harding d'un ton neutre.

— Naturellement, le malheur, c'est d'être si nombreux à avoir pu commettre ce meurtre, dit Halliday, lugubrement. Moi-même, Guest, le jeune Billington-Smith et également Mlle de Silva, je suppose. Je ne vous cache pas que je serai assez content quand toute l'affaire sera tirée au clair. Je ne suis pas idiot et je ne peux pas ignorer que jusqu'ici, tout converge vers moi ou Billington-Smith. »

Il se retourna rapidement quand sa femme entra : « Ah ! te voilà, Camilla. Viens, ma chère, l'inspecteur veut simplement te poser quelques questions. »

Harding s'était levé.

« Voulez-vous vous asseoir, Mrs Halliday ? Oui, dans ce fauteuil, s'il vous plaît. » Il se tourna vers Basil : « Je ne vous retiens pas plus longtemps, Mr Halliday, dit-il aimablement.

— Oh, ne vous en faites pas, inspecteur, répliqua

Halliday. Je resterai jusqu'à ce que vous en ayez terminé avec ma femme.

— J'aimerais mieux voir votre femme seule, si cela ne vous fait rien », dit Harding, toujours aimablement, mais d'un ton résolu.

Halliday se renfrogna : « Est-ce absolument nécessaire ? Ma femme préférerait de beaucoup que je reste avec elle... Elle se sent un peu nerveuse encore, n'est-ce pas, Camilla ? »

Harding sourit à Camilla : « Il n'y a aucune raison pour que vous soyez le moins du monde nerveuse, Mrs Halliday. Brigadier, veuillez ouvrir la porte pour Mr Halliday. » Il se rassit à sa table et repoussa un peu plus ses papiers, dans l'attitude de quelqu'un qui s'apprête à converser aimablement. Il ne fit plus mine de voir Basil Halliday et, après un instant d'indécision, celui-ci sortit.

Le brigadier ferma la porte et revint se poster devant la cheminée. Mais il fut aussitôt contrarié par Harding, qui lui indiqua d'un signe de tête un siège à côté de celui de Camilla : « Asseyez-vous, brigadier. Voyons, Mrs Halliday, je suis sûr que tout cela a été un grand choc pour vous, et que vous préféreriez ne pas en parler. Mais je crains d'avoir à vous poser une ou deux questions assez importantes, à propos desquelles je pense que vous pourrez probablement m'aider. »

Camilla, qui était entrée dans la pièce avec un mélange de peur et de méfiance sur son joli visage inexpressif, se détendit quelque peu, grâce à cette lénifiante entrée en matière : « Bien sûr, cela ne m'ennuie pas du tout ; seulement, je ne sais rien, inspecteur.

— Alors, fit Harding en riant, si je vous demande

quelque chose que vous ne savez pas, dites-le-moi franchement et nous essayerons autre chose. »

Camilla gloussa et tapota les ondulations de sa mise en plis. « Oh, si vous promettez de ne pas vous fâcher contre moi, je suis prête à répondre à toutes vos questions. Seulement, j'ai les nerfs à fleur de peau. J'ai toujours été comme ça, affreusement sensible... et cet horrible policier, hier, a tout simplement aboyé contre moi d'une manière indescriptible.

— Je n'aboierai pas », promit Harding.

Sans paraître exagérément scrutateur, son regard n'avait pourtant pas quitté le visage de Camilla depuis le moment où elle était entrée dans la pièce. « Vous me pardonnerez si je vous demande quelque chose d'assez personnel, Mrs Halliday. Vous êtes, si je puis me permettre, une personne fort séduisante. Je crois que le général pensait de même, n'est-ce pas ? »

Camilla rit de nouveau, en lui décochant une œillade coquine. « Vraiment, inspecteur, je dois dire que jamais je ne me serais attendue à recevoir des compliments de la police ! Ce n'est pas à moi de décider si je suis séduisante ou non.

— J'aurais du mal à croire que le général ne vous trouvait pas... charmante, insista Harding.

— Ma foi, peut-être bien un peu. Vous savez comment sont les hommes âgés, et bien que Lady Billington-Smith soit exquise — je l'aime énormément, vous savez —, elle me donne toujours l'impression d'être assez froide. Le pauvre Sir Arthur avait envie de s'amuser un peu, j'imagine, et il se trouve qu'il avait un faible pour moi — je ne sais pas pourquoi, je vous assure. C'est tout. » Elle fit une pause et ajouta : « Naturellement, cela ne tirait pas à conséquence. Il désirait simplement flirter un peu, et il était tellement plus vieux que moi !

— Je comprends parfaitement, acquiesça Harding. Et je suppose que, comme beaucoup de ses pareils, il était enclin à manquer de tact lors de ses flirts — oubliant que vous aviez un mari à vos côtés. »

Un regard méfiant se glissa dans les yeux bleus sans profondeur de Camilla : « Oh, Basil me fait absolument confiance, inspecteur !

— J'en suis persuadé. Mais il aurait pu néanmoins se sentir un rien jaloux.

— Vous en savez trop, inspecteur. Je veux bien croire que Basil était un tout petit peu jaloux, mais pas sérieusement... Je veux dire qu'il n'avait aucune raison de l'être. »

Harding leva les sourcils, l'air interrogateur :

« Pas de raison du tout, Mrs Halliday ? Vous n'allez pas me dire que vous n'avez pas fait marcher Sir Arthur — juste un petit peu ? »

Elle tapota de nouveau ses cheveux. « Peut-être bien un tout petit peu, reconnut-elle malicieusement. Comment avez-vous pu deviner ?

— Voyons, il devait bien y avoir une cause à son extraordinaire comportement... tenter de vous faire accepter un chèque de cinquante livres, répondit Harding. J'ai donc pensé que, selon toutes probabilités, vous aviez flirté avec lui juste assez pour l'amener à se faire... des illusions. »

Camilla, qui avait rougi à la mention du chèque, parut se retirer dans sa coquille. Elle dit prudemment : « Je ne sais pas pourquoi il m'a donné ce chèque. Il avait un sacré toupet, et j'aurais dû le lui dire, naturellement. Seulement, c'était plutôt gênant !

— Vous avez dû être extrêmement surprise, fit Harding avec sympathie.

— Oui, extrêmement ! Je ne savais que dire.

— Où vous trouviez-vous, Mrs Halliday, lorsqu'il vous a remis le chèque ?

— Dans la maison du garde-chasse. Voyez-vous, Sir Arthur m'avait promis de me montrer une portée de chiots dès qu'il serait revenu de sa banque de Ralton. J'adore les chiots.

— Et il était quelle heure, Mrs Halliday ?

— Je ne crois pas savoir... Ah si, je sais ! Il était onze heures et même probablement une ou deux minutes de plus, parce qu'il a d'abord rangé des billets ou je ne sais quoi dans son coffre-fort. »

Harding leva les yeux : « Sir Arthur portait-il des gants, Mrs Halliday ?

— Des gants ? Non, bien sûr que non. Pourquoi ?

— Je voulais savoir, simplement. Vous me disiez que vous vous trouviez dans le chenil quand le général vous a remis le chèque. Y avait-il une plume et de l'encre sur place ?

— Oh, il avait son sty... » Elle s'interrompit, et ajouta d'une voix un peu aiguë : « Il n'a pas rédigé son chèque là-bas, inspecteur. Il l'a tout bonnement sorti de sa poche et me l'a en quelque sorte mis dans la main. Bien sûr, il l'avait rédigé avant !

— Je vois ! fit Harding. Et... en toute honnêteté, Mrs Halliday, vous ne lui aviez fourni aucune raison de croire que vous alliez l'accepter ?

— Oh non ! J'étais littéralement stupéfaite », affirma Camilla.

Harding farfouilla dans les papiers posés sur la

table et en choisit un. Les yeux rivés sur la feuille, il demanda : « A aucun moment durant le week-end vous n'avez permis à Sir Arthur de vous embrasser ? »

Camilla hésita, le regard également braqué sur le papier. Le brigadier savait bien que les déclarations éparpillées devant Harding n'avaient aucun rapport avec sa question. Il hocha la tête avec lenteur — preuve qu'il appréciait le stratagème...

Harding leva les yeux du document qu'il avait en main. « Allons, Mrs Halliday, Sir Arthur vous a-t-il embrassée ou non ?

— Il n'y a pas de mal dans un baiser, répondit-elle, sur la défensive. Et même s'il m'a embrassée ?

— Une fois ou plusieurs ?

— Je ne sais pas qui m'a espionnée, s'exclama Camilla, mais je trouve cela insupportable ! »

Harding n'insista pas. Il reposa le papier et s'enfonça dans son fauteuil. « Revenons au point où nous étions, dit-il. Qu'est-il arrivé après que le général vous a forcée à prendre le chèque ?

— Nous sommes revenus à la maison en voiture, répliqua-t-elle, renfrognée.

— Et ensuite ?

— Sir Arthur voulait que j'emporte quelques-unes de ses roses à Londres, et il a appelé Lady Billington-Smith pour qu'elle descende s'en occuper. Je dois dire qu'à ce moment-là, je l'ai trouvée assez exaspérée. Sir Arthur se montrait excessivement complimenteur à mon égard, et je voyais bien que ça ne lui plaisait guère, aussi suis-je montée quatre à quatre pour ôter mon chapeau. Bien sûr, j'ai toujours eu le sentiment que Fay, si calme et si douce, si vous voyez ce que je veux dire, était de celles qui deviennent au fond d'elles-mêmes effroyablement jalouses. Du moins c'est ainsi que je la voyais, et assurément, il était difficile d'ignorer qu'elle ne s'entendait pas avec Sir Arthur. Je le plaignais aussi, d'une certaine façon. J'ai horreur de déblatérer contre mes amis, et je ne suis nullement étroite d'esprit, bien au contraire, mais tout de même, la manière dont Mr Guest et elle se conduisaient... C'était un peu fort ! Je veux dire qu'il était absolument évident qu'elle était amoureuse de lui, et lui d'elle. Et le pauvre Sir Arthur n'avait pas le moindre soupçon, ce qui me semblait assez pathétique.

— Quand vous dites : “ C'était un peu fort ”, insinuez-vous que Lady Billington-Smith et Mr Guest s'aimaient ?

— Oh, pas en public ! lança Camilla avec un petit rire. Ils étaient bien trop malins pour ça ! Seulement, tout un chacun pouvait comprendre, à la façon qu'il avait de la regarder, qu'il en pinçait drôlement pour elle.

— En fait, vous n'avez rien vu de plus que ces regards ? précisa Harding.

— Non, mais je sais additionner deux et deux, inspecteur.

— Je m'en aperçois en effet, Mrs Halliday. Mais je pense que nous nous sommes écartés du point central. Voulez-vous me dire ce que vous avez fait quand vous êtes montée ôter votre chapeau ?

— Eh bien, je l'ai ôté, fit Camilla avec désinvolture, et puis je me suis repoudrée et j'ai fait diverses choses et puis... oh ! j'ai oublié de dire que Basil — mon mari — est entré et que je lui ai remis le chèque en lui racontant ce qui s'était passé.

— Était-il très ennuyé ?

— Ennuyé ? Non. C'était plutôt drôle, le général qui avait le coup de foudre pour moi ! Nous avons décidé de considérer cela comme une blague, seulement, bien entendu, Basil a déclaré que le chèque devait être restitué sur-le-champ. Il a annoncé qu'il allait le faire, et je suis descendue sur la terrasse.

— Vous souvenez-vous de l'heure qu'il était ?

— Non, je ne saurais le dire, c'est d'ailleurs mon pire défaut : je ne regarde jamais l'heure.

— Vous étiez, je crois, sur la terrasse lorsque Mrs Twining est arrivée ?

— Oui, admit Camilla.

— Et quand votre mari vous a-t-il rejointe ?

— Oh, presque tout de suite après... je ne sais pas exactement. Tout le monde était réuni, mis à part Geoffrey et cette écœurante Mexicaine. J'ignore où ils se trouvaient, bien que Geoffrey ait, paraît-il, déclaré qu'il était allé se promener — ce qui, je dois le dire, me semble assez bizarre.

— Vous êtes restée sur la terrasse jusqu'à une heure ?

— Oui, *moi*, je suis restée, répondit Camilla d'un air significatif. Ainsi que mon mari.

— Quelqu'un a-t-il quitté la terrasse avant une heure ?

— Mr Guest. Il a prétendu qu'il n'avait pas sa blague à tabac sur lui.

— Avez-vous une raison particulière, Mrs Halliday, d'employer ce “ prétendu ” ?

— Je ne sais pas s'il l'avait ou non, mais j'ai pensé à ce moment-là que ce n'était qu'une excuse, parce que Basil lui a offert son propre tabac et que Guest n'a pas voulu l'accepter. Il a insisté pour aller chercher le sien à l'intérieur, et il est resté absent un temps fou.

— Que signifie “ un temps fou ”, Mrs Halliday ?

— Est-ce que je sais ? Mais, en tout cas, fort longtemps ! Je me demandais ce qu'il pouvait bien faire. Au vrai, quand il est revenu, je lui ai dit qu'il avait failli manquer les cocktails. Et je me souviens avoir remarqué qu'il avait un comportement bizarre — il était extrêmement silencieux. Je ne sais pas si Basil vous l'a dit, mais je pense que vous devriez connaître toute l'histoire du sang sur la manchette de Mr Guest.

— En effet, dit Harding. Peut-être aurez-vous la bonté de m'éclairer à ce sujet, Mrs Halliday ?

— Ma foi, je n'aime guère dire quelque chose contre quelqu'un, mais ce dont je suis certaine, c'est qu'il avait du sang sur sa manchette, et que Basil l'a fait remarquer. De toute évidence, Mr Guest était ennuyé. Il nous a raconté je ne sais quoi à propos d'une boîte de tabac qu'il aurait ouverte en se coupant le poignet. Mais tout ce que je peux affirmer, c'est que, bien que Fay et moi ayons insisté, rien n'a pu le décider à nous montrer sa coupure. Il est devenu terriblement cassant et a baissé sa manche. Sur le moment, je n'ai pas été particulièrement intriguée — je veux dire, on ne fait pas attention —, mais lorsque Mrs Twining est sortie de la maison avec son gant tout trempé de sang — c'était si dégoûtant que j'en ai eu la nausée ! — et qu'elle nous a raconté ce qui était arrivé, je n'ai pu m'empêcher de me poser des questions. Mr Guest est absolument fou de Fay, et il est certain que Sir Arthur s'était comporté de façon ignoble avec sa femme, la rabrouant devant tout le monde, et caetera. Quoi qu'il en soit, il fallait que vous le sachiez, car si quelqu'un avait un motif pour tuer Sir Arthur, c'était soit Mr Guest soit Geoffrey, mais sûrement pas Basil. » Tout en triturant son mouchoir, elle ajouta : « Attention ! Je ne dis pas que Mr Guest est coupable, parce qu'il pourrait tout aussi bien s'agir de Geoffrey. Je ne suis pas prête d'oublier sa réaction quand le médecin lui a révélé que son père avait été assassiné. Je ne suis pas facilement choquée, mais ça m'a quasiment achevée. Il est entré par la porte-fenêtre du salon, l'air complètement égaré — son visage était affreux à voir, tout blanc, comme celui d'un mort, et les yeux bizarres, enfiévrés —, et il a éclaté de rire ! Je vous le jure ! C'était vraiment affreux, il me faisait peur. Je n'ai pas pu m'empêcher de le dire. »

Elle jeta un coup d'œil à Harding et fit mine de se lever. « Bien sûr, je n'aurais pas dû vous raconter cela, mais je savais que personne d'autre ne le ferait. Je déteste cette façon qu'ils ont tous d'essayer de se protéger les uns les autres, quand on pense que le pauvre Sir Arthur a été tué d'une façon aussi horrible. Avez-vous d'autres questions à me poser ?

— Non, rien de plus, merci, répliqua Harding en se levant.

— Alors, nous pouvons rentrer à la maison, Basil et moi ? C'est extrêmement agaçant d'avoir à traîner ici, et je n'arrive pas à fermer l'œil tant mes nerfs sont tendus.

— Je vous laisserai rentrer chez vous dès que je le pourrai », répondit Harding, qui alla lui ouvrir la porte.

Quand elle fut partie, le brigadier fit remarquer d'un ton sévère qu'elle lui avait l'air « drôlement malveillante ». Selon lui, les preuves contre Basil Halliday étaient solides. Quelle était l'opinion de l'inspecteur ? Harding refusa de la lui donner. « L'ennui, c'est qu'ils mentent tous, fit-il ; Lady Billington-Smith essaie de me faire croire qu'elle n'était pas en si mauvais termes avec son mari ; le jeune Geoffrey voudrait me persuader que sa crise de désespoir était causée par Mlle de Silva et n'avait rien à voir avec son père ; Halliday s'efforce de protéger sa femme qui a sans doute fait tout ce qu'il fallait pour obtenir ce chèque ; quant à Mrs Halliday, elle tente de jeter des soupçons sur tous les autres... excepté son mari, bien entendu. »

Il parcourut des yeux les papiers qu'il avait devant lui. « La première femme de chambre : je crois que c'est elle que je vais recevoir à présent, pour vérifier l'histoire de Mrs Halliday. Voulez-vous sonner ? »

Quelques secondes plus tard, guindée et intransigeante, Peckham entra dans la pièce. Elle avait l'air de quelqu'un qui n'aime ni les histoires ni les chichis et resta debout devant la table. Oui, elle venait de préparer les bagages de Mrs Halliday lorsque celle-ci était entrée pour retirer son chapeau.

« Et qu'avez-vous fait alors ? » demanda Harding.

Une expression un rien méprisante se dessina sur les traits aigus de Peckham : « Je me flatte de connaître ma place, monsieur. J'ai quitté la chambre immédiatement.

— Vous êtes descendue ?

— Non, monsieur. Je suis entrée dans la lingerie, en face, en attendant que Mrs Halliday redescende.

— Quelqu'un a-t-il pénétré dans la chambre de Mrs Halliday pendant qu'elle s'y trouvait ?

— Pas que je sache, monsieur.

— Et quand elle en est sortie, qu'avez-vous fait ?

— Je suis retournée finir les valises, jusqu'à ce que Mr Halliday entre.

— C'est-à-dire ?

— Je ne sais pas exactement, monsieur ; peut-être cinq minutes plus tard, peut-être pas aussi longtemps.

— Et lorsqu'il est entré, vous avez à nouveau quitté la pièce ?

— Certainement, monsieur.

— Combien de temps y est-il resté ?

— Pas plus d'une minute ou deux, la première fois, monsieur.

— Il y est donc retourné ?

— Oui, monsieur, il est revenu dans la chambre alors que j'en sortais.

— Avez-vous remarqué quelque chose d'insolite chez lui... des signes d'agitation ?

— Ce n'est pas mon rôle d'observer les invités, monsieur, mais j'ai trouvé que Mr Halliday avait l'air un peu ennuyé. Il m'a bousculée en passant d'une façon plutôt grossière, ce à quoi je ne me serais pas attendue de la part d'un gentleman. Puis il est entré dans la salle de bains et a claqué la porte.

— Merci. Une question encore, avant de partir : je crois que vous avez dit hier au commissaire que Mr Billington-Smith était resté assis sur le palier supérieur pendant près d'une heure, ce matin-là, avant d'être admis dans la chambre de Mlle de Silva. Avez-vous eu l'impression qu'il était bouleversé d'une façon ou d'une autre ?

— Je n'ai pas prêté attention à Mr Geoffrey, monsieur. J'ai mon travail à faire, contrairement à certaines personnes que je pourrais nommer, qui perdent leur temps à bayer après leurs patrons et à fabriquer un tas de sornettes sur eux. »

Parcourant des yeux la déclaration haute en couleurs de Dawson, Harding demanda : « Lorsque vous avez renvoyé Dawson de la chambre du capitaine Billington-Smith, est-ce que Mr Geoffrey — euh — tenait sa tête dans ses mains comme s'il était prêt à se tuer ? »

Peckham renifla. « Je ne saurais vraiment pas vous le dire, monsieur ; je ne l'ai pas particulièrement remarqué.

— Je vous remercie. Ce sera tout. Veuillez demander au maître d'hôtel de m'envoyer Mr Guest, je vous prie. »

Quand elle fut sortie, le brigadier secoua la tête : « Elle dit la vérité, monsieur, sûr de sûr. Mr Halliday vous a menti : il n'a jamais eu avec sa femme la conversation qu'il vous a rapportée. A mon idée, il avait ses soupçons depuis le début sur le petit jeu de sa femme, et il a trouvé le chèque quand elle est partie sur la terrasse. Cela ne sent pas bon, monsieur, non, pas bon du tout. »

Harding avait repris la déclaration de Stephen Guest : « Savez-vous s'il y a quelque chose de vrai dans ce qu'a dit Mrs Halliday au sujet de Guest et de Lady Billington-Smith ?

— Je n'ai jamais rien entendu dire à ce sujet, déclara le brigadier. Le général était bien sûr beaucoup plus vieux que son épouse, mais cela ne prouve rien. »

« Mr Guest ! » annonça Finch, depuis la porte. Stephen Guest entra, la démarche lente et assurée.

CHAPITRE XII

Stephen Guest considéra un moment le brigadier avec indifférence avant de tourner son regard vers le visage de Harding et de s'y arrêter. « Bonsoir, inspecteur », dit-il, puis il s'avança vers le fauteuil placé près de la table et s'assit.

« Bonsoir, répondit Harding. J'ai une ou deux questions à vous poser concernant vos mouvements d'hier matin, Mr Guest.

— Allez-y », fit celui-ci en fouillant dans une poche de sa veste pour trouver sa pipe et sa blague à tabac. Il se cala à son aise dans son fauteuil et commença à bourrer sa pipe de façon méthodique. « Pouvez-vous vous souvenir exactement de ce que vous avez fait jusqu'à midi ? »

Guest eut un léger sourire. « Vous êtes exigent, inspecteur. Je ne crois pas avoir rien fait de particulier. J'ai lu les journaux, poussé quelques boules de billard et suis allé m'asseoir sur la terrasse — vers onze heures et demie, je dirais. Halliday était avec moi : il connaît peut-être l'heure exacte.

— Ce n'est donc pas parce que vous aviez quelque chose de particulier à faire que vous avez dit au valet qu'il prenne son temps pour faire votre valise, que vous aviez changé d'avis et ne partiez pas par le premier train ? »

Guest frotta une allumette et attendit qu'elle brûle un petit peu avant de l'approcher de sa pipe.

« Non, répondit-il.

— Qu'est-ce qui vous a incité à changer d'idée, Mr Guest ? »

Stephen tira sur sa pipe et pressa le tabac d'un doigt expert.

« Je pensais que je pourrais aussi bien rentrer avec les Halliday par le train de l'après-midi », répondit-il.

Harding leva les yeux du papier qu'il avait en main. « Avant le petit déjeuner, Sir Arthur et Lady Billington-Smith ont eu, semble-t-il, une conversation déplaisante...

— C'est bien possible, fit Guest, sans se compromettre.

— L'avez-vous entendue ?

— ... Oui.

— Cela vous a-t-il influencé de quelque manière quand vous avez décidé de retarder votre départ ?

— Pas du tout. »

Il était clair qu'on ne tirerait vraisemblablement plus rien de lui sur ce point. Harding le considéra un moment en silence, puis demanda : « Vous étiez, je crois, apparenté au général Billington-Smith ?

— Une sorte de cousin, acquiesça Guest. Plutôt une relation.

— Vous séjournez dans cette maison assez fréquemment ?

— De temps à autre, répondit Guest, en posant

avec soin le bout brûlé de l'allumette sur le bord de la table.

— Vous étiez donc en bons termes avec le général ?

— Nous ne nous disputions pas.

— Ce qui signifie, Mr Guest ?

— Ma foi... » Guest déplaça sa pipe vers le coin de sa bouche. « Le général n'était pas exactement le type d'individu avec qui je m'entends bien.

— Cependant, vous séjournez dans sa maison.

— Oui », fit Guest avec sérénité.

Harding le regarda un petit moment ; il n'y avait rien à apprendre de ce visage carré et fermé. Stephen lui rendit son regard et continua à tirer sur sa pipe.

« Voulez-vous maintenant me décrire aussi précisément que possible ce que vous avez fait hier à partir de midi ? »

Stephen réfléchit.

« A peu près au moment où le général est rentré avec Mrs Halliday ? J'étais sur la terrasse.

— Y avait-il quelqu'un avec vous ?

— Oui, Miss Fawcett m'y avait rejoint.

— Mr Halliday ne se trouvait pas sur la terrasse ?

— Halliday est entré dans la salle de billard peu avant l'arrivée de Miss Fawcett.

— Quand avez-vous quitté la terrasse, Mr Guest ?

— Difficile à dire. Aux environs de midi et demi, je dirais.

— Étiez-vous sur la terrasse lorsque Mrs Chudleigh est arrivée ?

— Oui.

— Et lorsqu'elle est partie ?

— Non, je ne l'ai pas vue partir.

— Et lorsque le maître d'hôtel a apporté les cocktails ?

— Non plus.

— Pendant combien de temps, diriez-vous, Mr Guest, vous êtes-vous absenté de la terrasse ? »

Guest considéra la question. « Un bout de temps. Dix à quinze minutes.

— Qu'avez-vous fait pendant ce temps ?

— Je suis monté dans ma chambre chercher du tabac.

— C'est tout, Mr Guest ?

— En gros, oui. J'ai ouvert une nouvelle boîte et je me suis coupé. Il a fallu quelques minutes avant que la blessure n'arrête de saigner. » Déboutonnant sa manchette, il montra à Harding une longue égratignure sur son poignet. « Ce n'est pas grand-chose, mais je saigne facilement.

— Est-ce que vous avez vu quelqu'un pendant que vous étiez à l'étage ?

— Non.

— Et lorsque vous avez cessé de saigner, êtes-vous retourné directement sur la terrasse ?

— Oui.

— Si je ne me trompe, Mr Halliday a fait remarquer à haute voix que vous aviez du sang sur votre manchette ?

— En effet.

— Lui avez-vous montré la coupure ?

— Certainement pas.

— Vous ne l'avez montré à personne ?

— Non.

— Est-ce que quelqu'un vous a demandé de la montrer ?

— Je crois me souvenir que Mrs Halliday en a fait tout un plat. Mais je ne la lui ai pas montrée. »

Harding saisit son crayon : « Merci, Mr Guest, c'est tout pour le moment. Voulez-vous prier Mlle de Silva de venir.

— Volontiers », fit Guest avec tranquillité, et il sortit.

Harding se tourna vers Nethersole. « Vous vous êtes fait une idée, brigadier ?

— Impossible, ils s'en tiennent tous à " oui " et " non ", répondit le brigadier assez écœuré. Coriace, le client ! J'ai idée qu'il ne reculerait devant rien. »

Harding caressa son menton et regarda pensivement devant lui, vers la porte refermée. « Il a la tête froide, remarqua-t-il. Et il n'a pas l'intention d'en dire trop. Je me demande... »

Le brigadier toussota : « Il y a quand même une chose qui m'a frappé, monsieur.

— Voyons cela, brigadier.

— Eh bien, il n'a voulu montrer sa coupure au poignet à personne, hier, mais il était, comme qui dirait, tout disposé à l'exhiber aujourd'hui.

— Exact.

— Bien sûr, ça ne *prouve* rien.

— C'est justement ça l'ennui », constata Harding.

La porte s'ouvrit et Mlle de Silva entra d'un pas aérien. Harding se leva, ne trahissant aucune surprise.

« Mademoiselle de Silva ?

— Oui, annonça-t-elle. Je suis La Lola. » Ses yeux se posèrent sur le brigadier et s'allumèrent : « C'est à vous que j'ai dit que je n'acceptais pas, comme si j'étais un assassin, que vous me dévisagiez ? s'enquit-elle.

— Non, mademoiselle, c'est à l'agent de police Fletcher, s'empressa de répondre le brigadier.

— Pour moi, pas de différence. Et vous aussi vous écarquillez vos yeux. Peut-être vous aimez beaucoup me regarder parce que je suis très belle ?

— Je vous assure que jamais... » commença le brigadier, troublé.

Lola lui sourit gentiment : « Si c'est comme ça, ça ne fait rien pour moi, car vous devez comprendre je suis très habituée qu'on me regarde.

— Mademoiselle de Silva, voulez-vous vous asseoir ? intervint Harding. Oui, dans ce fauteuil. J'aimerais que vous tâchiez de vous souvenir exactement de ce qui s'est passé hier matin.

— Ça c'est pas du tout difficile, répondit Mlle de Silva, sans se démonter. J'ai une mémoire très bonne, croyez-moi. Mais je dois dire que moi, je ne peux pas comprendre pourquoi vous ne m'avez pas vue avant cette stupide femme que je trouve pas blonde du tout, mais qui se teint ses cheveux. Elle n'est pas du tout importante, et aussi elle n'a pas de bon sens, car elle raconte des mensonges extrêmement stupides. Je ne l'aime pas. Elle est pour moi pas du tout sympathique, tout à fait répugnante. Mais je vais vous dire : si vous croyez qu'elle a poignardé le général vous avez très tort. D'abord, elle n'a pas assez de courage, et ensuite, elle voulait faire l'amour avec le général pour qu'il lui donne de l'argent, je crois. Mais elle n'avait pas une raison de le poignarder. C'est moi avec qui il était si cruel que j'avais une raison. »

Le brigadier regarda Harding avec désespoir, mais celui-ci gardait un visage serein.

« En quel sens le général a-t-il été cruel envers vous, mademoiselle de Silva ?

— Je vous le dirai, fit Lola cordialement. Depuis le moment où j'ai entré dans sa maison, il a agi contre moi avec rudesse et brutalité, bien que je blâme Geoffrey : il a été très sot de ne pas dire à son papa que je n'aime pas le gin dans mes cocktails, mais l'absinthe. Puis, pendant le dîner, il était terriblement abominable parce que je ne voulais pas être assise en face d'un lièvre avec le sang sur le nez, que moi je trouve vraiment dégoûtant. Et après dîner, quand j'ai dit, moi, La Lola, que j'allais danser, il n'était pas du tout reconnaissant, mais le contraire, très grossier et insupportable. Moi, j'ai grande patience, et je ne suis pas partie tout droit hors de sa maison à l'heure d'aller au lit. Aussi, le jour après, j'étais très gentille avec lui, très bonne, et j'ai parlé avec lui toute une heure ; mais il était entièrement désagréable et immensément stupide et il a déclaré que Geoffrey n'aurait pas d'argent s'il se mariait avec moi. Alors vous voyez que c'est moi et pas du tout Camilla Halliday qui avais une bonne raison de poignarder le général.

— Je vois parfaitement, conclut Harding. Voulez-vous me dire exactement ce qui s'est passé lorsque Mr Billington-Smith vous a informée de la menace de son père ?

— Mais certainement, je vous dirai tout. C'était pour Geoffrey un grand choc ; il a la raison sûrement perdue, car il a essayé de venir dans ma chambre à coucher à dix heures du matin, quand il sait parfaitement que je ne vois personne excepté ma femme de chambre avant onze heures. Je pardonne, parce qu'il était affolé.

— L'était-il lorsqu'il est entré dans votre chambre, mademoiselle de Silva ?

— Je serai très véridique, promit Lola. Vous êtes un policeman — même, j'en suis surprise — et il n'est pas sage de dire des mensonges à un policeman. Je laisse ça à la Camilla. D'abord Geoffrey était juste un peu fâché, mais quand je lui ai expliqué que naturellement c'était impossible de nous marier quand il n'avait plus aucun argent, il est devenu un peu toqué. Compréhensible, ça peut-être, car je dois dire qu'il m'aime désespérément. J'avais pitié de lui, très grande pitié, mais heureusement tout s'arrange de soi-même, maintenant, car le général est mort.

— En fait, vous allez l'épouser ?

— Naturellement ! Mais je dois dire que je suis très bouleversée par ce que Miss Fawcett a dit : que tout de même il ne sera pas Sir Geoffrey. Incompréhensible !

— Il n'est donc pas vrai que Mr Billington-Smith ne désire plus vous épouser ? » demanda Harding sans ménagement.

Les yeux admirables de Lola s'écarquillèrent : « Mais comment ce serait possible ? Pour le moment il est un peu retourné. Il faut être indulgent pour lui. Bientôt il sera énormément content de découvrir que notre mariage est possible. S'il a dit à vous qu'il ne voulait plus nous marier, c'est une absurdité énorme. »

Elle s'échauffait quelque peu en parlant, et Harding entama avec tact un autre sujet. « Dites-moi, mademoiselle de Silva, qu'avez-vous fait quand Mr Billington-Smith a quitté votre chambre ?

— Au début, rien du tout, parce que Geoffrey avait été très violent ; et j'avais besoin de me remettre en bonne forme. Bientôt, Concetta, qui est ma femme de chambre, a préparé mon bain, et c'est encore une chose que je dois dire : il n'y a pas de douche sur mon bain, et je dois le partager avec Miss Fawcett et Mr Guest. Et après mon bain j'ai fait ma toilette et quand j'ai fini ma toilette, c'était déjà plus que une heure, et je suis allée en bas.

— Votre femme de chambre était-elle tout le temps avec vous pendant que vous vous habilliez ?

— Non, parce qu'elle n'avait plus l'alcool pour chauffer la machine de mes fers à friser, et elle était forcée d'aller à la cuisine pour en chercher. Alors vous voyez : quand elle était absente, pour moi c'était très facile d'aller en bas en négligé et poignarder le général. Je ne l'ai pas tué parce que je n'ai pas pensé à ça, et puis parce qu'en Angleterre je découvre que ça ne vous rend pas populaire de tuer les gens. »

Harding dit avec gravité : « Merci d'avoir été si franche, mademoiselle de Silva. Je ne vous retiens plus.

— Vous ne voulez pas me poser encore des questions ? demanda Lola, dépitée.

— Pas tout de suite.

— Il ne me semble pas à moi que vous êtes un policeman très bon », déclara-t-elle d'un air sévère.

Une petite étincelle brilla dans les yeux de Harding :

« Voudriez-vous peut-être que je vous arrête ?

— Pour ça, dit Lola avec candeur, je ne suis pas encore décidée. C'est une très bonne chose, avoir la publicité, mais je dois parler d'abord à mon agent, je l'ai fait chercher pour venir ici immédiatement et discuter avec moi cette affaire.

— Je crois que ce sera le mieux », acquiesça Harding, et il l'accompagna fermement jusqu'à la porte.

Le brigadier passa son mouchoir sur son front. « Bon sang, monsieur, si ce n'était pas une dame étrangère, ce qui explique tout, je dirais qu'elle est timbrée. Et ce qu'il y a de plus, c'est qu'on peut pas faire confiance à ces étrangers. Rusés, voilà ce qu'ils sont. Supposez que c'est elle qui l'ait fait ? Qui irait la soupçonner, à l'entendre répéter qu'elle aurait pu le faire ?

— Eh bien, brigadier, si elle l'a fait, c'est à nous de le prouver. »

Harding pianotait légèrement sur la table, tout en cogitant. « Ce n'est pas une affaire agréable, déclara-t-il au bout d'un moment. Je crois que je vais voir Miss Fawcett.

— Oui, monsieur. Mais c'est la seule personne qui n'a pas pu commettre le meurtre, précisa le brigadier respectueusement. Ça, *au moins*, nous le savons.

— Je ne suggérais pas qu'elle puisse être suspecte, brigadier. Mais du peu que j'en ai vu, elle me semble être la seule à qui l'on puisse se fier pour nous faire un récit simple, sans fioritures, de ce qui s'est passé hier. Demandez au maître d'hôtel de la trouver, voulez-vous ? »

Miss Fawcett ne fit pas attendre l'inspecteur Harding trop longtemps. Elle parut environ cinq minutes plus tard, et demanda aussitôt, sur le mode le plus amical : « Vous a-t-on servi le thé ? Est-ce que les détectives boivent du thé ? Si vous en voulez, je peux en faire chercher. »

Harding la regarda avec amusement. « Je vous remercie beaucoup, mais les détectives ne prennent jamais de thé quand ils sont de service. »

Dinah eut un large sourire : « Je pensais bien qu'ils n'en buvaient pas. Vouliez-vous me voir pour quelque chose de particulier ? J'ai tellement d'alibis, vous savez. Heureusement, d'ailleurs, ajouta-t-elle pensivement, car je ne m'entendais pas du tout avec Arthur.

— Était-il très désagréable, Miss Fawcett ?

— Oui, répliqua Dinah. C'était une ordure. Franchement, j'espère de tout mon cœur que vous ne découvrirez pas qui l'a tué. A quoi sert de faire du sentiment et de ressasser sans arrêt ces mots stupides, *de mortuis*, etc. ? C'est une bonne chose qu'il soit mort — pour tout le monde.

— Pour tout le monde ?

— Pour la plupart d'entre nous, en tout cas. Geoffrey sera libre de faire ce qui lui plaît, sans qu'on hurle contre lui ; Francis, c'est le cousin de Geoffrey, y gagne aussi, parce que, selon moi, Arthur lui a laissé de l'argent ; et c'est naturellement une bonne chose pour Fay, parce qu'Arthur était un mari exécrable.

— Et pour Mr Guest ? »

Dinah lui jeta un regard aigu. « Non, je n'ai pas dit que c'était bon pour lui. Je n'imagine pas qu'il hérite de quoi que ce soit. »

Harding s'assit sur le bord de la table. « Miss Fawcett, je vais être tout à fait franc avec vous, et j'ai bon espoir que vous le serez avec moi. J'ai interviewé un certain nombre de personnes qui toutes avaient un mobile et l'occasion de commettre ce meurtre. Pas une d'entre elles, à l'exception, peut-être, de Mrs Twining et de la première femme de chambre, ne m'ont dit toute la vérité. A présent, si je vous pose une ou deux questions, vous efforcerez-vous d'y répondre honnêtement ? »

Dinah réfléchit un instant : « Eh bien, je ne peux pas promettre d'y répondre, mais je ne mentirai pas, en tout cas, insp... Dites-moi, ça vous gêne si je vous appelle Mr Harding ? »

Le brigadier attendit avec confiance la rebuffade qu'elle allait devoir essuyer.

« Vous pouvez m'appeler comme vous voudrez », répondit l'inspecteur Harding, en souriant à Miss Fawcett.

Le brigadier le contempla avec un étonnement peiné, mais conclut que l'inspecteur avait probablement ses raisons.

« Merci. Que voulez-vous que je vous dise ? »

Harding se croisa les bras et l'observa pensivement pendant quelques minutes.

« Je crois que je vous raconterai d'abord ce que je sais.

— Pourquoi ? demanda Dinah, perplexe.

— Parce que vous serez beaucoup plus en confiance avec moi si vous vous rendez compte qu'il est inutile d'essayer de dissimuler certains faits. D'abord, je sais que le général ne s'entendait pas avec son fils, et semblait préférer son neveu. Je sais qu'il détestait Mlle de Silva et qu'il s'est comporté envers elle avec une cruauté sans pareille.

— Jusqu'à quel point ? » interrompit Dinah.

Harding répliqua avec une parfaite gravité :

« Pas d'absinthe, pas de douche sur sa baignoire, des lièvres morts et...

— C'est elle qui vous a raconté tout cela ? Elle vaut son pesant de cacahuètes, n'est-ce pas ?

— Oui, mais elle me fait perdre du temps. Je sais que le jeune Billington-Smith est resté assis devant sa porte, la tête dans les mains, pendant une heure, après que son père l'a déshérité ; il a quitté la maison dans un état de tension extrême et a eu une crise de nerfs au retour. Je sais que Mrs Halliday encourageait le général à flirter avec elle, ce que son mari trouvait écœurant. Je sais que votre sœur s'est disputée avec le général hier matin, ce qui l'a énormément bouleversée, et je sais aussi — je dis les choses comme elles sont, Miss Fawcett — qu'elle et Guest sont épris l'un de l'autre. »

Dinah fit la grimace. « Vous savez trop de choses, Mr Harding. Qu'est-ce que je pourrais vous dire de plus ?

— Vous allez me raconter votre version de ce qui s'est passé hier... en n'oubliant pas que j'ai reçu de l'une au moins des personnes que j'ai mentionnées un compte rendu très haut en couleurs.

— Oui, mais je ne veux rien dire qui puisse vous inciter à soupçonner Fay ou Stephen, ou même Geoffrey, objecta Dinah avec franchise.

— Souvenez-vous, Miss Fawcett, que je possède déjà suffisamment d'informations sur tous ces gens pour pouvoir les soupçonner.

— Bon, eh bien, allez-y ! soupira Dinah, croisant ses mains sur ses genoux.

— Nous commencerons par la conversation que vous avez eue avec Geoffrey, samedi, devant la porte de la chambre de Mlle de Silva. Est-il exact qu'il ait menacé de commettre un acte désespéré si son père intervenait entre lui et sa fiancée ?

— Ça m'a tout l'air de venir de cette petite dinde de bonne-à-tout-faire, Dawson, commenta Dinah. Je me demande où elle se dissimulait.

— Ne vous occupez pas de cette « petite dinde », répondit Harding, une trace de sourire dans le regard. Geoffrey a-t-il dit quelque chose de cet ordre ?

— Oui, tout un fatras extrêmement mélodramatique. J'ai déjà remarqué que les êtres habituellement les plus amorphes se laissaient parfois aller à proférer des menaces effarantes.

— Il est donc « amorphe » ?

— Insupportablement ! Pas de cœur au ventre, fit Miss Fawcett élégamment.

— C'est bien ce qu'il m'avait semblé. En même temps, il est indubitablement très émotif. Exact ?

— Certes, mais c'est une qualité d'émotion qui le fait délirer au lieu d'agir. Moi, je n'ai rien à en faire, de Geoffrey, mais honnêtement, je ne crois pas qu'il ait assassiné Arthur, Mr Harding.

— Nous l'espérons, tout au moins. Maintenant, parlons de cette réunion du week-end. L'atmosphère était-elle très orageuse ?

— Plutôt ! C'est toujours comme ça quand Arthur est mal luné.

— A-t-il passé sa mauvaise humeur sur votre sœur ?

— Plus ou moins.

— En public ?

— Et en privé !

— Et cette mauvaise humeur a culminé hier

matin, dans une dispute plus sérieuse que d'habitude ?

— Là, vous faites une légère erreur. Fay ne pouvait se disputer avec personne, et certainement pas avec Arthur. Je n'étais pas présente, si bien que je ne sais pas exactement ce qui s'est passé. Mais je crois qu'elle a tenté d'intercéder en faveur de Geoffrey, et qu'Arthur a été pris d'une rage folle et s'est mis à tempêter contre elle à propos de tout et de rien. Il était comme ça, vous savez.

— Cette dispute a... démonté votre sœur ?

— Oui, complètement. Je l'ai remise au lit, parce qu'elle était trop secouée pour descendre prendre le petit déjeuner.

— Elle ne vous paraissait pas avoir de rancune contre le général ?

— Seigneur, non ! Elle avait juste un peu la tremblote.

— Je vois. Et qu'en était-il de Guest ?

— Puisqu'il faut que vous le sachiez, répliqua Dinah, c'est le type même de l'amoureux fidèle, guère causant et un peu nigaud. Il aurait facilement cassé toutes les dents d'Arthur, mais je ne sais pas pourquoi, je ne le vois pas le poignarder dans le dos.

— Pardonnez-moi, Miss Fawcett, mais n'a-t-on jamais parlé de divorce entre votre sœur et Sir Arthur ?

— A cause de Stephen ? Non. Jamais. Il aurait fallu, mais Fay ne voulait pas faire face au scandale... Je suis absolument convaincue, Mr Harding, que rien ne pourrait induire Fay à entreprendre quelque action qui pourrait mener à... eh bien, à ce genre de... désagrément. »

Il saisit son regard.

« J'en prends note, Miss Fawcett. Dites-moi, avez-vous vu la coupure sur le poignet de Mr Guest, hier ?

— Non. Camilla et Fay n'arrêtaient pas de lui demander de la leur montrer, mais il n'a pas voulu, naturellement. Il est très “ macho ”, ce Stephen. Il a horreur qu'on fasse des histoires.

— Et les Halliday ?

— Camilla est une chercheuse d'or, lui, un nerveux et un jaloux. Il l'adore.

— Mrs Twining ?

— Mrs Twining ? Que voulez-vous savoir à son sujet ?

— Tout ce que vous pourrez m'en dire.

— Je ne crois pas en savoir long. Je la connais à peine. C'est une vieille amie d'Arthur, et elle est venue vivre dans les environs une année après lui. J'ai toujours imaginé qu'elle pourrait rapporter quelques histoires assez croustillantes sur lui, si elle le voulait, parce qu'il était beaucoup plus poli avec elle qu'avec quiconque d'autre.

— Savez-vous pourquoi c'est elle qui est allée chercher le général ?

— Elle était venue spécialement pour lui parler de Geoffrey, car elle est à peu près la seule personne qu'il aurait écoutée ; c'est ce qui me fait penser qu'il la craignait un peu.

— Y a-t-il un Mr Twining ?

— Un colonel. Il est mort.

— Je vois. Dites-moi ce qui est arrivé lorsqu'elle s'est levée pour aller chercher le général ? Combien de temps a-t-elle été absente ? »

Dinah réfléchit : « Je ne suis pas sûre. Nous

parlions tous ensemble. Je dirais cinq minutes, peut-être même un peu moins.

— Et lorsqu'elle est revenue, était-elle très retournée ?

— Oui, je crois. En fait, j'en suis certaine. Elle se maîtrise extrêmement et ne se livre guère ; mais elle avait l'air plutôt bizarre. Pas étonnant : elle a véritablement *touché* Arthur avant de se rendre compte qu'il était mort, et son gant était tout plein de sang. Heureusement qu'elle a eu suffisamment de volonté pour ne pas s'évanouir sur place. »

Harding hocha la tête d'un air un peu distrait. Il ne dit rien pendant une minute ou deux, et Miss Fawcett, respectant sa méditation, resta assise à l'étudier en silence. Bientôt conscient de son regard clair, il baissa les yeux sur elle et sourit.

« Est-ce que Geoffrey Billington-Smith a rompu ses fiançailles avec Mlle de Silva ? demanda-t-il.

— Il dit que ses sentiments ont complètement basculé, répondit Dinah. Tout cela est assommant... et en même temps plutôt bidonnant, parce que maintenant la seule vue de Lola le fait fuir et qu'elle passe son temps à le traquer !

— Sa passion pour cette dame me semble avoir été... disons, éphémère, remarqua Harding, sèchement.

— Oh, mais c'est d'abord elle qui l'a envoyé promener ! précisa Dinah.

— En effet, acquiesça Harding, qui se leva.

— Interrogatoire terminé ? s'enquit Miss Fawcett.

— Pour aujourd'hui, oui.

— Je vois, fit-elle, l'air entendu. Les poucettes ne sont pas encore arrivées... » Elle se leva et lui fit face : « Je regrette que l'on doive découvrir l'assassin, mais je comprends parfaitement que c'est une nécessité, et j'espère que vous le trouverez vite. Parce que cette atmosphère de suspicion et de suspense dans laquelle nous vivons pour l'heure finit par nous porter sur les nerfs. Et plus tôt nous verrons la maison débarrassée de tous ces visiteurs mal assortis, mieux ce sera pour ma sœur. A propos, suis-je moi aussi en résidence surveillée ou ai-je la permission de m'en aller ? »

Après avoir marqué une légère pause, Harding répondit : « Je n'ai pas le droit de vous garder ici, Miss Fawcett. En même temps, je souhaite beaucoup que vous restiez.

— Oh, mais je reste ! Je voulais simplement savoir si je peux aller à Ralton faire les courses et payer les factures ?

— Naturellement. Allez où vous en avez envie.

— Merci beaucoup. Et une chose encore, Mr Harding ; si vous avez besoin de quoi que ce soit, à n'importe quel moment — visiter les lieux, ou poser des questions —, pouvez-vous m'appeler, moi, et non ma sœur ? Elle a été affreusement secouée, et je voudrais, autant que possible, la garder en dehors de toute cette affaire.

— Je le ferai, promit Harding. Mais votre sœur et son beau-fils devront être présents demain, lorsqu'on ouvrira le coffre-fort. Savez-vous par quel train doit arriver le notaire du général ?

— Geoffrey ne vous l'a donc pas dit ? s'exclama Miss Fawcett. Vraiment, on ne peut jamais compter sur lui ! Le notaire arrivera par le train de dix heures cinquante à la gare de Ralton. Son nom est Tremlowe. Je veillerai à ce que Fay et Geoffrey soient sur les lieux, quand vous aurez besoin d'eux. Voulez-vous voir quelqu'un d'autre maintenant ?

— Non, je vais vous débarrasser de ma présence pour aujourd'hui. Je serai de retour demain matin.

— Alors, à demain », fit Dinah en lui tendant la main.

Le brigadier — spectateur oublié — les observait, tandis qu'ils se saluaient, avec une suspicion naissante. L'inspecteur ferma la porte derrière Miss Fawcett et resta un instant sans bouger, un petit sourire au fond des yeux. Le brigadier, ses soupçons allant croissant, remarqua avec une certaine sévérité :

« Une jeune dame qui parle bien... et obligeante avec ça ! »

Harding leva les yeux, et une légère rougeur envahit lentement son visage.

« Je pensais qu'elle le serait, murmura-t-il, en rassemblant ses papiers.

— Oui, dit le brigadier. Et je dirais aussi que c'est une bien jolie jeune dame.

— Bien jolie, en effet », répondit l'inspecteur, l'air détaché.

CHAPITRE XIII

En revenant à Ralton au volant de sa voiture, l'inspecteur Harding était assez silencieux et fronçait les sourcils. Au bout d'un certain temps, le brigadier s'aventura à lui demander ce qu'il comptait faire à présent : « Est-ce que vous aurez besoin de moi, monsieur ?

— Non, je ne crois pas. Je voudrais classer toutes ces déclarations... et réfléchir un peu. Et je vais aller voir Mrs Chudleigh. Mais vous n'avez pas besoin de m'accompagner. Expliquez-moi simplement où se trouve le presbytère.

— Vous voulez voir Mrs Chudleigh ?

— Bien entendu. Où habite-t-elle ?

— A Lyndhurst », répondit le brigadier. Un lent sourire détendit sa mine solennelle. « Je dois reconnaître que je n'avais pas pensé à elle, mais je ne l'exclurais pas, non... pas plus que la plupart de ceux qui la connaissent. C'est une vraie mégère !

— Je désire voir Mrs Chudleigh, expliqua patiemment Harding, pour savoir si elle a entendu ou vu quelqu'un dans le cabinet de travail, hier, en passant devant la fenêtre.

— Bien, monsieur. C'était simplement une petite plaisanterie de ma part, monsieur », dit le brigadier, penaud.

Lorsque, après avoir laissé le brigadier au poste de police, Harding arriva à l'hostellerie de la Couronne, il était presque sept heures. Il alla droit à la salle à manger et dîna. Il n'y avait personne d'autre qu'un vieux monsieur assis au fond de la salle. A cette heure peu avancée de la soirée, tout en mangeant, il put étudier ses notes dans un silence qui n'avait rien à envier à celui d'une crypte. Son identité s'était déjà répandue dans toute l'hostellerie, à la manière mystérieuse particulière aux petites agglomérations rurales, et le serveur voletait autour de lui avec une assiduité respectueuse, tandis que divers autres membres du personnel, y compris deux servantes, frappées de vénération et de crainte, l'observaient à la dérobée par la porte de service. Comme il demeurait tout à fait inconscient de l'intérêt qu'il suscitait, cela ne le troublait pas le moins du monde. Il continua à étudier ses fiches, et se commanda un café noir et un vieux cognac. Peu après, le chef de la police du comté jeta un regard à l'intérieur de la salle à manger et, apercevant Harding, vint s'asseoir à sa table. La chose offrait suffisamment d'intérêt pour que le maître queux qui, jusque-là, avait à peine remarqué l'inspecteur, aille jusqu'à jeter lui aussi un coup d'œil en catimini dans la salle.

Le major Grierson, qui portait un smoking sous un pardessus léger, expliqua qu'il se rendait à un dîner dans le voisinage et ne s'était arrêté que pour échanger quelques mots avec Harding.

L'inspecteur se déclara enchanté et fit signe au

serveur, qui arriva aussitôt. Toutefois, la conversation entre le détective venu de Londres et le chef de la police locale se révéla quelque peu décevante.

« Que prendrez-vous, monsieur ? Martini ? Sherry ?

— Merci, merci, un sherry, je pense... un sherry sec. Ce n'est pas croyable, Harding, comme cela — hum — nous reporte en arrière ! A ne pas y croire... Vous rencontrer ainsi, à nouveau comme ça ! Très — hum — extraordinaire ! »

Quand le serveur eut apporté un verre de sherry pour le major, la conversation devint encore plus déprimante. Tout ce que cet employé zélé eut à rapporter aux servantes, au portier et au maître queux, c'est que le détective et le major paraissaient se connaître très bien et échangeaient des histoires sur la guerre.

Mais lorsqu'il ne fut plus à portée d'oreille, la conversation prit un tournant rapide. Après avoir évoqué, en gloussant, certain billet de logement à l'arrière des lignes, le major cessa de rire et dit à voix basse : « Allons, il faudra que vous — hum — veniez dîner chez moi, Harding. Mais à propos de cette affaire, vous êtes monté à La Grange ?

— Oui, j'y suis allé, mais je ne suis pas encore parvenu à une conclusion.

— Naturellement. Tout à fait. Je ne m'y attendais pas, mon vieux. Considérez-vous l'affaire — hum — comme un cas difficile ?

— Certainement, monsieur. Il y a trop de gens qui s'y trouvent mêlés.

— Exactement — hum — ma façon de voir. Vous n'en avez pas discuté encore — hum — avec le commissaire ?

— Pas encore, mais je le ferai demain matin, promit Harding.

— Bon, bon, j'étais sûr que je pouvais — hum — compter sur vous, déclara le major en avalant le reste de son sherry. Il faut essayer de — hum — ne pas écraser les cors aux pieds ! »

Sur ce, il prit congé et sortit, l'air affairé, rejoindre son épouse qui l'attendait dans la voiture.

Harding arriva au presbytère de Lyndhurst à huit heures et demie et donna sa carte. La femme de chambre, l'ayant lue, recula comme devant un cobra prêt à frapper, et, laissant l'inspecteur debout dans l'entrée, trotta jusqu'à une pièce à l'arrière de la maison. Elle revint au bout de quelques minutes et lui enjoignit de « passer par ici, s'il vous plaît ».

Il passa donc, et se trouva dans une grande pièce encombrée de vitrines, de porcelaine, de chaises désassorties, de guéridons, de bibelots et de coussins. Les murs étaient recouverts de papier à rayures blanches et argent, et ornés d'une collection hétéroclite de peintures, photographies et assiettes. Un pare-feu en tapisserie dissimulait l'âtre vide, et les longues fenêtres étaient obscurcies par des voilages de mousseline blanche très amidonnés et flanqués des deux côtés par des rideaux de brocart bleu fané, avec d'épais cordons de soie en guise d'embrasses. La pièce était éclairée par une lumière au centre, dans une vasque d'albâtre, et il y avait également, derrière le canapé, une lampe plus conventionnelle à abat-jour de soie rose.

Mrs Chudleigh, portant un vêtement informe qu'elle nommait « robe de demi-soir », se tenait assise, très droite, sur le canapé, sa corbeille à ouvrage à côté d'elle, une pièce de broderie à la main. Lorsque Harding entra, le pasteur se leva d'un fauteuil d'osier profond placé de l'autre côté de la cheminée. Il tenait la carte de Harding entre ses doigts et murmura, l'air vague : « Euh... bonsoir, inspecteur. Entrez, je vous en prie. Je crains que vous nous trouviez peu préparés à recevoir des visites. » Avec un geste à peine perceptible et un sourire contrit, il indiqua ses pantoufles et l'ouvrage de son épouse.

Harding s'avança : « J'espère que je ne suis pas arrivé à une heure où je vous dérange, monsieur ? Mon temps est assez limité, vous savez, et je voulais être sûr de trouver Mrs Chudleigh chez elle. »

Mrs Chudleigh ôta les lunettes à monture d'acier qu'elle portait pour travailler ou lire, et les remplaça par son pince-nez. « Je dois dire que c'est une heure plutôt inhabituelle pour venir chez les gens. Mais ne vous excusez pas ! J'ai tout mon temps, quoique je sois bien en peine de deviner ce que vous pouvez avoir à me demander. » Elle s'interrompit pour admonester son époux, qui avait avancé une chaise à l'intention de Harding : « Pas celle-là, Hilary. Tu sais bien qu'elle a un pied cassé.

— Allons, bon, voilà encore ma mémoire qui flanche ! » murmura le pasteur, chagriné. Il remit la chaise à sa place et en avança une autre : « Je pense que celle-ci n'a pas de pieds cassés. Asseyez-vous, inspecteur. C'est ma femme que vous vouliez voir, je crois ?

— Merci. Oui, j'ai quelque chose à demander à Mrs Chudleigh, répondit Harding en s'asseyant. Comme vous avez dû le deviner, je travaille sur l'affaire de La Grange. »

Le pasteur secoua la tête. « Atroce ! Atroce ! Une

affaire épouvantable ! Quel jugement ! Effroyable ! Effroyable ! »

Mrs Chudleigh planta son aiguille dans son ouvrage, retira son dé et simula un frisson d'horreur. « Je n'ai vraiment aucune envie d'en parler, déclara-t-elle. Mon mari et moi-même, nous aurions accepté avec joie de rendre visite à Lady Billington-Smith en ce moment de désarroi, mais comme elle n'éprouve apparemment aucun besoin de consolation spirituelle, je n'ai rien d'autre à dire. Je ne doute pas qu'une foule de curieux avides se pressera à l'enquête, qui, je suppose, devrait avoir lieu d'un jour à l'autre, mais pour ma part, je ne songerais même pas à m'y faire voir !

— Non, non, Emmy, ma chère. Bien sûr, tu ne tiens pas à y assister, dit le pasteur avec douceur. Cela va sans dire. Mais je crois que l'inspecteur désire te poser quelques questions. »

Mrs Chudleigh considéra Harding avec une hostilité évidente. « Je ne vois pas comment *moi,* je pourrais vous aider, dit-elle. Personne ne m'a raconté quoi que ce soit, je puis vous l'assurer. Miss Fawcett est la seule personne à qui il m'ait été permis de parler. Je ne voudrais certes pas la traiter de cachottière, mais vraiment, je dois avouer que j'ai trouvé sa réserve aussi stupide qu'exagérée.

— Emmy, ma chère ! » fit le pasteur, avec plus de douceur encore.

Elle se cabra un peu, mais se radoucit. Harding profita aussitôt de l'accalmie. « Je voudrais simplement vous poser quelques questions à propos de vos propres faits et gestes hier matin, Mrs Chudleigh. Vous rappelez-vous à quel moment, exactement, vous êtes arrivée à La Grange ?

— Oh, si ce n'est que cela ! J'ai pressé la sonnette à midi vingt précises. Si je suis aussi catégorique, c'est que j'ai consulté ma montre, craignant qu'il ne soit plus tard. Je dois dire que j'ai eu amplement l'occasion de le faire, car le maître d'hôtel m'a laissée debout sur le seuil plus longtemps que je n'aurais permis à aucun de mes domestiques de le faire.

— Et ensuite, vous a-t-il conduite directement sur la terrasse ?

— Naturellement. Puisque Lady Billington-Smith se trouvait là, je ne vois pas en quel autre endroit il m'aurait menée !

— Combien de temps êtes-vous restée sur la terrasse, Mrs Chudleigh ?

— J'y suis restée jusqu'à midi et demi.

— Et vous êtes partie par le sentier qui contourne la maison et débouche dans l'allée carrossable ?

— Oui. J'ai dit à Lady Billington-Smith qu'elle n'avait pas besoin de se déranger pour moi. Elle m'a paru loin d'être en bonne santé, ce qui, j'en suis sûre, n'avait rien d'étonnant. Encore que je considérerai toujours qu'elle a fait son propre malheur en épousant cet homme.

— Emmy, nous ne devons pas dire du mal des morts, murmura le pasteur.

— Non, Hilary, mais la vérité est la vérité, et ce serait pure hypocrisie de prétendre que le général n'était ni grossier, ni dominateur, ni méchant. Sans doute avait-il ses qualités, mais moi, je n'ai jamais eu l'heur de les voir s'exercer. Il traitait Lady Billington-Smith abominablement. Non que j'aie beaucoup de sympathie à gaspiller à son sujet, car j'ai toujours considéré qu'un pareil mariage, entre un homme de son âge et une si jeune fille, frisait l'indécence ! En outre, sa conduite avec son fils — un garçon si *délicat !* — était positivement brutale !

— Le général semble, en effet, avoir été un personnage assez déplaisant, affirma l'inspecteur Harding, interrompant avec tact ce flot de jérémiades. Ce que je voudrais savoir, Mrs Chudleigh, c'est ceci : quand vous avez emprunté le sentier, vous êtes sûrement passée devant la fenêtre du cabinet de travail. Avez-vous remarqué si quelqu'un d'autre que Sir Arthur s'y trouvait ? »

Mrs Chudleigh se raidit plus encore, si la chose était possible. « Dans mes jeunes années, inspecteur, on nous apprenait que de regarder par la fenêtre des autres relevait du plus exécrable manque d'éducation, articula-t-elle.

— Je ne suggérais pas que vous ayez... disons... jeté un coup d'œil. Mais vous auriez dû tout naturellement regarder dans cette direction. Vous êtes bien sûre de ne pas l'avoir fait ?

— Il aurait été tout à fait anormal, pour moi, d'agir de la sorte, rétorqua Mrs Chudleigh d'un ton âpre. Particulièrement alors que je savais que le général se trouvait dans son cabinet de travail. En vérité, je me demande où va le monde si l'on peut me soupçonner, *moi,* d'épier les gens auxquels je rends visite !

— Si quelqu'un avait été en train de parler dans la pièce, croyez-vous que vous auriez entendu des voix ? »

Le pasteur se pencha pour tapoter la main de sa femme. « Allons, ma chérie, l'inspecteur ne t'accuse pas d'avoir regardé par la fenêtre du cabinet de travail. Tu dois comprendre que si tu as vraiment entendu ou vu quelqu'un, ton témoignage peut être d'une grande portée pour cette affaire.

— Si j'avais entendu parler quelqu'un dans le cabinet de travail quand je suis passée devant, j'en aurais avisé la police à l'instant même où la nouvelle de l'assassinat de Sir Arthur m'est venue aux oreilles », déclara énergiquement Mrs Chudleigh. Puis, croisant le regard apaisant de son mari, elle s'amadoua un peu. « Pour autant que je sache, personne ne parlait lorsque je suis passée devant la fenêtre. Un bruit de voix aurait certainement attiré mon attention... sans que je cède pour autant à une curiosité malsaine.

— De même, Mrs Chudleigh, votre regard aurait — euh — inévitablement capté tout mouvement dans le cabinet de travail ? »

Elle y réfléchit. « Possible. Toutefois, je ne saurais l'affirmer. Il me *semble* qu'il n'y avait aucun mouvement. »

Harding se leva. « Merci, Mrs Chudleigh. C'est tout ce que je voulais vous demander. »

Il prit congé et, de retour à La Couronne, se retira presque immédiatement dans sa chambre. Toutefois, minuit était passé depuis longtemps lorsqu'il rangea enfin ses papiers et alla se coucher. Pendant tout ce temps il avait beaucoup écrit, beaucoup réfléchi, et fumé plusieurs pipes.

Il se présenta au poste de police à neuf heures le lendemain matin et trouva le commissaire d'humeur légèrement grincheuse.

« Je m'attendais à ce que vous fassiez un saut par ici hier soir, remarqua d'un air austère ce digne représentant de l'ordre.

— Vraiment ? répondit Harding. J'espère que

vous ne m'avez pas attendu. Bonjour, brigadier ; avez-vous fait quelque fulgurante découverte ?

— Non, monsieur, je crains que non. Plus j'y pense, plus il me semble que n'importe lequel pourrait être l'assassin.

— Alors, essayons de travailler un peu la question, dit Harding, approchant une chaise de la table et ouvrant son porte-documents. Je vais vous rendre les dépositions des témoins, commissaire ; je crois que j'ai recoupé les points importants. »

Le commissaire prit la liasse de papiers et la rangea dans un tiroir. « Bien sûr, si elles ne vous ont servi à *rien*... commença-t-il d'une voix chagrine.

— Elles m'ont été extrêmement précieuses. Quand je suis rentré hier soir, j'ai pensé que je ferais bien de dresser un horaire des allées et venues. Le voici. » Il posa une feuille bien propre devant le commissaire et fit un signe de tête à Nethersole : « Venez y jeter un coup d'œil, brigadier.

— Si je comprends bien, dit le commissaire d'un ton très officiel, ce papier concerne le matin du premier juillet ? »

Ayant reçu confirmation sur ce point, il porta ses yeux sur l'horaire et le lut avec soin de bout en bout.

11.30 Geoffrey Billington-Smith quitte la maison.
11.45 Le général et Mrs Halliday reviennent de leur promenade. Lady Billington-Smith est appelée en bas. Mrs Halliday monte dans sa chambre.
11.50 Lady Billington-Smith va dans la resserre ; le général dans son cabinet de travail.
? 11.55 Mrs Halliday va sur la terrasse, Halliday monte dans leur chambre.

12.05 On entend la voix de Halliday dans le cabinet de travail.
12.10 Arrivée de Mrs Twining. Aucun bruit du côté du cabinet de travail.
? 12.10–12.15 Mrs Twining dans le vestibule.
? 12.15 Mrs Twining sur la terrasse.
12.20 Lady Billington-Smith sur la terrasse, venant du potager. Mrs Chudleigh sur la terrasse, venant de la maison.
12.25 Halliday sur la terrasse, venant du billard.
? 12.27 Guest quitte la terrasse.
12.30 Départ de Mrs Chudleigh par le sentier.
12.35 Maître d'hôtel sur la terrasse avec les cocktails.
? 12.40 Guest de retour sur la terrasse.
? 12.55 Mrs Twining va vers le cabinet de travail.
? 1.00 Mrs Twining de retour sur la terrasse.

« Il reste beaucoup de points d'interrogation, déclara le commissaire, sa lecture terminée.

— Chaque fois que j'en suis réduit à deviner l'heure exacte. Mes chiffres ne devraient pas s'écarter de plus d'une ou deux minutes dans les deux sens.

— Joli exercice, remarqua le commissaire, désobligeant, mais qui ne nous mène nulle part.

— Qui sait ? répliqua Harding. Prenons d'abord Lady Billington-Smith. Si vous jetez un coup d'œil à l'horaire, vous verrez que depuis midi moins dix jusqu'à près de midi vingt, heure à laquelle elle a parlé au jardinier, on ignore tout de ses mouvements. Mais à midi cinq, Halliday admet s'être trouvé dans le cabinet de travail, et de midi dix à environ midi et quart, Mrs Twining était dans le vestibule et n'a entendu personne. Cela ne laisse que cinq minutes à Lady Billington-Smith pour assassiner Sir Arthur et arriver jusqu'à la resserre de l'autre côté de la maison.

— Peut-être bien, dit le commissaire, mais une supposition : elle le tue *avant* midi cinq ? Qu'est-ce que vous en dites ?

— Vous oubliez que Halliday a vu le général en vie à midi cinq. »

Le commissaire, qui ne se sentait jamais au mieux de sa forme de si bonne heure, jeta un regard furibard au brigadier et grommela : « Vous n'avez que sa parole, Mr Harding. »

D'évidence, Harding ne jugea pas qu'il valait la peine de discuter ce point, car il passa au suspect suivant : « A présent, venons-en à Halliday, dit-il. Aux environs de midi, il entre dans le cabinet de travail pour rendre le chèque offert à sa femme. Le brigadier vous l'a-t-il raconté ?

— Oui, Mr Harding, il me l'a raconté, et d'après moi, voilà notre homme ! Rappelez-vous : je vous l'ai dit dès le départ.

— Je vous accorde qu'une bonne partie des témoignages semblent l'accabler. Pourtant, je ne suis pas entièrement satisfait. Le mobile est là, de même que l'occasion. Je dirais que Halliday est très coléreux, et je croirais aisément qu'une dispute violente entre Sir Arthur et lui ait pu aboutir à ce coup porté avec une arme qui se trouvait à portée de sa main, si, dans la corbeille à papiers, les fragments du chèque n'avaient été recouverts d'un grand tas d'autres papiers. Si Halliday avait commis le crime, on aurait trouvé le chèque *sur* les autres papiers. »

Une ombre traversa le visage du brigadier. « J'aurais dû y penser », fit-il tristement. Il caressa sa moustache, réfléchissant à la question. « Mais supposons, monsieur, que Mr Halliday ait lui-même jeté les autres papiers dans la corbeille ?

— J'y ai pensé, admit Harding. La chose me paraît possible, mais peu vraisemblable. On peut, naturellement, considérer que si Halliday a eu assez de présence d'esprit pour effacer toute empreinte digitale sur le manche du poignard, il a également dû penser à jeter ces papiers par-dessus le chèque déchiré. Mais est-ce qu'il n'aurait pas été plus simple de ramasser les morceaux du chèque et de les emporter ?

— Oui, oui, en effet, admit le brigadier, qui recommença à caresser sa moustache.

— De même, il est possible qu'au cours de sa querelle avec Halliday, Sir Arthur ait continué à déchirer ces lettres et à les jeter dans la corbeille.

— C'est juste, reconnut le brigadier. Surtout s'il avait envie de se débarrasser au plus tôt de Mr Halliday.

— M'est avis, intervint brusquement le commissaire, que nous tenons notre assassin.

— Je ne me risquerais pas à l'arrêter sur ce témoignage, dit Harding, tout en admettant qu'il existe de sérieuses raisons de le soupçonner. Et si nous jetions un regard à Stephen Guest ? De son propre aveu, il a quitté la terrasse entre midi vingt-cinq, heure de l'apparition de Halliday, et midi et demi, heure du départ de Mrs Chudleigh. Il dit qu'il est resté à l'intérieur une dizaine de minutes, peut-être plus. Lorsqu'il est venu sur la terrasse, il y avait une tache de sang sur sa manchette, et il a expliqué qu'il s'était coupé la main en ouvrant une boîte de tabac.

— J'avoue, monsieur, que quand je l'ai entendu raconter son histoire, je l'ai très fortement soupçonné, dit le brigadier. Mais à bien y réfléchir, c'est l'effet qu'ils ont tous produit sur moi. Une bien vilaine affaire pour Mr Guest, tout de même... vu qu'il est amoureux de Lady Billington-Smith.

— Une bien vilaine affaire, en effet, acquiesça Harding. Et comme vous l'avez dit, me semble-t-il, le client est coriace. Si l'on prend en compte deux facteurs importants : un, qu'il aime Lady Billington-Smith, et deux, qu'elle n'accepterait pas de divorcer, il m'a tout l'air d'être dans le collimateur. Sans oublier sa personnalité. Je ne sais pas quelle impression il vous a faite, brigadier — ou à vous, commissaire —, mais il m'a paru être ce type d'homme qui sait ce qu'il veut et qui l'obtient. Un homme fort, peut-être sans scrupules, et — ce qui rend les choses difficiles pour nous — indéniablement résolu. Si c'est lui qui a commis le meurtre, je suis convaincu qu'il ne l'a pas fait sous le coup d'une colère soudaine, mais après mûre réflexion et, en l'absence de témoignages nouveaux, ce sera la croix et la bannière pour lui faire avouer.

— Personnellement, déclara le commissaire, je m'en tiens à ce Halliday.

— Vous avez peut-être raison. Certains détails semblent disculper Guest. Assassiner le mari d'une femme — et, incidemment, votre hôte — dans le but d'épouser cette femme relève d'un degré de sang-froid tout à fait anormal. Un coup de poignard dans le dos n'est pas quelque chose que l'on attendrait d'un homme du type de Guest. De plus, s'il a commis le meurtre, il l'a fait entre midi vingt-sept et une heure moins vingt. Or, je suis allé voir

Mrs Chudleigh, et bien qu'elle soit outrée à l'idée que je puisse la soupçonner d'avoir regardé par la fenêtre du cabinet de travail, je suis pratiquement certain qu'il n'y avait personne dans la pièce avec le général lorsqu'elle est passée. S'il y avait eu quelqu'un, elle l'aurait obligatoirement vu. Et, plus significatif encore, l'arme utilisée est le coupe-papier personnel du général, toujours en vue sur son bureau. Cette circonstance nous amènerait à supposer que le meurtre n'a nullement été prémédité. En même temps, nous ne devons pas oublier que Guest, qui était une relation de Sir Arthur et séjournait fréquemment chez lui, pouvait fort bien savoir que le poignard était toujours sur le bureau et s'en servir pour égarer les soupçons.

— Voyons, Mr Harding, dit le commissaire, vexé. On dirait que vos arguments balaient tous les témoignages que vous découvrez ! Comment voulez-vous qu'on avance, avec votre façon de procéder ?

— Je vois que vous êtes arrivé à la même conclusion que moi, répondit Harding, sans l'ombre d'un sourire. Éplucher ces suspects ne nous mène, précisément, nulle part.

— Co... comment ? fit le commissaire, considérablement perturbé.

— Et Mr Geoffrey, monsieur ? demanda le brigadier.

— Cas plus désespérant encore. Nous savons qu'il a quitté la maison à onze heures et demie et qu'il est rentré bien après une heure. A l'entendre, il aurait fait une longue promenade. C'est possible. Mais il a aussi fort bien pu revenir en catimini, se faufiler dans la maison et assassiner Sir Arthur. Avec un jeune homme de ce genre, il est bien difficile de savoir à quoi s'attendre. Dans un accès de colère, il serait sans doute capable de n'importe quoi. Je vous suggérerais, commissaire, de faire faire quelques recherches. Je veux savoir si quelqu'un a vu Mr Billington-Smith entre onze heures et demie et une heure, lundi, et si oui, où et à quelle heure ? J'ai noté le chemin qu'il prétend avoir suivi. »

Il fouilla dans son porte-documents et tendit un bout de papier au commissaire. « En même temps, je voudrais bien découvrir si le capitaine Billington-Smith a été vu quelque part dans les parages à une heure quelconque de la matinée.

— Le capitaine Billington-Smith ! s'exclama le commissaire. Vous êtes sur la mauvaise piste, Mr Harding. Le capitaine a quitté la maison à onze heures moins le quart, comme vous avez pu le constater dans mes notes.

— Oui, j'ai vu. Mais je voudrais malgré tout que l'on vérifie, si vous n'y voyez pas d'inconvénient.

— Et pour la jeune dame étrangère, monsieur ? demanda le brigadier.

— Je ne sais pas pourquoi, je n'y crois pas. Il faudra la garder à l'esprit comme suspect possible, bien entendu, mais jusqu'à présent elle ne m'intéresse guère.

— Le maître d'hôtel, monsieur ?

— Fort peu vraisemblable. Nous n'avons découvert aucun motif.

— Tout ça, c'est bel et bon, interrompit le commissaire, mais je voudrais bien savoir où vous voulez en venir !

— A ceci, dit Harding. Le fait est qu'en ce moment, l'examen des mobiles et des mouvements des divers suspects ne nous mène nulle part, parce que n'importe lequel aurait pu le faire, et qu'il n'existe aucune preuve que l'un d'eux l'ait fait. Par conséquent, nous devons changer notre plan d'attaque. Or, il y a deux indices qui semblent n'avoir de rapport avec aucune des personnes que j'ai citées. L'un, c'est le bout de papier avec le mot " La " griffonné dessus, qui a été trouvé sous la main du général ; l'autre, l'absence d'empreintes digitales sur la poignée du coffre-fort. »

Le commissaire le toisa avec une indulgence amusée. « Je croyais, Mr Harding, que vous étiez arrivé à la conclusion qu'il ne s'agissait pas d'un meurtre avec cambriolage ?

— C'est exact. Mais je n'en suis plus si sûr.

— Ma foi, s'il n'y avait pas d'empreintes sur la poignée du coffre-fort — et il n'y en avait pas, parce que j'étais là, moi, quand notre spécialiste les a cherchées —, je ne vois pas pourquoi vous revenez à l'idée d'un cambriolage !

— Mais il aurait dû y avoir des empreintes, dit Harding d'une voix douce.

— Ça veut dire quoi, *il aurait dû* ? demanda le commissaire. Les empreintes de qui ?

— Celles du général. A onze heures, il a ouvert ce coffre-fort pour y placer quelque chose, et, selon Mrs Halliday, il ne portait pas de gants.

— Vous voulez dire, fit le brigadier en pesant ses mots, que quelqu'un a tourné la poignée après que le général l'a eue touchée ? Et, de plus, que ce quelqu'un l'a ensuite essuyée soigneusement ?

— Naturellement », répondit Harding.

CHAPITRE XIV

A dix heures et demie, l'inspecteur Harding sortit sa voiture du garage de La Couronne et se mit en route pour le poste de police, où il devait passer prendre le brigadier. Au moment où il émergeait de la cour de l'auberge en klaxonnant, une demoiselle vêtue d'un tailleur de toile sévère et d'un chemisier avec cravate se hâta de reculer sur le trottoir. L'inspecteur Harding reconnut Miss Fawcett et freina promptement.

« Hello ! fit Dinah. C'est vous !

— Hello ! Est-ce que vous êtes en train de fuir les griffes de l'Inquisition, ou de faire des courses ?

— Des courses. Si ce n'était pour une petite affaire concernant ma redevance de T.S.F., je pourrais paraître devant vous avec une conscience limpide.

— Les redevances de T.S.F. ne tombent pas sous ma juridiction, dit-il en riant.

— C'est bien ce que je pensais. J'imagine que vous êtes un trop gros bonnet, fit Miss Fawcett naïvement.

— Comme vous êtes gentille ! s'exclama-t-il,

l'œil pétillant. Je suis content que vous ne soyez pas en train de fuir.

— Je ne le pourrais pas, même si j'en avais envie, répondit Dinah sans gaieté. Cette maudite bagnole vient d'expirer. Elle m'a fait des embêtements tout le long du chemin — c'est un mauvais petit coupé qu'Arthur autorisait Fay à conduire — et m'a finalement refusé ses services au milieu de la Grand-Rue. Comme une imbécile, j'ai laissé le moteur s'arrêter quand j'étais dans un magasin, et bien sûr, elle a refusé de repartir. Alors la voilà, qui attend que les types du garage l'emmènent et... la brûlent, pour ce que j'en ai à faire. Mais je ne dois pas m'attarder, il faut que j'attrape un bus pour la gare.

— Attendez une minute, je vous emmène à la gare, si vous me promettez de ne pas disparaître par le premier train.

— Merci mille fois. C'est chic de votre part. Je ne me sauverai pas, promis-juré. Tout ce que je veux, c'est attraper Peacock avec la grosse voiture, pour pouvoir rentrer. Il est allé attendre Mr Tremlowe, le notaire, au train de onze heures moins dix. »

Harding se pencha pour lui ouvrir la portière. « Si c'est votre unique raison pour aller à la gare, pourquoi prendre cette peine ? Laissez-moi vous conduire à La Grange.

— Ça ne vous ennuierait pas ? fit Dinah, hésitante.

— Non, répliqua l'inspecteur, cela ne m'ennuierait pas du tout.

— Voilà qui est rudement chouette de votre part, mais je dois vous prévenir que j'ai un ou deux paquets à ramener. Je ne veux pas vous faire perdre votre temps.

— Où sont-ils, ces paquets ? demanda Harding en embrayant.

— Ils m'attendent chez Dove's, le marchand de nouveautés de la Grand-Rue. Fay considère qu'elle doit porter le deuil ; or, elle n'a qu'une petite robe noire d'après-midi. Je suis donc allée lui en chercher un choix. Personnellement, je trouve ça plutôt inepte, mais elle est à cheval sur les conventions.

— C'est bon, nous irons les chercher et ils pourront partager le siège arrière avec le brigadier Nethersole, que je dois également récupérer. Comment va-t-on jusqu'à votre magasin ?

— Vous n'avez qu'à prendre la Grand-Rue, je vous dirai quand vous arrêter. »

Miss Fawcett s'installa bien à son aise à côté de l'inspecteur et ajouta avec entrain : « Je peux vous demander quelque chose ?

— Naturellement. De quoi s'agit-il ?

— Est-ce que vous portez vraiment un insigne archaïque sous le revers de votre veston, et que vous l'exhibez à tous ceux qui veulent savoir qui vous êtes ?

— Bien sûr que non ! Je ne suis pas Américain ! protesta Harding.

— Ah... Il n'y a que les détectives américains qui en portent ? Je l'ignorais. Mais dans les films ils ont toujours des insignes dissimulés et je me demandais si c'était vrai. Voilà le magasin, là-bas. »

Dix minutes plus tard, devant le poste de police, Harding évita résolument le regard du brigadier. Ce dernier, qui le contemplait avec un mélange de chagrin et de désapprobation, grimpa dans le spider au milieu des cartons à robes. Aucun doute : l'inspecteur s'intéressait énormément à Miss

Fawcett. Le brigadier ne se serait pas attendu à cela de la part d'un inspecteur de Scotland Yard — et bien qu'il n'eût rien à reprocher à la jeune demoiselle, il lui semblait pourtant que ce n'était pas du tout ce qu'il fallait.

Ce genre de considérations ne préoccupait guère l'inspecteur Harding, et le brigadier, tout en équilibrant avec soin l'un des cartons sur ses genoux, fut chagriné de l'entendre assurer à Miss Fawcett que cela n'avait aucune importance si Mr Tremlowe arrivait à La Grange avant lui. Puis l'inspecteur remit l'auto en marche et le brigadier n'entendit plus rien. Il put néanmoins étudier le charmant profil de Miss Fawcett à chaque fois qu'elle tournait la tête pour parler à l'inspecteur, et, de temps à autre, il voyait aussi de manière fugace le visage de Harding, quand celui-ci baissait les yeux sur son allègre passagère. Le brigadier aurait juré qu'ils s'entendaient comme larrons en foire, et il aurait eu tout à fait raison. Miss Fawcett, qui n'avait jamais été de celles qu'afflige la timidité, parlait à l'inspecteur de lui-même.

« Si ce n'était l'aspect sinistre de toute cette affaire, fit-elle remarquer confidentiellement, cela m'amuserait plutôt de voir travailler un vrai limier. C'est une véritable révélation, parce que, jusqu'à hier, je n'avais encore rencontré qu'un seul détective — un homme envoyé par le poste de police quand un cambrioleur s'est introduit dans notre appartement en ville et a barboté une broche de ma mère et une paire de plats en argent. Il était franchement au-dessous de tout. Le détective, je veux dire. Pour tout vous avouer, j'étais plutôt hostile à votre égard avant votre arrivée.

— Vous n'en avez rien laissé paraître, répondit Harding. Je vous ai trouvée extrêmement charmante... et des plus efficace.

— Bien sûr, dès que je vous ai vu, je me suis rendu compte que vous n'étiez pas du tout répugnant, répliqua Dinah, innocemment. En fait, je n'aurais jamais deviné que vous étiez un détective, si on ne me l'avait pas dit.

— Je ne l'ai pas toujours été, expliqua Harding.

— C'est ce que j'ai pensé. Si vous me trouvez mal élevée, dites-le-moi, mais... pourquoi l'êtes-vous devenu ?

— En partie à cause de la guerre, en partie parce que j'ai toujours eu un goût pour la criminologie.

— Macabre occupation ! laissa tomber Miss Fawcett. Vous vouliez devenir quoi ?

— Avocat. J'étudiais le droit à Oxford lorsque la guerre a éclaté.

— Vous n'auriez pas pu reprendre ensuite ?

— Difficilement. Mon père est mort la dernière année de la guerre et nous n'avions pas beaucoup d'argent. Aussi, j'ai pensé que je devais pourvoir à mes besoins dès que possible.

— Plutôt moche pour vous, opina Miss Fawcett sur un ton de sincère sympathie.

— Oh non ! fit-il gaiement. Ça ne m'ennuie pas.

— Bah, je suppose que c'est un travail intéressant, d'une certaine façon, et vous finirez patron de Scotland Yard ou quelque chose comme ça.

— Je ne peux rien imaginer de moins probable. De toute façon, je songe à prendre ma retraite et à élever des cochons ou des poulets à la place.

— Il n'y a absolument pas d'argent à gagner dans l'élevage de poulets, à moins de le faire sur une échelle colossale, déclara Miss Fawcett, toute sagesse. J'ai connu plusieurs gogos qui s'y sont essayés et tous se sont cassé la figure.

— Alors ce sera des cochons, répartit Harding, philosophe.

— Trop gadouilleux ! objecta Dinah.

— Alors des poulets, sur une échelle colossale. »

Elle secoua la tête : « Vous allez devoir engloutir un capital énorme.

— Peu importe. J'ai fait un héritage fort appréciable et tout à fait imprévu.

— Eh bien, je ne le dilapiderais pas en volatiles », déclara Dinah.

Ils discutaient encore du placement de l'héritage de l'inspecteur Harding lorsque la voiture s'engagea dans l'allée carrossable de La Grange, et Dinah avait l'impression qu'ils se connaissaient depuis des années. « A présent, dit-elle, je suppose que vous allez passer à l'impressionnante cérémonie de l'ouverture du coffre-fort. J'ignore si Mr Tremlowe connaît la combinaison, mais sinon, il est à peu près la seule personne de la maison à ne pas la connaître. »

Harding lui jeta un regard rapide : « C'est vrai, ça ?

— Bien sûr. Ce n'est qu'un truc farfelu. Moi-même, j'ai vu Sir Arthur la manier.

— Pas possible ? » murmura Harding en la suivant dans la maison.

Mr Tremlowe était déjà arrivé et, debout dans le vestibule, parlait d'une voix basse et catastrophée à Fay, qui était apparemment sortie du salon pour l'accueillir. Immédiatement, Dinah lui présenta Harding.

« Je viens de dire à Lady Billington-Smith que j'étais plus que désolé de ne pas avoir été à Londres lundi, déclara le notaire d'une voix bien articulée. J'espère que ce retard inévitable ne vous a gêné en rien, inspecteur ?

— Nullement », répondit Harding. Il adressa un léger salut à Geoffrey, qui venait de sortir de la salle de billard.

« Ah — euh — bonjour ! fit Geoffrey. Hello, Mr Tremlowe ! L'inspecteur aimerait que vous ouvriez le coffre-fort de Père. Je suppose que Fay et moi devons être présents, n'est-ce pas ?

— Sans aucun doute, répondit Tremlowe. J'ai également apporté le testament de votre père, que je vous lirai tout à l'heure. Il faut que je vous dise, Lady Billington-Smith, que j'ai jugé convenable d'informer le capitaine Billington-Smith de ce qui est arrivé, au cas où, dans l'agitation bien naturelle du moment, vous auriez omis de le faire. Et vous vous rendez compte, sans doute, que le capitaine est l'un des principaux légataires ? Je m'attends à ce qu'il me rejoigne ici pour la lecture du testament.

— Oh, mon Dieu ! s'exclama Geoffrey. Vous ne voulez pas dire que Francis va revenir ici ?

— Certainement, répondit Mr Tremlowe avec douceur. Il est tout à fait légitime qu'il soit ici. Maintenant, Lady Billington-Smith, si vous êtes prête, je suis sûr que l'inspecteur voudrait voir le coffre-fort ouvert sans autre délai.

— Oui, naturellement, répondit Fay, avec un regard nerveux en direction de l'inspecteur et en glissant sa main sous le bras de Dinah. Viens, Geoffrey. »

Un constable se tenait en faction dans le cabinet

de travail. Harding le renvoya et ferma la porte. Fay s'accrochait très fort au bras de Dinah, parcourue de légers frissons, les yeux fixés sur le fauteuil vide devant le bureau. Dinah lui serra la main et l'adjura, dans un murmure, de tenir le coup.

« Connaissez-vous la combinaison, Mr Tremlowe ? demanda Geoffrey. Sinon, je peux l'ouvrir pour vous.

— Je vous remercie. Le général m'a confié la clé il y a quelque temps », répondit le notaire, chaussant des lunettes à monture de corne. Il tira un petit papier de son agenda et s'avança vers le coffre-fort.

La voix de Harding l'arrêta. « Un instant, je vous prie. Lady Billington-Smith, avant que Mr Tremlowe n'ouvre le coffre, pouvez-vous nous dire ce que nous devons nous attendre à y trouver ? »

Avec effort, Fay détourna son regard du fauteuil tournant : « Excusez-moi. Qu'avez-vous dit ? » demanda-t-elle d'une voix tremblante.

Harding répéta la question. Elle leva la main pour repousser une mèche sur son front. « Je... je... ne sais pas, dit-elle. Mon... mon mari ne m'a jamais montré ce qu'il contenait. J'ai idée qu'il y gardait certains documents, mais je n'en suis pas vraiment sûre.

— Selon vous, est-il vraisemblable qu'il contienne de l'argent ?

— Oui, un tas, répliqua Miss Fawcett, voyant que sa sœur s'apprêtait à rester dans le vague. Au petit déjeuner, lundi, Arthur nous a dit qu'il se rendait à la banque.

— Oui, oui, bien sûr, fit Fay. C'était le premier juillet, n'est-ce pas ? Désolée de paraître aussi sotte. J'ai l'impression d'être incapable de réfléchir. Mon mari payait invariablement tout le personnel, les comptes du ménage et toutes les autres factures le premier jour du mois. Et il devait également y avoir de l'argent pour les dépenses courantes.

— Environ combien, Lady Billington-Smith ? Pouvez-vous m'en donner une idée ? »

Elle fronça les sourcils, essayant de mettre ses idées en ordre. « Je ne sais pas exactement. Environ deux cent cinquante livres. Habituellement, c'était à peu près cela. Parfois davantage, parfois moins.

— Merci. Oui, s'il vous plaît, ouvrez, Mr Tremlowe. »

Le notaire se pencha sur la serrure. Quelques minutes plus tard, la lourde porte du coffre-fort s'ouvrit, révélant quantité de documents d'aspect juridique retenus par un élastique rose, d'autres papiers encore, et, juste à l'intérieur, une liasse de billets de banque neufs et quelques sacs de pièces d'argent. Mr Tremlowe les souleva et jeta un coup d'œil à l'inspecteur. « Je suppose que vous voudriez me voir compter cet argent avant d'inspecter le reste du contenu du coffre ?

— Oui, s'il vous plaît, répondit Harding.

— Alors, je vais le faire. » Mr Tremlowe s'avança vers le bureau et s'assit dans le fauteuil tournant.

Fay eut un petit frisson. « Cette pièce a une atmosphère absolument macabre, susurra Geoffrey à Dinah. Je voudrais bien qu'il ne soit pas si lent. Je serai bigrement content de sortir d'ici. »

Le temps parut long avant que le notaire levât les yeux de sa corvée. « Il y a cent dix livres en billets divers, et la valeur de dix livres en pièces d'argent », annonça-t-il, et il glissa méthodiquement l'élastique autour de la liasse. Harding regarda Fay, qui fronçait les sourcils : « Cent vingt livres ? fit-elle. Vous en êtes sûr, Mr Tremlowe ?

— Parfaitement sûr, répondit le notaire placidement.

— Il devrait y avoir plus que ça. Je veux dire... beaucoup plus. Cent vingt livres ne pouvaient absolument pas couvrir les dépenses.

— Votre mari ne payait aucune facture par chèque ? suggéra Harding.

— Non, pas les factures locales. Il disait toujours que ça faisait dépenser deux pennies pour rien. Je ne comprends pas... »

Geoffrey lui coupa la parole : « Vous voulez dire, inspecteur, que quelqu'un a... camb... cambriolé le coffre ?

— Je n'en ai pas la moindre idée, rétorqua Harding. Mais la banque de votre père nous dira quelle est la somme exacte qu'il a retirée lundi matin. »

Dinah, pratique, intervint :

« Si quelqu'un a cambriolé le coffre, pourquoi ne pas avoir emporté le tout ? Il a dû payer des notes à Ralton avant de revenir à la maison.

— Ce sera facile à découvrir, répondit Harding, en jetant un coup d'œil à sa montre-bracelet. Je vais aller à la banque maintenant, si vous m'indiquez laquelle c'est, Lady Billington-Smith, et si vous, Mr Tremlowe, me donnez les numéros de ces billets. »

Cinq minutes plus tard, sa voiture passait en trombe devant la fenêtre. Fay, qui était restée sur le canapé, les yeux dans le vague, s'anima soudain : « Si l'on a vraiment volé l'argent, alors, alors, Dinah, cela veut dire que j'avais raison, et que ce doit être quelqu'un de l'extérieur qui a tué Arthur !

— Nous verrons bien. En attendant, allons nous asseoir quelque part ailleurs », proposa Dinah.

Mr Tremlowe se leva de son fauteuil. « Avec votre permission, Lady Billington-Smith, je vais prendre en charge ces billets de banque. Et » — il regarda le brigadier par-dessus ses lunettes — « si vous voulez bien rester avec moi, brigadier, je vais examiner les papiers qui se trouvent dans le coffre en attendant le retour de l'inspecteur. »

Dinah, Fay et Geoffrey retournèrent dans le vestibule, et, après un moment d'indécision, Fay déclara qu'il valait sans doute mieux rejoindre les autres.

Mlle de Silva, naturellement, n'était pas encore descendue, mais ils trouvèrent Guest et les Halliday sur la terrasse. Camilla, qui faisait partie de ces gens qui semblent n'avoir jamais le temps de lire, avait à présent d'amples loisirs pour s'adonner à sa passion déclarée pour la littérature et, comme preuve de sa sincérité, tournait les pages d'un roman choisi au hasard sur les rayons de Fay. Stephen Guest, qu'elle avait essayé sans aucun succès d'entraîner dans une conversation, se dissimulait derrière le *Times,* et Halliday était assis dans un fauteuil profond, une pipe vissée entre les dents, son regard maussade perdu dans le vide.

Lorsque les autres arrivèrent sur la terrasse, Camilla ferma immédiatement son livre et se redressa : « Alors, vous avez ouvert le coffre-fort et tout était en ordre ? s'enquit-elle.

— Nous ne le saurons pas avant de découvrir combien d'argent mon mari a tiré lundi, murmura

Fay, sentant apparemment qu'il n'y avait nul besoin de faire d'autres confidences à Camilla. Geoffrey, reprit-elle, Mr Tremlowe t'a-t-il dit à quelle heure Francis devait arriver ? Je me demande si je ne ferais pas bien d'avertir Finch qu'il pourrait être là pour le déjeuner.

— Ah, le capitaine Billington-Smith va revenir ? demanda Camilla, visiblement réjouie. Il nous remontera le moral !

— Le moral de qui ? demanda Geoffrey avec hargne.

— Eh bien, de tout le monde ! Je veux dire que quelqu'un de l'extérieur nous amènera... euh... une sorte de détente, vous ne le croyez pas ?

— Non, je ne le crois pas », rétorqua Geoffrey.

Camilla se laissa aller à un rire qui sonna un peu creux. « Tout ce que je peux dire, c'est que *certains* d'entre nous m'ont l'air d'avoir besoin d'être remontés... Je n'ai nommé personne !

— Oh, tais-toi donc, Camilla ! » lança Basil d'un ton las.

Guest, qui s'était levé lorsque Fay était arrivée sur la terrasse, l'avait prise à part et lui parlait à voix basse.

« Ou peut-être que certains d'entre nous n'ont pas besoin d'être remontés. Sait-on jamais ! remarqua Camilla d'un ton significatif.

— Eh bien, moi, je n'en ai pas besoin, déclara Dinah. Je trouve la situation plutôt drôle.

— Par exemple ! fit Camilla, suffoquée devant cette habile diversion. Comment peut-on dire une chose pareille ! *Drôle,* alors que l'on a assassiné Sir Arthur et que l'un d'entre nous est la personne qui l'a fait ! »

Halliday se leva si brusquement que son fauteuil glissa en grinçant sur le sol dallé de la terrasse. « Ferme-la ! fit-il avec rudesse. Tu ne trouves pas que les choses vont assez mal comme ça ? Bon Dieu, ne pourrions-nous pas *faire* quelque chose au lieu de rester assis à nous regarder de travers ?

— Oui... mais quoi ? dit Guest sombrement. Personnellement, je suis prêt à faire tout ce qu'on voudra. On ne peut pas jouer au tennis — Fay pense que cela ferait moche et je suppose qu'elle a raison. Pour le billard, je ne sais pas, c'est un peu différent. Je veux dire que c'est un jeu calme — et un jeu d'intérieur. Le *snooker*[1] me paraît exclu, mais une centaine de points au billard ne peut sûrement offenser personne.

— Grand merci ! fit Camilla. Et je suppose que je pourrai marquer les points pour vous ? Ce sera *très* agréable !

— Pourquoi ne joueriez-vous pas au bridge ? suggéra Dinah. Sur la terrasse, avec Stephen comme quatrième.

— Vraiment, vous croyez ? demanda Camilla. Ce ne serait pas manquer de cœur ? Je donnerais n'importe quoi pour avoir quelque chose à faire, mais je ne pourrais pas supporter de manquer de respect à la mémoire du pauvre Sir Arthur.

— Pour ce qui est des cartes, je ne sais pas trop, fit Geoffrey, indécis. Naturellement, nous ne jouerions pas pour de l'argent... ou, du moins, pour une toute petite somme. Qu'en pensez-vous, Halliday ?

— Je ne vois pas pourquoi nous ne jouerions pas. Ce n'est pas comme si l'on se proposait de faire un

1. Billard anglais. *(N.d.T.)*

poker. Lady Billington-Smith, avez-vous une objection à ce que nous fassions une partie de bridge ?

— Bridge ? répondit Fay d'un air vague. Vous croyez que vous devriez ? Ce n'est pas que cela me gêne, seulement... Geoffrey, quelle est ton impression ?

— Ma foi, je ne vois pas pourquoi nous nous abstiendrions, si nous ne jouons que trois pence sur cent. Stephen, acceptez-vous de faire le quatrième ?

— Volontiers, répondit Guest aimablement.

— Quoi qu'il en soit, les voilà casés, remarqua Dinah en conduisant sa sœur dans la maison. Allons, viens, ma cocotte, il faut que tu essaies les vêtements que je t'ai rapportés. »

Vingt minutes plus tard, Francis traversa le salon et se tint un moment debout sur le seuil de la porte-fenêtre, observant les joueurs de cartes avec un certain cynisme. « Quel spectacle touchant, dit-il d'une voix traînante. La famille endeuillée ! Le petit Geoffrey aussi... On tient le coup à ce que je vois. »

Camilla sursauta et regarda par-dessus son épaule. « Oh, capitaine Billington-Smith, vous m'avez fait peur !

— Alors, te voilà arrivé, dit Geoffrey. J'imagine que je peux jouer au bridge, si j'en ai envie, sans demander ta permission ? Coupez, Camilla. »

Toutefois, l'attention de Camilla était désormais réservée au seul Francis, sur qui elle déversait déjà une version passablement embrouillée de l'assassinat de Sir Arthur et une description de ses propres réactions psychologiques.

Francis l'interrompit : « Très intéressant ! dit-il poliment. Mais comme je ne sais pas encore quand mon oncle a été assassiné, ni où, ni par qui, vos observations sont du chinois pour moi. Est-ce que quelqu'un — pas Geoffrey, je crois — serait assez bon pour m'éclairer ?

— Votre oncle a été poignardé dans son cabinet de travail entre midi et une heure, lundi matin, débita Guest. Nous ne savons pas par qui.

— Poignardé ? répéta Francis.

— Oui, avec le poignard qu'il utilisait comme coupe-papier », répondit Guest, sans émotion.

Francis devint assez pâle. « Bon Dieu ! » fit-il. Il mit une main dans sa poche et en tira machinalement son mince porte-cigarettes en or. Ses doigts, qui cherchaient une cigarette, n'étaient pas très fermes. « Quelle affaire épouvantable ! » fit-il.

Geoffrey lui jeta un regard chargé de ressentiment : « Oui, et c'est bigrement plus épouvantable pour nous que pour toi, permets-moi de te le dire. Tu n'étais pas ici ; nous, si. »

Francis referma son étui et tapota sa cigarette dessus. « Épouvantable pour l'Oncle également... au cas où tu aurais l'idée de voir les choses sous cet aspect-là, remarqua-t-il. Le pauvre vieux !

— Nous en sommes tous conscients, dit Halliday, qui battait et rebattait les cartes. C'est une tragédie. Nous sommes tous bouleversés — et choqués. »

Le regard de Francis, à peine moqueur, s'attarda sur la table de bridge. « J'en suis convaincu. Comme qui dirait, anéantis !

— Cesse de jouer les saints, que diable ! aboya Geoffrey. Tu ne portais pas Père particulièrement dans ton cœur toi-même ! »

Francis leva les sourcils : « Au contraire, j'avais probablement plus d'affection pour lui qu'aucun de vous. Vous ne le croirez pas, mais je suis presque triste à la pensée qu'il soit mort.

— Espérons que tu ne seras pas plus triste encore quand on nous aura lu le testament ! rétorqua Geoffrey.

— Oh, je ne le crois pas », dit Francis. Il alluma une cigarette. « A propos, est-ce que quelqu'un sait qui l'a assassiné ?

— Non, répondit Halliday, en repoussant le jeu de cartes.

— Ç'aurait pu être n'importe lequel d'entre nous, dit Guest.

— Vous, par exemple ?

— Moi, par exemple !

— Mais c'est extrêmement piquant ! remarqua Francis. Si chacun inscrivait le nom de la personne qu'il croit coupable et le mettait dans mon chapeau, nous verrions qui a le plus de voix !

— Comment pouvez-vous être aussi horrible ! s'exclama Camilla en frissonnant. Comment pouvez-vous plaisanter à ce sujet… Quand on pense au pauvre Sir Arthur, et à tous ces affreux policiers qui nous espionnent, et à tout le reste, il y a de quoi nous rendre *fous !*

— Vous devriez penser aux autres, Mrs Halliday. Il doit être bien agréable, pour la police locale, d'avoir autre chose à faire qu'à me reprocher ce qu'ils appellent ma conduite dangereuse.

— La police locale, se récria Geoffrey, je pourrais encore la supporter, mais quand on écope d'un inspecteur de Scotland Yard qui fourre son nez partout et se conduit comme si la maison lui appartenait, là c'est vraiment trop fort ! »

Francis considéra le bout de sa cigarette.

« Mazette ! fit-il. Alors on a fait appel à Scotland Yard ? Comme ce doit être éprouvant pour vos nerfs ! Et, à propos, où est Fay ? Prostrée, j'imagine. Est-il vain d'espérer que Dinah est encore ici ? Peut-être est-ce elle qui a commis le meurtre ? Elle a une telle force de caractère...

— Dinah a cette chance d'être sans doute la seule personne qui n'avait absolument aucune possibilité de commettre le crime, dit Guest.

— Oh, non, elle n'est pas la seule ! s'écria Camilla, prenant feu. Je veux bien croire que tous, tant que vous êtes, vous aimeriez accuser Basil ou moi, mais j'ai des yeux pour voir ! Votre précieuse Dinah n'a pas un alibi meilleur que moi. Et pourquoi aurait-on *envie* qu'elle soit encore ici, je ne puis l'imaginer. Elle fait marcher tout le monde à la baguette et essaie de monopoliser l'inspecteur, comme si elle était la seule personne capable de faire quoi que ce soit !

— Connaissant Dinah, et avec ce que je sais de vous tous — Stephen excepté, naturellement —, j'imagine qu'elle est en effet la seule, répliqua Francis. Peut-être pourra-t-elle me dire si je dois présenter mes condoléances à Fay, ou si je me contente de ne rien dire. C'est tellement gênant, n'est-ce pas ? Je vais aller la trouver. »

Et sur ce discours affable, il entra dans la maison, laissant Camilla s'exclamer qu'elle lui trouvait des manières bien étranges, tandis que Geoffrey exprimait bruyamment et amèrement son opinion sur la personnalité, l'impudence et la prétention de son cousin.

Miss Fawcett n'était pas difficile à trouver. Lorsque Francis pénétra dans le vestibule, elle se tenait au pied de l'escalier, en train de conférer avec Finch.

« Alors, ma douce, dit Francis, j'ai appris... que tu avais un alibi parfait. Je l'aurais deviné de toute manière, à la rectitude de ta mine.

— Hello, Francis ! fit Dinah, avec indifférence. Mais Finch, quel genre de “ personne ” ?

— Une personne hébraïque, mademoiselle, d'après ma façon de voir. Il déclare que Mlle de Silva l'a prié de venir.

— Ça m'a tout l'air d'être un reporter. Où l'avez-vous mis ?

— Dans le petit salon, mademoiselle. Dois-je porter sa carte de visite à Mlle de Silva, ou désirez-vous le voir vous-même ?

— Je ne sais pas. Qu'en pensez-vous, Francis ? Finch me dit que cet homme est apparu et a demandé à voir Lola. Seulement, nous nous donnons un tel mal pour éloigner la presse que j'éprouve quelques soupçons.

— Qui est-ce ? demanda Francis, prenant la carte sur le plateau d'argent que tenait Finch. Mr Samuel Lewis ? Connais pas.

— Permettez-moi de me présenter, fit une voix ample et gaie. Samuel Lewis, toujours à votre service ! »

Ils se retournèrent brusquement. Un gros monsieur portant un complet bleu marine et une cravate en satin sortit du petit salon et s'avança vers eux. Il avait un visage vaguement juif, des dents en or qui rendaient son large sourire étincelant, une belle chevalière au doigt et une perle à sa cravate. Il prit la main de Dinah et la serra avec une respectueuse ferveur : « Lady Billington-Smith, je présume ? Permettez à un inconnu de vous offrir sa profonde sympathie, madame ! Et Mr Billington-Smith ! Une triste perte, monsieur ; croyez que je sympathise !

— Merci beaucoup, répondit Francis. Mais je ne suis pas celui que vous croyez, et, pour être tout à fait précis, cette dame n'est pas Lady Billington-Smith. Nous sommes, hélas, des comparses tout à fait insignifiants.

— Enchanté tout de même, monsieur, répondit Mr Lewis. Quelle horrible affaire ! Quand j'ai reçu la lettre de Lola, je me suis aussitôt dit : " Ça ne va pas. Non, pas du tout. " Voilà mon point de vue, et je ne pense pas que j'en changerai. Si bien que vous n'avez nul besoin d'avoir peur de moi. Vous pouvez mettre votre esprit en repos. Vos intérêts sont les miens. »

Il se tourna et posa la main sur l'épaule d'un Finch outré. « A présent, mon brave, vous allez piquer un petit trot jusqu'à la chambre de Mlle de Silva et vous lui direz que Sam Lewis est sur place.

— Je crois que vous feriez bien d'y aller, Finch », acquiesça Dinah en s'étranglant de rire.

Mr Lewis la regarda avec sympathie : « Un peu sur les nerfs ? Je comprends. Un mari aimant et un père aimé mis à mort sous son propre toit, tandis qu'à portée de main des invités au cœur léger, ne songeant pas à la sombre tragédie qui se joue, poursuivent leurs jeux innocents. Quel papier ! Six colonnes, je vous en donne ma parole, et des photos en première page ! Mais cela ne doit pas être. Tel est mon verdict. A présent, je vais vous dire quelque chose et, croyez-moi, ce que Sam Lewis ignore sur le racket de la publicité, vous pouvez le mettre dans une boîte d'allumettes et le jeter à la poubelle. »

Il se rapprocha de Francis et lui tapota la poitrine avec son gros index : « Dites-vous bien ceci, fit-il, l'air important, ce qui ferait un gros titre en France, avec votre nom en lettres électriques hautes de six pieds, vous mènerait en Angleterre dans un show de troisième ordre ! Croyez-moi, monsieur, c'est la vérité vraie. Je sais ce que vous allez dire. Et moi, Sam Lewis, je prétends que vous avez tort. Absolument tort. Le prestige, c'est OK, je ne dis pas le contraire. Mais le public est délicat à manier. Il faut poser son doigt sur le pouls du public. C'est là qu'est le mien, et il y restera aussi longtemps que je vivrai. En plein sur le pouls du public. Et voilà ce que je vous dis : ce que veut le public anglais, c'est du sentiment. Il voit la Lola dans sa danse apache avec Greg Lamley — et c'est une émeute ! Mais est-ce que vous imaginez que le public veut penser à la Lola comme à “ La Jeune Fille dans la dernière affaire criminelle ” ? Non, monsieur ! Effacez-moi ça complètement. Vous vous trompez sur le public. Il veut imaginer une Lola épouse et mère hors de la scène, tout comme nous pourrions l'être, vous et moi.

— Peu vraisemblable », murmura Francis.

Mr Lewis, n'accordant aucune attention à cette interruption, poursuivit : « Et voilà pourquoi je dis qu'il faut étouffer cette histoire. Si elle s'était passée dans n'importe quel autre pays, j'aurais pu l'utiliser. Mais nous sommes en Angleterre, et ce n'est pas la peine de pleurer sur les pots cassés : nous-ne-pouvons-pas-l'utiliser. »

A ce moment, Finch descendit l'escalier. « Mlle de Silva désire que vous montiez dans sa chambre, monsieur, dit-il d'un ton glacial. Par ici, s'il vous plaît.

— J'arrive ! répondit Mr Lewis. » Il répandit son sourire radieux sur Dinah, la supplia de s'en remettre à lui et suivit Finch dans l'escalier.

L'inspecteur Harding, qui survint trois minutes plus tard, trouva Dinah accrochée à la rampe de l'escalier, secouée par une crise de fou rire, tandis qu'un jeune homme svelte et beau, les épaules appuyées au mur, la contemplait d'un œil blasé, mais indulgent.

« Vous v.. vous trom.. trompez sur le pu..public, Francis, fit Miss Fawcett en haletant.

— C'est possible, mais j'ai de grandes espérances... sur un plan strictement matériel, si je puis vous le rappeler... » Il perçut la présence de l'inspecteur et tourna la tête : « Bonjour. Je regrette de ne pas savoir qui vous êtes, mais entrez donc, je vous en prie. »

Dinah leva la tête : « Hello, dit-elle. Je n'ai pas une crise de nerfs ; c'est seulement que l'impresario, ou je ne sais quoi, de Lola vient de nous dire que nous devions étouffer toute l'histoire.

— A mon idée, vous aurez quelque difficulté à le faire, rétorqua Harding. Si quelqu'un s'est présenté pour voir Mlle de Silva, j'imagine que c'est son attaché de presse. Elle m'a dit qu'elle l'avait fait appeler. » Il dédia à Francis un regard grave et attentif : « Le capitaine Billington-Smith ?

— La bonne réponse, je crois ; c'est que vous avez l'avantage sur moi ! »

Dinah se reprit : « Voici Mr Harding, Francis.

— Enchanté, dit Francis, en lui serrant la main. Cela devrait-il m'éclairer ?

— L'inspecteur Harding de Scotland Yard, expliqua Dinah.

— Vraiment ? » De surprise, Francis leva les sourcils. « L'idée ne m'en serait jamais venue ! »

On entendit un pas léger dans l'escalier. Fay, qui s'était arrêtée à mi-étage, observait le vestibule. Pour la première fois depuis la découverte du meurtre de son époux, il y avait une trace de couleur sur son visage et, dans son regard, une lueur d'intérêt.

« C'est l'inspecteur qui est là ? Vous êtes allé à la banque ? Je... j'avais raison, n'est-ce pas ? Je vous en prie, répétez-moi ce qu'ils vous ont dit !

— Tout de suite, Lady Billington-Smith, répondit Harding avec gentillesse. Voudriez-vous entrer un instant dans le cabinet de travail ? »

Elle descendit aussitôt et pénétra sans hésitation dans le bureau, où Mr Tremlowe était en train d'empaqueter le contenu du coffre. Elle n'avait d'yeux que pour Harding et ne semblait pas avoir remarqué Francis. Avant même que l'inspecteur eût refermé la porte, elle répéta : « J'avais raison, n'est-ce pas ?

— Vous aviez absolument raison, répondit Harding. Votre mari a retiré deux cent cinquante livres de la banque, lundi matin. »

Mr Tremlowe ôta ses lunettes et les essuya avec soin. « Voilà qui est très intéressant, inspecteur, déclara-t-il. Vous dites deux cent cinquante livres ? Hum... »

Fay ne lui laissa pas le temps d'achever : « Cela prouve que c'était un cambriolage, puisque mon mari n'a payé aucune facture ce matin-là. Vous ne le pensez pas, inspecteur ?

— Pas tout à fait, je le crains. J'ai demandé que

l'on fasse circuler les numéros des billets manquants, mais tant qu'on n'en aura pas trouvé la trace...

— Pardonnez-moi, dit Francis, mais ne pensez-vous pas qu'on devrait me dire ce qui est arrivé ?

— Arthur a retiré deux cent cinquante livres lundi ; or on n'en a retrouvé que cent vingt dans le coffre lorsque Mr Tremlowe l'a ouvert aujourd'hui, expliqua Dinah laconiquement.

— L'arithmétique n'est pas mon fort, répliqua Francis. Quelqu'un pourrait-il faire le calcul ?

— La différence, dit Harding, est de cent trente livres.

— C'est ce que je pensais. » Francis s'avança vers le bureau et écrasa son mégot dans un cendrier en bronze. « Je ne crois pas que vous ayez besoin de faire circuler les numéros, inspecteur. J'ai idée que c'est moi qui ai les billets manquants... »

CHAPITRE XV

Un silence ahuri accueillit cette annonce désinvolte. Seul l'inspecteur continuait à observer Francis sans flancher, sans trahir ni surprise ni soupçon.

« Ou plutôt, ajouta Francis, toujours sur un ton de conversation banale, je les avais hier. Depuis, ils ont, à mon grand regret, changé de mains.

— Voilà qui est bien extraordinaire ! décréta Mr Tremlowe.

— En effet, acquiesça Francis.

— Il me faut vous demander de vous expliquer un peu plus en détail, je vous prie, capitaine Billington-Smith, dit Harding.

— Certainement, répondit Francis. Cent trente livres, c'est la somme précise que j'ai demandée à mon oncle lundi matin. » Son regard se fixa sur le visage de Dinah : « Non, ma douce, il ne me l'a pas donnée. Il n'était pas d'humeur, voyez-vous. Geoffrey avait tellement manqué de tact !

— Aviez-vous un besoin urgent de cette somme, capitaine ? intervint Harding.

— Des plus urgent. Une dette d'honneur... Très vieille Angleterre, vous ne trouvez pas ? Mais mon cousin Geoffrey avait été assez mal avisé pour mettre son père en rogne. Bien sûr, il était stupide de ma part de le solliciter à ce moment-là. J'ai vraiment cru qu'à nous deux, mon cousin et moi, nous nous étions coupé l'herbe sous les pieds, financièrement parlant, pour pas mal de temps. Mais mon oncle s'est apparemment laissé fléchir plus tôt que je ne m'y attendais : j'ai reçu cent trente livres en billets de banque hier matin.

— Comment avez-vous reçu ces billets, capitaine Billington-Smith ?

— Oh, avec une gratitude infinie !

— Je crains que vous ne m'ayez pas compris, dit Harding, une pointe d'acier dans la voix. Je vais être plus clair : par quel truchement les avez-vous reçus ?

— Par le truchement de la poste.

— En lettre recommandée ?

— Non, par la poste ordinaire.

— N'avez-vous pas trouvé bizarre que votre oncle vous adresse une somme aussi considérable de cette manière ?

— Pour vous dire la vérité, inspecteur, je m'intéressais trop au contenu pour penser à l'enveloppe. »

Fay parla d'une voix étrange, dure : « Jamais Arthur n'aurait fait pareille chose ! Je le sais. Je suis formelle. Jamais il ne l'aurait fait !

— Ma très chère Fay, répondit Francis d'une voix doucereuse, ne croyez pas que je n'apprécie pas vos raisons ; mais dans votre souci de détourner les soupçons de Stephen, vous ne devriez pas exagérer, je vous assure. Cela pourrait se retourner contre vous.

— Comment osez-vous ! murmura Fay, haletante. Si Arthur vous avait envoyé l'argent dont vous aviez besoin, il aurait rédigé un chèque. Il ne l'aurait pas pris sur l'argent du ménage. »

Francis la toisa avec un mépris narquois. « Ne tergiversons pas, très chère, dit-il, et laissez mes sentiments de côté. Seriez-vous en train de suggérer que j'ai assassiné l'Oncle pour cent trente livres sterling ?

— Je n'ai pas dit cela ! Mais je sais qu'il n'aurait pas envoyé de l'argent de cette manière. »

Harding s'approcha de la porte et l'ouvrit. « Je crois, Lady Billington-Smith, qu'il vaudrait mieux que je parle avec votre neveu seul à seul », déclara-t-il.

Mr Tremlowe ramassa sa sacoche et retira une fois de plus ses lunettes. « Venez, ma chère, dit-il. L'inspecteur sera plus à l'aise sans nous. »

Fay s'attarda un instant, les yeux sur Francis :

« Je regrette, Francis... Je n'ai jamais voulu dire cela. Mais ce n'est pas Arthur qui vous a envoyé ces billets.

— Allons, viens », coupa Dinah, et elle l'entraîna dans le vestibule.

Francis alluma une nouvelle cigarette et jeta l'allumette brûlée dans l'âtre. Il eut un rire bref. « Pauvre petite Fay ! » déclara-t-il.

Harding ne fit pas mine de l'avoir entendu, mais lui demanda abruptement : « Capitaine, cette enveloppe ordinaire, dans laquelle, dites-vous, les billets vous sont parvenus, vous était-elle adressée de l'écriture de votre oncle ?

— Mais oui, répondit Francis.

— Et contenait-elle autre chose que les billets ? Une lettre que vous pourriez me montrer ? »

Francis inhala longuement la fumée avant de

répondre. « Juste une note m'avertissant qu'il payait mes dettes pour la dernière fois. Vous devez commencer à bien connaître notre famille, inspecteur !

— Vous avez conservé cette note ?

— Je crains que non. C'est sans doute étourdi de ma part, mais je ne pouvais imaginer alors que quelqu'un allait assassiner le vieux.

— Par quel courrier avez-vous reçu les billets ?

— Le premier courrier. Je suppose que mon oncle les a expédiés de Ralton, lorsqu'il est allé à la banque.

— Auquel cas, dit Harding, il est assez surprenant que la lettre ne vous soit pas parvenue par le *dernier* courrier de lundi. Non ?

— Ah, vraiment ? répondit Francis, sans manifester un grand intérêt pour la question. Vous avez sans doute raison, mais la poste de Ralton a toujours été étonnamment irrégulière.

— Elle vous est probablement plus familière qu'à moi. A quel moment avez-vous appris la mort de votre oncle ?

— Hier soir, quand Tremlowe m'a téléphoné.

— A quelle heure ?

— Je suis certain qu'il pourrait vous le dire, si vous tenez vraiment à le savoir. Je dirais qu'il était environ dix heures et demie, mais je peux me tromper. C'est si important ?

— Non, pas vraiment, expliqua Harding, mais je me demande pourquoi vous n'avez pas accusé réception de l'argent ? »

Francis étendit la main vers le cendrier et tapota sa cigarette : « Je vous ai dit que vous commenciez à connaître nos particularités familiales. L'une d'elles est une incapacité congénitale à répondre aux lettres par retour du courrier. Y a-t-il autre chose que je puisse vous dire ?

— Plusieurs choses, capitaine. A quelle heure avez-vous quitté la maison, lundi matin ?

— Je me demande, répondit Francis, songeur, si vous autres, messieurs de la Police, notez l'heure de chacune de vos actions ? Moi pas.

— Ce qui veut dire que vous ne savez pas quand vous avez quitté La Grange ?

— Je n'en ai pas la moindre idée. Quelque part aux alentours d'onze heures, j'imagine. »

Harding recula vers le mur et appuya sur la sonnette. Francis l'observait avec un amusement cynique. « J'admire, inspecteur, votre minutieuse attention au détail.

— Oui, dit Harding. Nous devons être minutieux dans ma profession. »

Il s'assit dans le fauteuil tournant, sortit son agenda de poche et y inscrivit quelque chose. Lorsque le maître d'hôtel vint répondre à la sonnette, il leva les yeux : « Finch, savez-vous à quelle heure le capitaine Billington-Smith a quitté Billington Hall lundi matin ? »

Finch réfléchit. « J'ai envoyé Charles chercher la valise du capitaine… ce devait être vers dix heures et demie. A présent que j'y pense, c'était bien dix heures et demie, monsieur, car Charles était là à traîner, comme qui dirait, en attendant le capitaine, et il me l'a fait remarquer… » Il s'arrêta et donna un petit coup de toux réprobateur. « Pour tout dire, il a attiré mon attention sur l'heure, car il devait vaquer à ses tâches habituelles. »

Harding regarda Francis. « Êtes-vous d'accord

avec cette estimation de l'heure, capitaine Billington-Smith ?

— Je suis toujours d'accord sur les points de détail. Pour m'éviter des ennuis.

— Ce sera tout, Finch, merci, dit Harding, en congédiant le maître d'hôtel d'un signe de tête. A présent que nous avons réussi à établir ce fait, j'aimerais savoir à quelle heure vous êtes arrivé à Londres.

— L'espoir renaît donc en vous éternellement, comme le phénix de ses cendres, inspecteur ? Je suis tenté de vous donner une réponse probablement erronée, mais précise, juste pour vous faire plaisir.

— A votre place, je ne le ferais pas, répondit Harding. C'était avant le déjeuner, ou après ?

— Après. En début d'après-midi. » Il vit le regard du brigadier braqué sur lui et leva une main fine. « Je sais exactement ce que vous pensez, mon cher ami. Nous nous sommes déjà rencontrés, n'est-ce pas ? Vous avez parfaitement raison : avec ma façon " dangereuse " de conduire, j'aurais dû arriver à Londres pour le déjeuner. Telle était mon intention. Mais le Destin en a décidé autrement : un pneu crevé et une bougie encrassée. Le souvenir de ce retour est encore douloureux.

— Est-ce que vous vous êtes arrêté pour déjeuner en route ?

— J'ai pris un repas absolument infect au Cerf, à Bramhurst.

— Bramhurst ! s'exclama le brigadier. Bramhurst n'est guère à plus de soixante kilomètres d'ici, monsieur !

— Je m'en rends parfaitement compte, merci. Vous couvririez probablement cette distance bien plus vite que je ne l'ai fait. A propos, le garage que je dus honorer de ma clientèle est à droite en descendant la Grand-Rue. A droite, n'oubliez pas ; on ne me connaît pas dans celui de gauche.

— Combien de temps avez-vous mis pour couvrir ces soixante kilomètres ? demanda Harding.

— En soustrayant le temps passé à changer le pneu crevé et à bricoler les bougies ?

— Porte à porte, s'il vous plaît.

— Deux heures, répondit Francis, en écrasant sa cigarette.

— En êtes-vous sûr, capitaine, ou dites-vous cela pour m'être agréable ?

— Mes félicitations, inspecteur, vous vous humanisez. Imaginez-vous que j'en suis sûr, car j'ai eu la curiosité de regarder ma montre. Je suis arrivé à Bramhurst à midi et demi. Je peux même vous dire ce que j'ai mangé à déjeuner.

— Je ne pense pas que ce sera nécessaire, merci. Mais puis-je vous demander si vous allez rester ici pour l'enquête ?

— Oh, certainement. Je ne voudrais pour rien au monde manquer quelque chose.

— Je ne vais donc pas vous retenir plus longtemps. »

Harding se leva. Le brigadier ouvrit la porte à Francis et la referma soigneusement derrière lui. Il attendit quelques secondes, comme pour s'assurer que le jeune homme était hors de portée de sa voix, puis il éclata : « C'est l'histoire la plus bizarre que nous ayons entendue jusqu'à présent, monsieur, et pourtant nous en avons entendu de louches ! Lui, mettre deux heures pour couvrir soixante kilomètres ! Je voudrais vivre assez vieux pour voir ça !

— Bon, bon, brigadier. Nous en parlerons en déjeunant.

— Oui, monsieur, répondit le brigadier, continuant à ruminer. Mais je ne crois pas du tout à cette histoire de crevaison et de bougie encrassée.

— Eh bien, vous pourrez vérifier tout à l'heure, dit Harding. Je vous envoie à Bramhurst cet après-midi. A présent, retournons déjeuner à Ralton. »

Le déjeuner à La Grange se déroula dans une atmosphère de gêne. La présence de Mr Lewis, à qui Lola avait ordonné de rester, empêcha Geoffrey de dire à son cousin qu'il ne croyait pas un mot de son histoire, et Camilla de récapituler dans son habituel franc-parler tout ce qu'elle avait ressenti depuis qu'elle avait appris le meurtre de Sir Arthur. Fay ne parut pas dans la salle à manger. Dinah essayait de se retenir de rire. Mr Tremlowe mangeait et buvait dans un silence presque complet, jetant de temps à autre un regard froid et désapprobateur au volubile Mr Lewis. Halliday limita sa conversation à un échange de vues avec Stephen Guest sur le Désarmement. Quant à Francis, il se débrouilla pour agacer tout le monde en se montrant extrêmement désagréable avec Mr Lewis.

Lola, encore revêtue de sa robe noire à traîne, avait brossé ses cheveux pour former deux ailes lisses encadrant son visage ; elle paraissait satisfaite de la visite de Mr Lewis. « Il est entendu que ma photo ne va pas paraître dans les journaux, annonça-t-elle. Je suis, moi, très raisonnable et je ne fais pas d'autre ennui. »

Mr Lewis lui tapota la main : « Voilà une fille

sage, approuva-t-il. Fiez-vous au jugement de Sam et vous ne vous tromperez jamais.

— Si je n'avais pas de confiance, je ne vous permettrais plus d'arranger mes affaires, décréta-t-elle. Et je pense que après le déjeuner vous devez dire à l'inspecteur, qui n'est pas stupide tout à fait, que je ne veux pas que lui m'arrête pour assassiner Sir Arthur, puisque finalement ce n'est pas bonne publicité, mais tout le contraire, très mauvaise. Et puis, ajouta-t-elle pensivement, tu ne voudrais pas que je sois arrêtée, n'est-ce pas, Geoffrey ?

— Peu m'importe ce que tu fais, rétorqua Geoffrey. Je veux dire... non, bien sûr que je ne veux pas te voir arrêtée, mais c'est ton affaire et non la mienne.

— Certainement c'est ton affaire, mon cher Geoffrey. Et tu dois me laisser te dire que j'ai été très patiente, parce que j'ai grande sympathie, mais je trouve que tu commences à devenir très, très absurde. »

Francis contemplait son cousin d'un air affable : « Où en sont ces amours juvéniles ? Il faut me dire, Lola, ce que vous voulez que je vous offre comme cadeau de mariage. »

Mr Lewis agita un index grondeur. « Allons, allons, suffit ! Je viens de parler à Lola de cette histoire de mariage, et elle n'a pas fini de m'entendre. Ne me comprenez pas de travers. Je ne suis pas contre le mariage. Au contraire, je suis pour — dans certaines circonstances. » Il adressa un signe de tête plein de sympathie à Geoffrey : « Je sais exactement ce que vous éprouvez, Mr Billington-Smith, mais il faut voir le point de vue de Lola. Vous voulez qu'elle soit à vous, mais vous devez vous rappeler... »

Geoffrey l'interrompit : « Non, je ne veux pas, dit-il en s'étranglant sur une feuille de salade.

— Allons, allons ! fit Mr Lewis avec indulgence, nous savons tous ce que ressent un jeune époux lorsqu'il a gagné un trésor comme Lola ! N'est-ce pas, monsieur ? ajouta-t-il, prenant subitement Mr Tremlowe pour confident.

— Je crains de ne pouvoir émettre une opinion à ce sujet, répondit le notaire d'un ton glacial.

— Sachez, monsieur — euh — Lewis, que je n'aurai plus jamais confiance en aucune femme, déclara Geoffrey, qui avait fini par triompher de sa feuille de salade.

— Voyons, ne prenez pas les choses de cette façon ! dit Mr Lewis gentiment. Lola a un devoir envers elle-même et le public. Elle est jeune. C'est une vedette. Imaginons qu'elle vous épouse, maintenant, au sommet de sa gloire. Savez-vous ce que ce serait ? Ce serait tout bonnement un péché !

— Je suis entièrement d'accord avec vous, et je lui ai déjà dit que je ne voulais pas l'épouser.

— Comme tu es intelligent, Geoffrey ! s'exclama Francis. Alors les fiançailles sont rompues ?

— Rien n'est pas le moins du monde rompu ! déclara Lola fermement. Naturellement, je ne pouvais pas l'épouser quand il n'avait plus d'argent, parce que ç'aurait été une folie énorme ; mais maintenant il aura une fortune et nous pouvons nous marier tout de suite. Permets-moi de te rappeler, mon cher Geoffrey, que lundi tu voulais tellement m'épouser que tu es devenu comme un fou.

— Ne vous désolez pas, chère Lola, dit Francis, je suis bien sûr que si vous attendez jusqu'à ce que ces policiers assommants soient partis, il aura de nouveau envie de vous épouser. »

Geoffrey bondit : « Que diable veux-tu dire ? » hurla-t-il.

Dinah intervint : « La ferme, Francis ! Vous ne pouvez donc pas vous arrêter de faire du grabuge rien qu'un quart d'heure ? Rassieds-toi, Geoffrey. Tu ne vois pas qu'il essaie de te provoquer, espèce d'âne ! »

Geoffrey donna un coup de poing sur la table : « J'insiste pour que tu m'expliques ce que tu veux dire. Si tu insinues que j'ai rompu avec Lola simplement pour détourner la police de la piste... non qu'il y en ait une, mais...

— Bah, je n'aurais pas dû dire cela, s'excusa Francis. Quelle étourderie ! Je regrette *infiniment.*

— Je te dis que ce n'est pas ce que tu penses ! reprit Geoffrey, un ton plus haut.

— Mais non, mais non », répondit Francis d'une voix apaisante.

Camilla, qui commençait à entrevoir les implications de cette algarade, se tourna vers Geoffrey, l'air fine mouche : « Je dois avouer que je n'y avais pas pensé, encore que cette rupture soudaine m'ait paru bizarre. Inutile d'essayer de me faire taire, Basil ! Il me semble que dans cette maison tout le monde peut dire ce qui lui chante, sauf moi, mais ne croyez pas que je vais rester assise à me tourner les pouces pendant que vous épinglez ce meurtre sur mon mari, parce que je ne me tairai pas. Si je n'ai pas dit un mot jusqu'à présent, j'ai bien vu comment vous nous regardiez, Basil et moi, tout simplement parce que nous ne faisons pas partie de votre précieuse famille ! »

Il y avait une note d'hystérie dans sa voix. Halliday tenta de la calmer en fronçant sévèrement les sourcils. Finalement, ce fut Mr Lewis qui prit la situation en main. « Ce qu'il nous faut, c'est un petit verre de quelque chose pour remettre nos nerfs en place », dit-il, paterne, et, prenant la carafe de porto, il en versa un peu dans le verre de Camilla. « Une petite dame aussi charmante que vous ne devrait pas se mettre dans des états pareils. Ils vous regardent tous, pas vrai ? Eh bien, un petit coup d'œil à votre miroir vous dira pourquoi. " Mon visage, dit-elle, est toute ma richesse, monsieur ", et c'est une fortune que le vôtre vous rapporterait si jamais vous songiez à monter sur les planches. »

Camilla, provisoirement apaisée par cette évidente flatterie, commença aussitôt à énumérer à Mr Lewis toutes les personnes qui, l'ayant vue jouer dans des représentations d'amateurs, ne pouvaient s'imaginer pourquoi elle n'avait pas fait du théâtre sa profession.

Lola, qui était restée assise dans un silence renfrogné, sourit soudain : « Je vois, dit-elle. C'est assurément une bonne chose prétendre que nous ne voulons plus nous marier. Mais pourquoi tu ne me l'as pas expliqué, mon cher Geoffrey ? C'est très ridicule et très déraisonnable que tu t'imagines que moi je dois penser à tout moi-même ; mais naturellement, maintenant c'est démontré, et je comprends que si nous faisons comme si nous ne nous aimons plus toi et moi, la police ne pensera plus que c'est toi qui as poignardé le général parce qu'il refusait notre mariage.

— Bon Dieu ! » s'écria Geoffrey, et il se précipita hors de la pièce.

Guest plia sa serviette et la plaça dans son anneau. « J'aurais tendance à penser que nous sommes restés à table suffisamment longtemps », remarqua-t-il, et il se leva. « Pour ma part, j'en ai assez.

— Eh bien, allez dire à Fay que je compatis pour sa migraine », lança Francis, en choisissant une nectarine sur le plat devant lui.

Guest avait atteint la porte, mais il s'arrêta et fit un demi-pas en arrière. L'espace d'un instant, une lueur franchement menaçante brilla dans ses yeux. Puis il se tourna et sortit tranquillement de la salle à manger.

« Un homme fort... et fort contrarié ! commenta Francis en pelant sa nectarine. Qu'est-ce que j'ai bien pu dire pour l'agacer à ce point ? »

A deux heures et demie, Mr Lewis prit congé, et Lola et Camilla montèrent se reposer jusqu'à l'heure du thé. Stephen Guest avait disparu. Halliday, comprenant que Mr Tremlowe s'apprêtait à lire le testament du général, se retira discrètement dans la salle de billard.

Le testament avait été rédigé cinq ans plus tôt et ne contenait pas de surprises. Fay recevait une rente annuelle à condition qu'elle ne se remarie pas ; Francis recevait 20 000 livres ; et à l'exception de petits legs pour les domestiques et quelques vieux militaires, tous les biens du général allaient à son fils Geoffrey.

Ce dernier fut si soulagé d'apprendre qu'il n'avait pas été déshérité en faveur de Francis qu'il se montra très amical envers son cousin et, lui ayant dit qu'il regrettait que son père ne lui eût pas laissé une somme plus importante, l'emmena au jardin où il tenta de lui faire saisir la véritable nature de ses sentiments pour Lola.

Dinah, qui cueillait des fleurs de l'autre côté d'un buis taillé, l'entendit déclarer avec sincérité : « Naturellement, je me rends compte que tu ne faisais que plaisanter, mais tu sais que cela pourrait être très embêtant pour moi si une histoire pareille se répandait. »

Quel imbécile ! pensa Miss Fawcett avec mépris, et elle se retira dans la resserre avec son panier.

Lorsque, vingt minutes plus tard, elle entra dans le petit salon, portant un vase plein de pois de senteur, elle trouva l'inspecteur Harding debout devant la bibliothèque, un volume ouvert à la main. « Oh, je suis désolée ! dit-elle. Je ne savais pas que vous étiez ici. Vous permettez que je pose ces fleurs sur la table ?

— Vous pouvez faire tout ce que vous désirez, répondit Harding en souriant. Ce n'est pas ma maison, vous savez !

— Ce n'est pas non plus la mienne. J'ai pensé que je vous dérangeais peut-être. » Elle jeta un coup d'œil au livre qu'il tenait à la main. « Tiens, tiens, vous faites un mot croisé ? »

Harding remit le *Dictionnaire du* XXe *siècle*, de Chambers, à sa place sur l'étagère. « Non, répondit-il, pas un mot croisé. Je m'intéresse à une autre sorte de problème. Qu'est-ce qui vous a mis dans cet état d'agacement ? »

Dinah lui jeta un regard aigu : « Décidément, Mr Harding, rien ne vous échappe !

— Je trouvais simplement que vous sembliez un peu contrariée », expliqua Harding.

Elle eut un grand sourire : « Pour tout vous dire, j'en ai jusque-là ! Je me dis que d'un moment à l'autre nous allons tous nous transformer en une bande d'aliénés et nous mettre à baragouiner.

— Oh non, de grâce ! Dites-moi plutôt pourquoi vous en avez jusque-là. »

Dinah s'assit sur le bras d'un fauteuil. « Je ne suis pas du tout sûre que vous ne jouiez pas au serpent, dit-elle. Mais je n'en suis plus à me faire du souci, et plus tôt vous arrêterez quelqu'un pour ce meurtre — de préférence, Francis —, mieux ce sera.

— Qu'a-t-il encore fait ? s'enquit Harding.

— Du grabuge, répondit Dinah durement. Mais, est-ce qu'il a barboté l'argent, à votre avis, ou est-ce qu'Arthur a vraiment eu des remords et le lui a envoyé ?

— Je ne sais pas. Cela vous tracasse ?

— Moi ? fit Dinah.

— Je croyais, répondit Harding, embarrassé, que vous étiez très liée avec le capitaine Billington-Smith.

— Vous m'enlevez toutes mes illusions sur vos qualités de détective ! Je ne peux pas supporter Francis. Comment avez-vous pu commettre une telle erreur ? »

L'inspecteur Harding présenta ses excuses. « Je pense, dit-il pour se racheter, que mon opinion sur ce point ne pouvait pas être tout à fait impartiale. »

Comme il avait prononcé ces mots d'une voix quasi inaudible, Miss Fawcett n'en perçut pas toute la portée, et elle poursuivit d'un ton vif : « Le fait est que, si quelqu'un doit être arrêté pour avoir assassiné Arthur, j'aimerais mieux que ce soit Francis plutôt qu'un autre — excepté, peut-être, Camilla, mais je suppose que vous ne pouvez pas vous débrouiller pour lui fourrer le meurtre sur le dos ? »

L'inspecteur laissa passer cette atteinte à son intégrité sans se récrier, et se borna à remarquer qu'il pensait que ce serait difficile.

« Dommage ! fit Dinah, déçue. C'est une garce. Et si elle vient vous voir toute doucereuse, comme j'ai l'impression qu'elle va le faire, pour vous raconter des tas d'histoires sur " certains autres ", ne l'encouragez pas ! On ne peut accorder aucun crédit à ce qu'elle raconte, et elle ne fera que vous entraîner sur une piste totalement fausse.

— Merci pour le tuyau », répondit Harding humblement.

Miss Fawcett rougit. « Vous vous moquez de moi.

— Je n'y songerais pas », répliqua-t-il.

Dinah se rendit soudain compte que l'inspecteur la considérait avec, dans ses yeux gris, une lueur qui n'avait rien de professionnel. Elle sentit ses joues s'échauffer plus encore. « Bon, il faut que j'aille arranger le reste des fleurs », déclara-t-elle avec une grande présence d'esprit, et elle se leva. « Je pense que vous n'avez besoin de rien ? Sinon, vous n'avez qu'à sonner.

— Non, je ne crois pas que je sonnerai », répondit Harding avec l'ombre d'un sourire. Il ouvrit la porte et Miss Fawcett se retira fort correctement.

CHAPITRE XVI

La voiture de police qui avait conduit le brigadier à Bramhurst ne rentra à Ralton que fort tard. Nethersole trouva l'inspecteur Harding au commissariat et se mit immédiatement en devoir de lui faire un récit fidèle de ses investigations. Celles-ci avaient été très approfondies car, agissant selon les instructions de l'inspecteur, il avait enquêté en de nombreux points le long de la route, et bien que dans la plupart des cas il eût fait chou blanc, il avait traqué un officiel de l'Automobile Club jusqu'à son domicile, et s'était assuré que la voiture du capitaine Billington-Smith avait passé par le grand carrefour, à quelques kilomètres au sud de Bramhurst, peu après une heure. L'homme de l'Automobile Club se souvenait de la voiture, car il l'avait arrêtée pour donner la priorité à un camion, mais il n'avait pas remarqué si elle marchait mal. Ceci, couplé avec l'affirmation catégorique du mécanicien du garage de Bramburst, que le capitaine était entré dans la cour à une heure trente précises, semblait prouver soit que la montre du capitaine retardait d'une heure lorsqu'il l'avait consultée, soit qu'il avait ses raisons pour faire croire à la police qu'il était midi et demi lorsqu'il était arrivé à Bramburst. Quant à la bougie encrassée, elle avait certainement été nettoyée, mais était-elle vraiment en assez mauvais état pour empêcher la voiture de rouler ? Ça, c'était un point sur lequel le brigadier n'avait pas réussi à pousser le personnel du garage à émettre une opinion. Le pneu changé était certainement à plat, et ils l'avaient réparé pendant que le capitaine Billington-Smith déjeunait. Le serveur du Cerf corrobora les témoignages dans la mesure où il déclara que le capitaine n'était pas entré dans la salle à manger avant deux heures moins le quart, circonstance dont il se souvenait parfaitement, le capitaine ayant été le dernier client à commander un déjeuner ce jour-là.

L'inspecteur Harding s'était livré lui aussi à des investigations, et le résultat de l'une d'elles lui parvint à dix heures ce soir-là, lorsqu'il reçut un billet du commissaire l'invitant à revenir d'urgence au poste de police. Là, un homme maigre et tanné, vêtu d'un complet ordinaire, l'attendait. C'était le facteur chargé du district de Lyndhurst, et il pouvait affirmer que le lundi matin, à onze heures trente, alors qu'il était en route pour monter à Dean Farm par le chemin de terre qui passait entre le parc de Moorsale et La Grange, il avait aperçu la voiture du capitaine Billington-Smith parquée un peu plus haut sur le chemin, serrée contre le bosquet au fond du jardin de La Grange. Le chemin de terre n'était quasiment jamais utilisé ; on approchait Dean Farm principalement à partir de la grand-route, de l'autre côté ; mais lui-même passait toujours par-derrière pour s'éviter un long détour.

Le brigadier était rentré chez lui avant l'arrivée du

facteur, mais le commissaire se trouvait toujours au poste de police et il jugea cette nouvelle révélation si concluante qu'il eût aimé se rendre immédiatement chez le magistrat le plus proche afin de se procurer un mandat d'arrêt au nom du capitaine Billington-Smith.

L'inspecteur Harding ne fut pas aussi enthousiaste. Lorsque le facteur les eut quittés, il déclara — bien déraisonnablement, pensa le commissaire — que cette affaire lui paraissait plus embrouillée que jamais, et il ramassa son chapeau. « Tout va mal, commissaire, se lamenta-t-il. Je vais me mettre au lit. La nuit porte conseil. »

Le commissaire le regarda marcher vers la porte, et résolut de dire au chef de la police du comté qu'ils s'en seraient mieux sortis sans faire appel à Scotland Yard, tout comme il l'avait toujours prophétisé. Voilà une nouvelle qui résolvait joliment l'affaire, et tout ce que ce précieux inspecteur faisait, c'était de rentrer chez lui, et de se mettre au lit ! « Et que devient l'enquête de demain matin ? demanda-t-il.

— Je pensais à un ajournement, pas vous ? suggéra Harding.

— Vu la tournure que prennent les choses, c'est bien ce que je serai *obligé* de demander », répondit le commissaire avec autorité.

Comme on pouvait s'y attendre, la salle du tribunal de Silsbury était bondée le lendemain matin, mais ceux qui y étaient venus dans l'espoir d'entendre des révélations palpitantes furent déçus. Du groupe de La Grange, seuls Geoffrey et Francis, les Halliday et Stephen Guest étaient présents. Les témoignages de la police furent suivis de ceux des deux médecins, et ce que ces derniers avaient à dire ne contenait rien qui pût intéresser l'auditoire — lequel avait déjà tous les faits de l'affaire présents à l'esprit. Le Dr Raymond déclara qu'à son avis, la mort avait eu lieu entre midi et une heure mais, poussé dans ses retranchements, admit qu'il était difficile de parvenir à une certitude sur ce point. La mort avait été causée par un instrument tranchant, qui avait pénétré dans le cou du défunt sous l'oreille droite et coupé le carotide. Il partageait l'avis du médecin légiste : l'assassin avait dû se tenir debout, derrière le général.

L'intérêt se ranima quelque peu lorsque l'inspecteur Harding se leva pour poser une question : il voulait savoir si, selon le Dr Raymond, la mort avait été instantanée.

« Pratiquement, répondit le médecin.

— Selon vous, docteur, il a pu s'écouler combien de temps au maximum entre le coup porté au général et sa mort ? »

Le médecin hésita : « Je n'aimerais pas émettre une opinion catégorique sur ce point. A mon avis, la mort a dû se produire en une minute, peut-être moins encore.

— Je vous remercie », dit l'inspecteur, qui se rassit.

Après le Dr Raymond, on appela Mrs Twining. Elle raconta posément dans quelles circonstances elle avait découvert le corps du général. Guest, Halliday et Finch déposèrent ensuite ; tour à tour, ils décrivirent brièvement les mesures qu'ils avaient prises pour que rien ne soit dérangé avant l'arrivée de la police. Après quoi, le commissaire se leva et demanda un ajournement. Celui-ci ayant été accordé, il ne restait plus au public qu'à rentrer à la maison la queue basse.

En dépit de son intention déclarée de ne pas être présente à l'enquête, Mrs Chudleigh fut une des premières à sortir de la salle d'audiences. Toutefois, Geoffrey, Francis et Mr Tremlowe avaient déjà grimpé dans la voiture de Francis, si bien qu'elle ne put parler à aucun d'eux. Les Halliday, Guest et Finch étaient venus dans la Daimler et rentreraient de même dès que Stephen aurait acheté du tabac et Camilla un nouveau rouge à lèvres. Mrs Chudleigh vit celle-ci quitter le tribunal et la rattrapa.

« Oh, bonjour, Mrs Halliday ! Quelle belle journée ! J'ai pensé venir à Silsbury faire quelques courses. Je prends toujours le bus au moins une fois par mois, c'est vraiment très pratique. Et puisque je me trouvais en ville, je me suis dit que je ferais un saut à l'enquête et dirais un petit mot à Lady Billington-Smith. Mais je vois qu'elle n'est pas ici.

— Non, elle est restée à la maison, dit Camilla. Ce n'est pas qu'on ait *tiré* grand-chose de cette enquête. Je ne vois vraiment pas à quoi ça rime, puisque nous savions déjà tout ce qu'on y a dit. Ce n'est pas du tout comme ça que je me représentais une enquête ; et pourquoi diable la police demande-t-elle un ajournement ? Pensez à tout le temps qu'ils ont déjà eu pour découvrir qui a commis le meurtre ! Je ne comprends pas. Il n'y a pas besoin d'aller chercher loin ! Moi, je l'ai soupçonné dès le début... à sa façon de se conduire.

— Vraiment ? dit Mrs Chudleigh, marchant au même pas que Camilla le long de la rue. J'espère que je ne suis pas indiscrète. Mais c'est plutôt absurde que l'on en fasse tout un mystère.

— Oui, cela me rend folle, cette façon qu'ils ont de se serrer les coudes, simplement parce que c'est la famille. Enfin, j'ai dit ce que j'en pensais. Bien sûr, cela ne leur a pas plu, mais je n'y suis pas allée par quatre chemins. Pourquoi tout coller à mon mari, quand quelqu'un d'autre avait bien plus de mobiles pour vouloir se débarrasser du pauvre Sir Arthur ? C'est révoltant, et je ne me suis pas privée de le leur dire !

— Oh, mais je suis sûre que personne ne soupçonne Mr Halliday, dit Mrs Chudleigh.

— Ah, vous croyez ? aboya Camilla. J'ai des yeux, et je ne suis pas complètement idiote, Mrs Chudleigh !

— Mais qui soupçonnez-vous donc ? demanda Mrs Chudleigh, pressant le pas pour être à la hauteur de Camilla.

— Je ne citerai pas de nom, fit Camilla, l'air sinistre, mais nous savons tous *qui* a eu une querelle absolument effroyable avec le pauvre Sir Arthur le jour même où il a été assassiné, et qui allait être mis à la porte de la maison. Oui. Et *ensuite,* s'il vous plaît, on nous dit qu'il a rompu ses fiançailles ! Naturellement, chacun a pu deviner que c'était là une feinte pour détourner la police de sa piste ; mais si vous voulez mon avis, l'inspecteur Harding l'a déjà à l'œil, et si l'on recommence à poser tout un tas de questions insultantes à Basil, je dirai tout de go qu'ils feraient mieux de se demander pourquoi ces fiançailles ont été rompues si soudainement, voilà tout !

— Seigneur ! Vous ne soupçonnez pas *Geoffrey !* » Mrs Chudleigh s'étrangla. « C'est *impossible !* Un si gentil garçon, et tellement *fragile !* D'ailleurs, il était à des kilomètres de La Grange, ce matin-là, je l'ai vu de mes propres yeux.

— Vous l'avez vu ? s'étonna Camilla, s'arrêtant pile devant la vitrine d'un marchand de nouveautés.

— Parfaitement. En rentrant chez moi. Je me demande si je dois le dire à l'inspecteur ? Oui, je crois qu'il est de mon devoir d'aller le trouver pour le lui dire. Je suppose qu'il sera à La Grange, non ?

— Et pourquoi n'allez-vous pas au commissariat ? rétorqua méchamment Camilla.

— Non, Mrs Halliday, je ne ferai rien de pareil. J'espère ne jamais me dérober à ce que j'estime être mon devoir, et je sais parfaitement que c'est l'inspecteur qui s'occupe de l'affaire. Autant vous dire que cela ne m'arrange pas, car j'ai beaucoup à faire, mais je pense toujours que l'on peut *trouver* du temps si l'on en a envie, et je passerai à La Grange en rentrant. Et peut-être que par la même occasion, je pourrai enfin avoir une petite conversation *tranquille* avec Lady Billington-Smith.

— Je suis sûre qu'elle en sera enchantée, répondit Camilla. Je ne sais pas quand vous avez vu Geoffrey, mais en tout cas, il en faudrait beaucoup pour me convaincre qu'il n'est pas l'assassin ! »

La première personne à arriver à La Grange après l'enquête fut l'inspecteur Harding. Le valet le fit entrer, et à peine avait-il posé le pied dans la maison que Miss Fawcett descendit l'escalier en courant et se pencha par-dessus la rampe. « C'est toi, Geoffrey ? appela-t-elle. Que s'est-il passé ?

— Non, ce n'est pas Geoffrey, répondit Harding en s'avançant. Il ne s'est pas passé grand-chose. Nous avons demandé un ajournement.

— Vous ne voulez pas dire que nous allons continuer à vivre ainsi ?

— Pas pour longtemps, j'espère.

— Oh, mes aïeux ! gémit Dinah. Ça commence à ne plus être drôle du tout ! »

Harding la contempla avec un certain amusement.

« Dites-moi, fit-il, c'est comme ça que vous considérez un meurtre ?

— Pas le meurtre, expliqua-t-elle, juste l'ambiance. Lorsque j'ai rejoint cette petite *house-party*, tout le monde paraissait plus ou moins humain. Vous devriez nous voir en famille maintenant ! On se croirait dans un zoo, spécialement quand Camilla commence à glapir. »

Elle le regarda de son piédestal et s'enquit, avec un intérêt amical : « Qu'allez-vous entreprendre à présent ? Ramper alentour pour chercher des empreintes de pas ?

— Tout cela a déjà été essayé avant mon arrivée », expliqua Harding gravement.

Miss Fawcett secoua la tête. « Si vous voulez qu'une chose soit bien faite, faites-là vous-même.

— Je voudrais bien que vous descendiez. Je commence à avoir un torticolis !

— Mais vous n'êtes sûrement pas venu ici pour perdre votre temps à me parler, inspecteur ?

— Ne m'appelez pas inspecteur. Je suis venu parler au capitaine Billington-Smith, mais j'ai idée qu'il n'est pas encore revenu de Silsbury.

— C'est une déduction, je suppose ? fit Dinah en penchant la tête.

— Pure déduction. Je ne trouve pas l'empreinte de ses pas. J'aimerais bien que vous descendiez. »

Dinah obéit. « A vrai dire, il n'est pas encore de

retour. Il lui a fallu accompagner Mr Tremlowe à la gare. L'avez-vous vu s'acheminer dans cette direction ?

— Non, mais je l'ai vu quitter le tribunal avec son cousin ; aussi, lorsque vous avez appelé : “ C'est toi, Geoffrey ? ”, j'ai additionné deux et deux et... c'est-à-dire que j'ai déduit qu'ils n'étaient pas encore arrivés.

— Quelle perte pour Scotland Yard quand vous commencerez votre élevage de poulets ! observa Miss Fawcett avec admiration.

— Certes oui, mais on n'y peut rien. Quand je suis arrivé ici, j'avais à peu près décidé que cette affaire serait ma dernière. A présent, j'en suis sûr.

— Il ne faut pas vous décourager, déclara Miss Fawcett, ramenant fermement la conversation sur des sentiers moins dangereux. Après tout, vous pourriez soudain tomber sur un indice de premier ordre, qui prouverait que le coupable, c'est moi. Il ne faut jamais se fier aux alibis. Je le sais. Je l'ai lu quelque part.

— Si je découvrais que c'est vous qui l'avez fait, articula Harding d'une voix beaucoup trop sérieuse... Fichtre, quelle écœurante perspective ! Parlons d'autre chose. »

Dix minutes plus tard, lorsque Geoffrey et Francis rentrèrent, Miss Fawcett et l'inspecteur Harding étaient assis côte à côte sur un canapé de chêne noir, échangeant aimablement leurs vues sur la Vie, le Goût et les Ambitions.

« Dites donc, fit Francis de son air le plus mielleux, je crains que nous n'ayons interrompu un tête-à-tête. A moins que ça ne soit un interrogatoire nouvelle manière... »

L'inspecteur Harding se leva sans trahir la moindre déconfiture. « Bonjour, dit-il impersonnellement. Je souhaiterais vous parler, capitaine. Voulez-vous m'accompagner dans le petit salon ?

— Tiens, c'est moi que vous êtes venu voir ? s'exclama Francis. Voilà qui prouve qu'on ne devrait jamais juger d'après les apparences, non ? »

Harding ne daigna pas répondre à cette remarque, et se contenta d'ouvrir la porte du salon. Francis y entra sans hâte, tout en retirant ses gants de chauffeur en cuir lavable.

Harding referma la porte et avança d'un pas lent.

Francis lança ses gants sur la table et tira son étui à cigarettes. « D'après votre expression, inspecteur, je suis amené à supposer que vous avez une chose d'une grande importance à me dévoiler.

— Vous avez parfaitement raison, répondit Harding. Ce que j'ai à vous dire est extrêmement sérieux, capitaine Billington-Smith. Quelqu'un a vu votre automobile parquée sur le chemin de terre qui mène à Dean Farm, à onze heures trente, lundi matin. »

Pendant un moment, la main de Francis demeura en l'air, au-dessus de son porte-cigarettes ouvert, tandis que ses yeux, soudainement rétrécis, regardaient Harding bien en face. Puis il sortit une cigarette et referma l'étui. « Merde ! » fit-il en le remettant dans sa poche. Il mit une cigarette entre ses lèvres, l'alluma et souffla un nuage de fumée. « Et alors ? demanda-t-il.

— Alors, poursuivit Harding sans élever la voix, j'aimerais que vous me disiez la vérité sur ce que vous avez fait lundi matin. Où étiez-vous à onze heures trente ?

— En train de cambrioler le coffre-fort dans la pièce voisine, répondit Francis avec un rien de hargne. Quel est l'imposteur — le voyeur — qui a repéré mon auto ?

— Cela ne vous regarde pas, capitaine Billington-Smith. Je vous rappelle que vous n'êtes pas obligé de faire une déposition, mais dans votre propre intérêt, je vous le conseille fortement.

— Bon, je vois que je n'y couperai pas, rétorqua Francis. Voyez-vous, mon oncle ne m'a pas envoyé ces billets de banque. Vous n'y avez jamais cru, n'est-ce pas ? Encore qu'il eût été passablement difficile de prouver qu'il ne l'avait pas fait. J'ai décidé de cambrioler le coffre quand j'ai su que mon oncle allait s'absenter. Vous aurez remarqué, je l'espère, que j'ai dit : “ J'ai cambriolé le coffre. ” Cela sonne mieux que “ volé l'argent ” et revient au même. » Il eut un rire sans gaieté et jeta sa cigarette à demi consumée dans la cheminée. « J'en avais absolument besoin. Une dette de jeu, comme je vous l'ai déclaré. A en juger par l'aimable entretien que j'avais eu avec le directeur de ma banque la semaine dernière, un chèque signé de moi n'avait pas grande chance d'être honoré. D'où la raison de ma présence ici, le week-end dernier. Mon oncle m'aimait bien. Dans un de ses meilleurs moments il aurait payé infiniment plus que cent trente livres pour me garder — ou garder son nom — hors du ruisseau. Malheureusement, je ne suis pas tombé dans un de ses bons moments — et cela grâce à mon cousin, qui s'était sottement entiché de la belle Lola. J'ai fait ce que j'ai pu, mais cette fois, toute mon habileté n'a pas suffi. J'ai entrepris mon oncle lundi immédiatement après le petit déjeuner. Il était remonté, en perspective de son ultime et cataclysmique entrevue avec Geoffrey, et j'aurais aussi bien pu m'adresser à un mur. Je l'ai donc laissé à son empoignade avec son fils. Si Geoffrey lui promettait d'abjurer Lola et d'être un fils obéissant, j'aurais peut-être ma chance. Aussi ai-je attendu que l'orage passe. Toutefois, la vue de Geoffrey rongeant ses ongles et roulant des yeux à la manière d'un martyr m'apprit qu'il n'y avait pas d'espoir, et je suis parti. A propos, ma voiture marchait mal, très mal, mais j'étais vraiment trop embêté pour m'en préoccuper. Tout en roulant, je me demandais ce que diable j'allais bien pouvoir faire. » Il s'interrompit et s'assit sur une chaise près de la table. « Je n'avais pas couvert vingt kilomètres que je pris ma décision. Et maintenant, je dois revenir un peu en arrière. Dites-moi si je vous ennuie ?

— Non, poursuivez, se contenta de répondre Harding.

— Au cours du petit déjeuner, mon oncle nous avait fait la faveur d'une brève dissertation sur la méthode et les façons de tenir un ménage. Il avait annoncé qu'à dix heures, il irait à Ralton retirer l'argent destiné aux dépenses du mois. Un peu plus tard, il prenait rendez-vous avec la Halliday pour onze heures : il devait l'emmener voir une portée de chiots dans la loge du gardien. N'était-ce pas providentiel ?

— Je crois comprendre que vous connaissiez la combinaison du coffre ?

— Naturellement. Qui ne la connaissait pas ? J'ai fait demi-tour et me suis engagé dans le chemin de terre où ma voiture a été repérée. Les criminels font toujours au moins une erreur, n'est-ce pas ? Voilà la mienne. J'étais certain qu'on n'utilisait plus ce chemin. Je suis monté à pied à travers le bosquet, ai longé l'allée en m'abritant derrière ses monstrueux rhododendrons, et suis entré dans le cabinet de travail par la porte-fenêtre de devant, à onze heures et demie. L'argent, comme je m'y attendais, était dans le coffre. J'ai pris la somme dont j'avais besoin et suis reparti. L'heure ? Environ midi moins le quart quand je suis remonté en voiture. Peut-être un peu plus, mais pas beaucoup. J'ai roulé jusqu'à Bramhurst. Ce que je vous ai raconté hier sur cette partie du trajet est vrai, en gros, sauf que je suis arrivé au garage à une heure et demie et non pas, comme je l'ai d'abord affirmé, à midi et demi. Ah ! Vous l'aviez déjà découvert ? Stupide de vous avoir menti sur ce point, mais j'imaginais qu'au garage, ils n'auraient pas noté l'heure à laquelle je leur ai remis ma voiture. Ils ont réparé mon pneu, nettoyé la bougie, qui était très encrassée, et j'ai accompli le reste du trajet en un temps record. Ce n'est pas vraiment une bonne histoire, n'est-ce pas ?

— Vous deviez être terriblement à cours d'argent pour prendre un pareil risque, capitaine Billington-Smith ?

— En effet, mais pas au point d'avoir besoin d'assassiner mon oncle. J'admets que c'était une idiotie. J'ai cédé à une impulsion. C'est ce que je fais habituellement. En fait, je risquais non d'être dénoncé, mais, si l'Oncle réussissait à remonter jusqu'à moi, d'être exclu de son testament. A ce moment-là, je n'y songeais pas : on ne peut penser à tout, n'est-ce pas ? »

Il se leva, se dirigea vers le miroir ancien accroché au-dessus de la cheminée et rectifia sa cravate. Dans le miroir, ses yeux rencontrèrent ceux de Harding. « Quelle suite allez-vous donner à cette croustillante histoire ? M'arrêter pour meurtre par présomption sur la personne de mon oncle ? Je ne crois pas vraiment que vous obtiendriez une condamnation.

— Non, je n'ai pas encore demandé un mandat d'arrêt contre vous, rétorqua Harding. Mais, comme vous l'avez dit, votre histoire n'est pas une bonne histoire. Je vais être obligé de vous demander de rester ici jusqu'à ce que j'en aie débrouillé les fils. En attendant, j'aimerais que vous vous asseyiez et que vous mettiez par écrit ce que vous venez de me raconter.

— Comme il vous plaira », répondit Francis.

Il s'approcha du bureau appuyé au mur, sortit plusieurs feuilles de papier à lettres et plongea une plume dans l'encrier. Il écrivit sans hâte et sans manifester ni ennui ni agacement. Lorsqu'il eut terminé, il signa son nom avec un paraphe à fioriture et tendit sa déposition à Harding, qui la lut de bout en bout et la rangea dans son calepin.

« Et c'est tout, pour le moment ? demanda Francis.

— Oui, c'est tout.

— C'est bien assez, vous ne trouvez pas ? remarqua Francis en se dirigeant vers la porte. J'ai déjà dit que vous commenciez à bien connaître la famille. » Il ouvrit la porte et sortit. Puis il jeta un regard en arrière : « Il semble qu'on ait besoin de vous, inspecteur, dit-il d'un ton alangui. De nouvelles révélations, propablement. »

Harding se retourna, mais Francis était parti, et c'est Geoffrey qui se tenait maintenant sur le seuil de la porte.

« Puis-je entrer ? demanda-t-il, quasiment hors d'haleine. Je viens d'apprendre quelque chose qui me disculpe entièrement !

— Tant mieux, répondit Harding gentiment. Oui, bien sûr, entrez. Qu'avez-vous donc appris ? »

Geoffrey regarda par-dessus son épaule : « Voulez-vous entrer, Mrs Chudleigh ? Mrs Chudleigh m'a vu lundi, inspecteur, et savez-vous que cette pu... je veux dire cette garce de Halliday se balade partout en disant que c'est moi qui ai assassiné Père ? Elle l'a dit à Mrs Chudleigh au beau milieu de la Grand-Rue de Silsbury. Je ne sais pas si je peux l'attaquer pour diffamation, mais j'ai une belle envie de le faire ! »

Harding ne prêtait pas beaucoup d'attention à ce discours. Il s'inclina légèrement devant Mrs Chudleigh : « Bonjour, dit-il, voulez-vous prendre la peine de vous asseoir ?

— Merci, répondit-elle, en occupant le siège abandonné par Francis. Ce que dit Geoffrey est la pure vérité. Je considère Mrs Halliday comme une femme extrêmement médisante, et dès que j'ai appris ce qu'elle racontait, j'ai compris qu'il était de mon devoir de venir vous trouver à La Grange. Je dois dire que je ne suis nullement surprise de lui voir répandre de tels ragots, car je me suis méfiée d'elle dès l'instant où je l'ai vue.

— Vraiment, Mrs Chudleigh ? Mais vous alliez me dire où et quand vous avez vu Mr Billington-Smith lundi...

— Je vais y arriver — si vous me laissez parler, inspecteur. Et j'ajouterai que si j'avais pu imaginer que Geoffrey serait soupçonné d'avoir... assassiné son père, je vous aurais dit, quand vous êtes venu me rendre visite l'autre soir, que je l'avais vu. Mais — et je m'en félicite — il n'est pas dans mes habitudes de soupçonner les gens d'avoir commis des crimes, et une telle idée ne pouvait en aucun cas me traverser l'esprit.

— Je comprends parfaitement, dit Harding. Et où donc avez-vous vu Mr Billington-Smith ?

— Sur le sentier qui traverse le parc de Moorsale, juste à côté du lac, alors que je rentrais de La Grange.

— Vous voulez dire que vous l'avez rencontré, ou que vous l'avez aperçu à une certaine distance ?

— Étant donné que je me trouvais sur la route et lui dans le parc, j'aurais eu du mal à le rencontrer, inspecteur. Mais si vous insinuez que je me trompe en croyant avoir remarqué Geoffrey, je tiens à déclarer que je n'ai pas la vue aussi *basse !*

— Dans quelle direction marchait-il, Mrs Chudleigh ?

— Il rentrait chez lui, et j'ai pensé à ce moment-là qu'il allait être en retard pour le repas, car je sais que Lady Billington-Smith déjeune toujours à une heure ; or il devait être au moins une heure moins dix lorsque je l'ai vu — je sais qu'il faut un peu moins d'une demi-heure pour aller à pied du presbytère à La Grange, et à une heure, sinon plus tôt, j'étais rentrée chez moi. Par conséquent, il aura fallu au moins vingt minutes à Geoffrey pour rentrer, depuis cet endroit précis, à cause de la montée. »

Harding tira un crayon de sa poche et ouvrit son calepin. « Je vois. Et vous dites que cela s'est passé à une heure moins dix ? Vous avez mentionné un lac.

Pouvez-vous situer l'endroit de manière plus précise ?

— Je suppose que vous irez voir par vous-même ? Vous ne faites sans doute que votre devoir, mais, aussi étrange que cela puisse paraître, je n'ai pas l'habitude d'user de *faux-fuyants.* Quoi qu'il en soit, vous ne pouvez guère vous tromper sur l'endroit, puisqu'il se trouve juste là où le bras du lac s'étire vers le droit de passage. Si vous voulez, je vous y conduirai moi-même.

— Merci infiniment, mais je ne pense pas avoir besoin de vous déranger », répondit Harding fermement.

Elle ramassa son sac à main, ses gants, et se leva. « Dans ce cas, je crois que je vais rentrer chez moi. Geoffrey, veuillez dire à Lady Billington-Smith que j'ai été *navrée* qu'elle ne se sentît pas assez bien pour me recevoir. Bonne journée, inspecteur ! » Elle lui fit la faveur d'incliner la tête avec un rien de raideur, et quitta la pièce, escortée par un Geoffrey empli de gratitude. « C'est une chance formidable que vous m'ayez vu, lui confia-t-il sur le pas de la porte. Je veux dire, j'avais eu une dispute avec Père et vraiment, cela avait pris bien mauvaise tournure.

— Je regrette seulement de n'avoir pas pensé à le dire à l'inspecteur plus tôt, répondit Mrs Chudleigh en boutonnant ses gants. Sans doute l'aurais-je fait si j'avais été Mrs Halliday. Vous avez dû vous faire un sang d'encre !

— En fait, oui, admit Geoffrey. Tout ça est absolument horrible, parce que, après la façon dont elle m'a traité, je voudrais ne plus jamais voir Lola...

et nous voilà cloîtrés dans la même maison, et tout le monde pense que j'ai rompu pour tromper les gens.

— Oh ? Vous avez rompu ? demanda Mrs Chudleigh. Eh bien, je suis sûre que c'est une grosse épreuve pour vous, Geoffrey ! Mais vous savez, je ne puis m'empêcher de sentir que Mlle de Silva n'est *guère* le genre d'épouse qui vous conviendrait. Non que j'aie quelque chose contre elle, mais elle m'a fait l'effet d'une jeune personne cynique, immorale, et je ne serais nullement étonnée d'apprendre qu'elle n'est pas de celles que l'on fréquente. »

Geoffrey parut avoir quelques doutes quant à cet implacable verdict, et il dit : « Sur ce point, je ne suis pas très fixé, mais à cause d'elle je n'aurai plus jamais confiance en aucune femme.

— Comme je vous comprends ! »

Après avoir raccompagné son sauveur jusqu'à la porte, Geoffrey se précipita sur la terrasse, où il trouva Fay et Dinah, de même que Francis, vautré dans un fauteuil d'osier. « Vous avez entendu ? lança-t-il. Mrs Chudleigh m'a vu lundi matin, et son témoignage me disculpe absolument ! J'ai une sacrée veine qu'elle m'ait aperçu !

— Là, oui ! reconnut Francis. Mais, sombre idiot, personne ne s'intéresse plus à tes faits et gestes. L'attention est désormais concentrée sur mon indigne personne. »

Fay étendit le bras vers son beau-fils. « Oh, Geoffrey ! Je suis si contente ! J'ai toujours su que tu ne pouvais pas avoir fait une chose aussi horrible, mais c'est merveilleux que tu aies trouvé un alibi. Justement, Francis était en train de nous raconter... non... je ne peux le répéter. C'est... écœurant !

— Oui, admit Francis, c'est écœurant. Geoffrey,

comme la vérité va sans aucun doute éclater incessamment, tu peux aussi bien l'apprendre maintenant que plus tard. J'étais ici lundi matin à onze heures et demie dans le but exprès de soustraire cent trente livres de la liasse de billets qui se trouvait dans le coffre de l'Oncle. Et qui plus est, je les ai soustraites.

— Quoi ? fit Geoffrey, les yeux ronds. Tu étais *ici* ce matin-là ? Alors...

— Pas si vite, cher cousin. J'ai dit que j'étais ici à onze heure et demie, mais vous allez tous avoir de grandes difficultés à prouver que j'ai assassiné oncle Arthur. La question qui m'intéresse vraiment, c'est de savoir si Fay et toi pouvez me poursuivre pour vol, ou si, en tant que légataire principal, je devrais me poursuivre moi-même ? Vous voyez le dilemme...

— Et vous n'avez même pas honte ! murmura Fay, d'une voix méprisante.

— Non, déclara Francis, en s'installant plus à son aise dans son fauteuil. Pas le moins du monde. »

CHAPITRE XVII

Contrairement à ce qu'attendait le brigadier Nethersole, Harding, cet après-midi-là, ne se lança pas à la recherche d'éléments qui lui auraient permis de contredire le récit du capitaine Billington-Smith. Il confia cette tâche à son subordonné, lequel s'enhardit jusqu'à dire qu'il était étonné que l'inspecteur n'accordât pas plus d'importance à ce récit qui, selon lui, Nethersole, donnait fortement l'impression qu'on avait découvert le meurtrier du général.

« Brigadier, répondit Harding, est-ce que toutes les histoires que nous avons écoutées ne nous ont pas fait le même effet ?

— Ma foi, monsieur, je suppose que oui. Celle-ci ne vous paraît pas plus concluante que les autres ?

— Non. Franchement, non. Entre Guest, Halliday et Francis, c'est du pareil au même. Ils sont tous les trois en première ligne. Chacun d'eux avait un mobile — et chacun d'eux aurait été capable de commettre le meurtre. Le fait que Billington-Smith se soit trouvé sur les lieux à onze heures et demie n'innocente en rien les deux autres et ne fait qu'ajouter à la liste de ceux qui auraient pu assassiner Sir Arthur. Et l'indice le plus important que j'aie en ma possession, ce mystérieux bout de papier, ne me paraît établir un rapport avec aucun d'eux. Je suis convaincu, brigadier, que si j'arrive à découvrir à qui le message inachevé fait allusion, j'aurai la solution de cette affaire. »

Le brigadier se caressa le menton. « Vous attachez vraiment beaucoup d'importance à ce bout d'écriture, monsieur ?

— Oui, à défaut de tout autre indice. Depuis que je m'occupe de l'affaire, chaque fois que je pèse le témoignage des principaux suspects, je me trouve brusquement arrêté par quelque chose d'inexplicable. Dans le cas Halliday, pourquoi ces papiers ont-ils été jetés dans la corbeille par-dessus le chèque ? Dans le cas Guest, le meurtre — si c'est lui qui l'a commis — a dû être préparé et accompli de sang-froid, mais la manière d'agir paraît invraisemblable. Dans le cas Francis, si celui-ci se trouvait à La Grange à onze heures et demie, qu'est-ce qui l'a incité à rester dans les parages jusqu'après l'entrevue de Halliday avec Sir Arthur ? Pourquoi, s'il avait déjà cambriolé le coffre, aurait-il assassiné Sir Arthur ?

— Quand vous présentez les choses comme ça, monsieur, reconnut le brigadier avec lenteur, on dirait qu'il y a vraiment du vrai dans ce que vous affirmez. Cela signifie que vous nous croyez sur la mauvaise piste, de bout en bout ?

— En fait, ce meurtre ne colle vraiment à aucune des personnes intéressées, répondit Harding. Tout le temps j'ai eu le sentiment que je passais à côté de quelque chose, et ma conviction que cela se rapportait au message que nous avions trouvé sur le bureau du général sort affermie de chacune des déclarations que j'ai écoutées.

— Vous avez une théorie à ce sujet, monsieur ? demanda le brigadier avec intérêt.

— Ce serait un brin flatteur de l'appeler une théorie, brigadier, mais j'ai bien une idée en tête.

— Ah ! une intuition, comme qui dirait. » Le brigadier hocha la tête.

Harding se mit à rire : « Oui, si vous voulez. Elle me semble plutôt extravagante, mais je vais voir si je peux la suivre jusqu'au bout. Où, exactement, se trouve la maison de Mrs Twining ? »

Le regard ahuri du brigadier se fixa sur le visage de l'inspecteur : « Mrs Twining ? répéta-t-il. Est-ce que je peux jeter un coup d'œil à ce bout de papier, monsieur ?

— Certainement », répondit Harding, en extirpant la feuille de papier à lettres de son portefeuille. Le brigadier s'assit et l'étudia un petit moment en silence. Puis il dit : « Je ne vois pas, monsieur. Je suis bien obligé de dire que je ne vois pas.

— Vous ne voyez pas quoi ?

— Ce que nous avions pris pour un L pourrait être un T, poursuivit le brigadier, quoique je pense qu'il s'agit vraiment d'un L. Mais le A ? Non monsieur, je ne vois pas comment vous en tireriez “ Twining ”, je le dis comme je le pense.

— Mais je ne le fais pas, rétorqua Harding ; c'est “ La ” que j'en tire, et j'ai idée que Mrs Twining saurait me dire ce que signifient ces lettres. Où habite-t-elle ? »

Le brigadier, un rien déçu, donna les indications

nécessaires et rendit le papier. Sur quoi, Harding partit à la recherche de Mrs Twining.

Blessington House était situé à quelque cinq kilomètres de La Grange ; c'était un bâtiment bas, en pierre, au milieu d'un jardin charmant. L'inspecteur eut la chance de trouver Mrs Twining chez elle, et, après avoir remis sa carte, fut aussitôt conduit dans une pièce ensoleillée, à l'arrière de la maison, décorée de chintz. Mrs Twining faisait son courrier sur un bureau en marqueterie, mais elle se leva quand Harding entra, et dit, avec un léger sourire : « Bonjour, inspecteur. Qu'est-ce que je peux faire pour vous ?

— Pas grand-chose, madame, répondit Harding. Je suis d'autant plus désolé de vous déranger que c'est à cause d'une négligence de ma part ! »

Il tira plusieurs feuilles pliées de sa poche. « J'ai stupidement oublié de vous demander de signer la déposition que vous avez faite devant moi, mardi. Cela ne vous ennuie pas ? Votre nom complet, bien sûr. »

Elle prit les papiers, ses sourcils fins un peu levés. « Encore une autre déposition à signer ? demanda-t-elle.

— J'en ai peur, répondit-il en souriant. Ces choses-là doivent être faites, vous savez.

— Mais certainement », acquiesça Mrs Twining, légèrement amusée. Elle parcourut des yeux la déposition, retourna à son bureau et s'assit. Trempant une large plume d'oie dans l'encrier, elle traça d'une main élégante, en travers du bas de la dernière page : « Julia Margaret Twining. » Puis elle sécha la feuille au buvard, soigneusement, et la tendit à

Harding. Elle avait gardé son air amusé. « Voilà, inspecteur. »

Il prit la déposition et regarda la signature avant de replier le document.

« Vous avez bien dit mon nom complet, n'est-ce pas ? demanda Mrs Twining.

— En effet, répondit Harding, remettant le papier dans sa poche.

— Quel ennui d'avoir été obligé de faire tout ce chemin pour si peu de chose ! Est-ce que vous n'aviez vraiment besoin que de cela ?

— A la vérité, non. Je suis venu en partie dans l'espoir que vous, qui avez connu Sir Arthur un si grand nombre d'années, pourriez jeter un peu de lumière sur quelque chose qui, franchement, m'intrigue. » Il sortit son portefeuille, mais avant de l'ouvrir, il leva les yeux et ajouta : « A propos, j'ai une nouvelle qui, je crois, vous fera plaisir. J'ai reçu un témoignage qui me paraît fournir un alibi pour Geoffrey Billington-Smith. »

Elle inclina la tête courtoisement. « Je suis très heureuse de l'apprendre, dit-elle. Non que j'aie jamais imaginé que Geoffrey aurait pu tuer son père.

— Vous lui êtes très attachée, Mrs Twining, n'est-ce pas ?

— Est-ce là l'impression que je vous ai donnée ? demanda-t-elle.

— Absolument, répondit Harding en souriant. Était-elle fausse ?

— Oh, non ! Pas du tout. Je suis attachée à Geoffrey comme on l'est forcément à un garçon qu'on a connu dès sa petite enfance. Il a beaucoup de défauts, mais j'en attribue la plupart à son éducation. Son père ne le comprenait pas plus qu'il ne l'aimait.

— Dommage pour lui que sa mère ait quitté Sir Arthur.

— Oui, répondit Mrs Twining d'une voix sèche. Peut-être que si elle avait été plus sage, moins passionnée, les choses se seraient passées différemment. Mais elle était jeune et amoureuse, et avait épousé un homme qui... mais tout cela, c'est de l'histoire ancienne à présent, et ne mérite pas d'être discuté.

— Étiez-vous intime avec elle, Mrs Twining ? »

Elle réfléchit : « Oh... intime ! C'était une amie d'école, et je pense que, oui, vous pouvez dire que nous étions assez intimes. Pourquoi me demandez-vous cela ?

— Simplement parce que j'ai l'impression que vous êtes venue vivre dans ce district pour vous trouver près de Geoffrey. Je me demandais si vous n'aviez pas agi ainsi par affection pour sa mère. »

Elle redressa le tampon-buvard sur son bureau.

« Je ne sais ce qui a pu vous donner cette impression, inspecteur. J'ai perdu sa mère de vue il y a bien des années — en fait, lorsqu'elle a quitté Arthur. J'ai choisi cette région parce que, ayant vécu à l'étranger toute ma vie, je n'ai presque pas d'amis en Angleterre. Je n'étais pas toujours d'accord avec Sir Arthur, peut-être, mais je le connaissais depuis longtemps ; en m'installant là où il s'était déjà fait des relations à qui il pouvait me présenter, il me semblait agir de manière naturelle. » Elle leva les yeux et le vit qui l'observait — non pas d'un air soupçonneux, mais avec une sorte de grave sympathie. « Le fait que j'avais connu sa première épouse et étais attachée à son fils m'a peut-être influencée un peu, dit-elle. Je crains toutefois de n'avoir pas fait grand-chose pour Geoffrey, excepté, à l'occasion, de ramener Sir Arthur à de meilleurs sentiments à son égard.

— Sir Arthur paraît avoir eu plus de respect pour vous que pour la plupart des gens qu'il connaissait — d'après ce qu'on m'a dit, remarqua Harding.

— Lorsqu'on connaît un homme depuis de longues années, répondit Mrs Twining spontanément, on acquiert forcément une certaine influence sur lui. Il faut me pardonner, inspecteur, mais est-ce le fait que j'habite ici qui vous intriguait ?

— Non, répliqua Harding, ce n'est pas ça. » Il ouvrit son portefeuille et en sortit la demi-feuille de papier à lettres portant le mot « La » griffonné en travers. « Ceci, Mrs Twining, a été trouvé sur le bureau de Sir Arthur, sous sa main. » Elle jeta un regard rapide à Harding et lui prit le papier.

« Je ne comprends pas bien ! Vous dites que vous avez trouvé ce papier sur le bureau de Sir Arthur..., dit-elle enfin d'une voix sans émotion et sans lever le regard, après un long moment de silence.

— Je crois, Mrs Twining, que ces lettres ont été tracées *après* que le général a été poignardé. Est-ce qu'elles évoquent quelque chose pour vous ? »

Ses paupières papillotèrent, et Harding se dit qu'une femme moins sûre d'elle-même eût tressailli. « Non », répondit-elle. Le ton était catégorique ; le regard amusé avait disparu de son visage. « Elles n'évoquent rien pour moi. Je regrette. » Elle l'observa qui repliait la feuille de papier et la remettait dans son portefeuille. Elle semblait hésiter à prendre la parole. Finalement, elle demanda : « Avez-vous l'impression que cela ait de l'importance, inspecteur ?

— Je l'ignore, Mrs Twining. J'espérais que vous pourriez m'éclairer.

— Un mot très usité. Le début d'une phrase, j'imagine », répondit-elle. Elle se leva et répéta : « Je regrette. Il est dommage que Sir Arthur n'ait eu le temps d'écrire que ce mot. Y a-t-il autre chose que je puisse faire pour vous ?

— Rien d'autre. Je crains de vous avoir fait perdre votre temps pour rien. »

Elle appuya sur la sonnette. « Pas du tout, répondit-elle gracieusement. Je n'ai que le regret de ne pouvoir vous aider. » Elle lui lança un regard fugace : « Quelle est votre propre théorie, inspecteur ? Si vous en avez une ?

— Comme vous dites, il n'y a pas de doute, c'est le début d'une phrase », répondit-il.

Le maître d'hôtel entra et tint la porte ouverte. Ayant pris congé, Harding se rendit au poste de police de Ralton, où il trouva le commissaire et le brigadier Nethersole qui l'attendaient.

L'humeur du commissaire était au plus bas, et il accueillit Harding avec l'information que tout avait été fichu par terre.

« Qu'est-il arrivé ? demanda Harding, d'un air assez vague.

— Vous avez envoyé le brigadier enquêter sur la route de Bramhurst. Eh bien, nous venons tout juste de recevoir un rapport de Laxton, répondit le commissaire.

— Ah oui ? Les déplacements du capitaine Billington-Smith ? Il est hors du jeu, n'est-ce pas ?

— Ça en a fichtrement l'air, répondit le commissaire, renfrogné. Le jeune Mason, du bazar Mason, a déclaré qu'il avait dépassé l'auto du capitaine sur sa moto à midi et quart, lundi matin, à l'orée du village. Le capitaine était en train de changer un pneu, c'est la raison pour laquelle il l'a remarqué.

— Laxton est à quelle distance de La Grange ?

— C'est là le hic, répondit le commissaire. A vingt-sept kilomètres, pas un poil de moins. J'ai eu beau ressasser tous ces kilomètres dans ma tête, Mr Harding, pas mèche ! De là, il n'aurait pas pu retourner à La Grange et tout de même arriver à Bramhurst à une heure et demie. Non, toute ma théorie est tombée à l'eau. Voilà ce qu'on peut en dire. » Il s'appuya au dossier de sa chaise et fourra ses pouces dans son ceinturon. « Ce qui, annonça-t-il, nous ramène à Halliday. »

Son ton impliquait qu'il était prêt à s'étendre sur ce sujet, mais le téléphone bourdonna soudain près de son coude et il fut contraint de répondre. Très vite, il se trouva empêtré dans ce qui semblait être une conversation fort compliquée avec une personne inconnue. Harding, sautant sur l'occasion, susurra : « Je reviendrai plus tard, commissaire », et il s'échappa, suivi de près par le brigadier.

« Vous n'avez jamais cru que c'était le capitaine, n'est-ce pas, monsieur ? demanda celui-ci, une fois refermée la porte du commissariat.

— Non, les heures ne collent pas. Je vais à La Grange maintenant. Et je ferais bien de vérifier l'alibi du jeune Billington-Smith, pendant que j'y suis. Venez, brigadier, vous me montrerez ce fameux chemin qui mène de La Grange au village de Lyndhurst. »

Le brigadier monta dans la voiture. « A vos ordres, monsieur. Allez droit à Lyndhurst, et nous continuerons vers La Grange par ce chemin, si vous voulez bien. Cela vous évitera de faire demi-tour pour retourner à La Grange, ce qui pourrait vous causer quelque difficulté, vu que la route est plutôt du genre étriqué. »

Ni l'un ni l'autre n'étant de nature volubile, ils parlèrent peu sur le chemin de Lyndhurst. Le brigadier demanda à Harding ce qu'il avait l'intention de faire à La Grange ; ayant appris que l'inspecteur désirait obtenir des informations plus précises sur les faits et gestes de Mrs Twining le lundi matin, il se contenta de hocher la tête et de retomber dans un silence méditatif.

La petite route en question menait jusqu'au centre du village de Lyndhurst, exactement en face de l'église. Quelques maisonnettes se blottissaient les unes contre les autres en haut de l'allée, mais sur une centaine de mètres seulement ; au-delà, des deux côtés, derrière des haies assez désordonnées, s'étendait le parc de Moorsdale.

« Ils ne roulent pas sur l'or, à Moorsdale, si ce qu'on dit est vrai, remarqua le brigadier. Le châtelain aurait fermé la moitié de la maison et la propriété commence à se déglinguer sérieusement. Doucement, monsieur, vous allez vous arrêter juste au-delà du tournant. »

Harding ralentit et se rangea sur le bord du chemin. Le brigadier se leva, regarda par-dessus la haie. « Voilà le lac, monsieur, venez voir. »

Harding descendit de voiture, traversa la route et tendit le cou par-dessus la haie. A cet endroit, comme Mrs Chudleigh l'avait décrit, le lac formait une petite anse qui venait lécher un sentier creusé dans la terre molle par de nombreuses allées et venues.

« Si elle a vu Mr Billington-Smith là, monsieur, déclara le brigadier, c'est à environ vingt minutes de marche de La Grange. On pourrait mettre moins de temps, mais le sentier monte tout le long régulièrement. A mon idée, voilà qui le disculpe bel et bien, monsieur. »

Il remarqua que l'inspecteur fronçait légèrement les sourcils et lui demanda s'il y avait quelque chose qui clochait.

« Je me disais seulement que les haies me paraissent plutôt hautes, dit Harding, revenant vers l'auto.

— Vous avez raison, reconnut le brigadier en s'asseyant. Je suis ami avec l'intendant, et il m'a raconté qu'ils ont réduit toutes les dépenses quelque chose de fou. Il n'y a pas que les haies qu'on a laissées redevenir sauvages. Triste, vous ne trouvez pas ?

— Oui, reconnut Harding. Mais ce que je ne comprends pas bien, c'est comment Mrs Chudleigh a pu apercevoir Billington-Smith de l'autre côté de la haie. Moi qui mesure un mètre quatre-vingts, j'ai dû me tordre le cou.

— Peut-être qu'elle était à bicyclette, suggéra le brigadier, après un instant de réflexion. En fait, c'est tout à fait probable.

— Elle monte à bicyclette, vraiment ? » Le pli sur le front de l'inspecteur Harding se creusa. « Va falloir regarder cela de plus près. Car si Mrs Chudleigh rentrait chez elle à bicyclette, l'alibi du jeune Billington-Smith prend plutôt mauvaise tournure. C'est elle qui a fixé l'heure où elle l'aurait vu — une heure moins dix — en fonction du temps qu'il lui faut pour aller à pied de La Grange au presbytère. Ce qu'elle oublie, si elle était à bicyclette ce jour-là, c'est qu'il faudrait autrement moins de temps pour couvrir la même distance sur sa machine. »

Le brigadier hocha la tête avec lenteur. « C'est juste, monsieur. Elle l'aura vraisemblablement vu dix bonnes minutes plus tôt. Voilà ce qui arrive quand on laisse des dames témoigner sur des questions de temps. C'est une chose curieuse, mais j'ai bien souvent remarqué que les femmes n'ont jamais la moindre notion de l'heure. Suffit que vous deviez attendre votre femme pendant qu'elle se repoudre pour vous en rendre compte ! Ah, c'est vrai, vous n'êtes pas un homme marié, monsieur... ou du moins pas à ma connaissance, mais si jamais cela vous arrive, vous verrez ce que je veux dire. Et si votre épouse ne vous laisse pas poireauter pendant un bon quart d'heure pour vous affirmer ensuite mordicus qu'elle ne vous a fait attendre que deux minutes, eh bien, c'est qu'elle ne ressemblera pas à la mienne, voilà tout ! » Sur cette déclaration quelque peu misogyne, le brigadier se croisa les bras et rumina en silence jusqu'au moment où la voiture s'arrêta devant l'entrée principale de La Grange. Puis il annonça le résultat de ses méditations : « Mais si les choses se sont passées comme ça, monsieur, et que Mr Billington-Smith est revenu ici ni vu ni connu pour tuer le général, il serait arrivé aux environs d'une heure moins cinq, si je calcule bien, et se serait alors trouvé nez à nez avec Mrs Twining, qui allait chercher le général pour son cocktail.

— Oui, dit Harding, vous avez tout à fait raison.

— Alors voilà qui chambarde tout, n'est-ce pas, monsieur ? »

Harding ne répondit pas et, avant que le brigadier

eût pu répéter sa remarque, Finch avait ouvert la porte d'entrée. Harding pénétra dans le vestibule. « Finch, quand Mrs Chudleigh a sonné ici, lundi matin, était-elle à pied ou à bicyclette ?

— Mrs Chudleigh, monsieur ? A bicyclette, répondit le maître d'hôtel.

— Vous en êtes sûr ?

— Oh oui, monsieur. Mrs Chudleigh avait appuyé sa bécane contre le porche, et j'ai pensé à ce moment-là qu'elle pourrait gêner le passage. Je n'ai pas grand goût pour les bicyclettes, quant à moi. Des objets encombrants, si je puis dire. »

L'inspecteur resta debout là, retirant lentement ses gants, les yeux légèrement assombris, fixés sur le visage du maître d'hôtel. Puis, juste au moment où Finch, que ce regard dur rendait nerveux, allait lui demander ce qui n'allait pas, l'inspecteur se détourna et posa son chapeau et ses gants sur la table. « Est-ce que Miss Fawcett est à la maison ? demanda-t-il abruptement.

— Je le crois, monsieur. Je vais m'en assurer.

— Voyez si elle peut m'accorder un instant dans le petit salon, voulez-vous ? » demanda Harding en se dirigeant vers la porte du cabinet de travail, qu'il ouvrit. Le brigadier toussota : « Dois-je comprendre que vous n'aurez plus besoin de moi, monsieur ?

— Non, répliqua Harding, je n'aurai plus besoin de vous, brigadier, mais je souhaiterais que vous fassiez une petite promenade dans le jardin, et que vous vous arrêtiez pour tailler une bavette avec l'aide-jardinier, si vous parvenez à mettre la main sur lui. Nous savons que Ludlow a passé la matinée de lundi dans le potager, mais l'autre jardinier semble avoir erré de-ci de-là dans toute la propriété.

Tâchez de découvrir s'il se trouvait près de l'entrée principale à n'importe quel moment entre midi et une heure, et s'il a vu qui que ce soit approcher ou s'éloigner de la maison pendant ce laps de temps. Même si c'est le commis du boucher, je veux le savoir. »

Miss Fawcett, qui entra dans le petit salon dix minutes plus tard, le trouva vide et dut s'avouer qu'elle en était marrie. Comme elle avait cherché à fuir la conversation de Camilla en s'abritant dans le bosquet au fond du jardin, Finch avait eu quelque difficulté à la dénicher. Apparemment, l'inspecteur Harding avait perdu patience et s'en était allé.

« Flûte ! » marmonna Dinah. Levant la tête, elle aperçut son visage déconfit dans la glace de la cheminée et le contempla avec une certaine sévérité. « Ma fille, tu ferais bien de te méfier, fit-elle, mécontente. Tu deviens ramollie avec ton détective. Reprends-toi !

— Quel détective ? » demanda une voix intéressée derrière elle.

Elle pivota brusquement et découvrit Harding, debout devant la fenêtre haute, qui l'observait. Pour une fois, la redoutable Miss Fawcett se trouvait très nettement à son désavantage. « J'ai... j'ai donné mon cœur au brigadier ! dit-elle, égarée.

— Je regrette. J'espérais que c'était à l'inspecteur », fit Harding du tac au tac, en toute simplicité.

Miss Fawcett, rougissant furieusement, battit en retraite vers la porte. « S'il vous plaît, ne partez pas ! dit-il. Je n'aurais pas dû vous écouter, ni dire ça. Je vous présente mes excuses. »

Miss Fawcett, qui voulait donner une réponse

calme et raisonnable, marmonna quelque chose de tout à fait incohérent, et se tut.

L'inspecteur poursuivit, d'une voix saccadée : « Quand je vous vois, j'oublie que je suis ici à titre purement professionnel. Je n'ai pas le droit... Je devrais savoir... » Il s'arrêta net, apparemment conscient qu'il s'embarquait dans une phrase désespérée.

Miss Fawcett, à qui les implications de ce bredouillage n'avaient pas échappé, retrouva l'usage de la parole et laissa entendre, bien que d'une toute petite voix, qu'elle comprenait parfaitement.

« Vraiment ? demanda Harding, saisissant le bord de la table. Réellement, Dinah ? »

Elle inclina la tête et commença à dessiner d'invisibles motifs sur la table avec son index. « Du moins... du moins je le crois, répliqua-t-elle prudemment. Quand vous cessez d'être professionnel... je veux dire... enfin, bref... je comprends très bien.

— Dès que j'en aurai terminé avec cette affaire criminelle, dit l'inspecteur Harding, je vous demanderai quelque chose. J'ai eu envie de vous le demander dès la minute où je vous ai vue.

— Encore un autre interrogatoire ? s'enquit Miss Fawcett, faisant un noble effort pour paraître badine.

— Non. Une question très simple, nécessitant juste un “ oui ” ou... ou... un... “ non ” pour toute réponse.

— Oh ! fit Miss Fawcett, esquissant un nouveau motif, plus compliqué encore, sur la table, je ne crois pas que j'oserais dire “ non ” à ... à un détective. »

Il y eut un moment de silence. L'inspecteur Harding cessa de tourmenter les bords de la table.

« Ça ne sert à rien, dit-il en s'avançant vers Miss Fawcett. J'ai *vraiment* essayé, mais il existe des limites à ce que l'on peut exiger d'un homme ! »

Le brigadier Nethersole, que sa quête de l'aide-jardinier avait mené sur le sentier contournant la maison, passa devant la fenêtre du petit salon et, ne partageant pas les scrupules de Mrs Chudleigh, regarda à l'intérieur. Ce qu'il vit eut pour effet de l'arrêter net dans sa promenade. Puis — car c'était un homme plein de tact — il détourna son regard du spectacle de Miss Fawcett emprisonnée dans les bras de l'inspecteur Harding, et s'en alla précautionneusement sur la pointe des pieds.

Pendant vingt bonnes minutes après son départ, la conversation entre Miss Fawcett et l'inspecteur Harding n'eut rien à voir avec les problèmes qui auraient dû accaparer l'attention de l'inspecteur, et ne se signala par aucune remarque un tant soit peu originale ou spirituelle. Néanmoins, elle semblait satisfaire parfaitement les intéressés, et aurait pu se poursuivre pendant un temps indéterminé si Miss Fawcett n'avait par hasard demandé à l'inspecteur Harding s'il se rendait compte que c'était grâce au fait que quelqu'un avait assassiné le général qu'ils s'étaient rencontrés.

Rappelé à quelques-uns de ses devoirs, l'inspecteur éloigna fermement Miss Fawcett de lui. « Mets-toi dans ce fauteuil, Dinah, et imagine que je suis le commissaire ou le détective au-dessous de tout qui s'est occupé du vol de votre argenterie », dit-il, et il se dirigea résolument vers une chaise de l'autre côté de la table.

« Ah ! tu te souviens de cela ? demanda Dinah, sottement.

— Je me… non ! répondit Harding avec fermeté. Tu dois m'aider. Je suis ici strictement pour affaires. Il y a des choses que je désire te demander. » Il observa Miss Fawcett par-dessus la table. « Ça ne m'aide pas quand tu me regardes comme ça, fit-il, pas très sûr de lui. Cela ne fait que me donner envie de t'embrasser encore.

— Imagine que je suis Camilla, suggéra Dinah. Oh, sais-tu qu'elle croit que j'essaie de t'emberlificoter ? Elle me l'a dit au déjeuner. Mais ce n'est pas vrai, n'est-ce pas ? »

Harding s'éclaircit la gorge. « Miss Fawcett, déclara-t-il d'un ton sévère, je voudrais que vous reportiez vos pensées au matin du premier juillet.

— Très bien, répondit Dinah, prête à rendre service, mais si vous collez ce meurtre à quelqu'un à qui je ne veux pas que vous le colliez, je ne vous épouserai pas… Cela m'est égal que vous arrêtiez les Halliday, ou le jardinier, ou Lola… quoique, à vrai dire, je sente croître en moi une véritable affection pour elle. Mais…

— Vous me faites perdre mon temps, Miss Fawcett.

— Désolée ! » se hâta de dire Dinah. Elle croisa ses mains sur ses genoux. « Continuez. De quoi dois-je me souvenir ? Je ferai ce que je pourrai pour vous, mais j'ai l'impression que tout s'est brouillé dans ma tête, d'un seul coup.

— C'est important, Dinah, alors fais un effort. Est-ce que Mrs Twining est venue déjeuner lundi par hasard, sur invitation, ou quoi ?

— Les trois, répliqua Dinah. Pseudo-hasard, pour qu'Arthur ne croie pas à un coup monté, invitation, parce que c'est moi qui l'ai invitée, et troisièmement, à cause du ramdam au sujet de Lola. Mrs Twining avait assisté au dîner fatal de samedi et avait vu ce qui risquait d'arriver. Elle a téléphoné lundi matin pour connaître les dernières nouvelles, et quand je lui ai dit que les choses me paraissaient mal parties, elle a proposé de venir voir comment elle pourrait bien manipuler Arthur.

— Est-ce qu'elle semblait préoccupée par la situation ?

— Non, je ne crois pas. Plutôt amusée... Pour tout te dire, je ne l'ai jamais bien comprise. Elle est toujours calme, cynique, le genre de personnes dont on pense qu'elles se soucient des autres comme d'une guigne, mais elle s'est vraiment donné beaucoup de mal pour Geoffrey. Je sais naturellement qu'il est le type de jouvenceau qui plaît aux femmes mûres et sentimentales — mais elle n'est pas le moins du monde sentimentale. On peut comprendre que des matrones telles que Mrs Chudleigh s'attachent à lui, mais pas Mrs Twining. Elle est bien trop caustique.

— Mais elle te donne l'impression de lui être très attachée ?

— Oui et non. C'est drôle, je lui ai posé la même question lundi — je veux dire, si elle tenait beaucoup à lui. Elle m'a répondu que non, mais qu'elle le connaissait depuis si longtemps qu'elle s'intéressait à lui, ou je ne sais quoi. Elle et moi étions parties à la recherche de Fay, et je lui ai demandé à quoi ressemblait la mère de Geoffrey.

— Vraiment ? Et qu'a-t-elle répondu ?

— Pas grand-chose, sauf que si la mère de Geoffrey avait mal agi, elle avait dû le payer — ce qui m'a remise à ma place, parce que je venais de dire que je trouvais plutôt moche qu'elle ait abandonné son fils.

— Elle a dit cela ? Et toi, Dinah, est-ce que tu sais quelque chose sur la première épouse du général ?

— Non, c'est pourquoi j'ai questionné Mrs Twining. Même Fay n'avait jamais osé parler d'elle à Arthur. Sujet tabou. Le linge sale de la famille, si tu préfères. Je n'ai même pas pu découvrir une photo d'amateur !

— Tu ne sais pas, par hasard, comment elle s'appelait ?

— Bien sûr que non. Arthur l'a éjectée des archives, si je puis dire. Pourquoi veux-tu savoir ? »

Harding leva un doigt, en signe d'avertissement.

« C'est moi qui pose les questions, pas vous.

— Ah ! fit-elle, se prenant au jeu. Eh bien, profitez au maximum de cette entrevue, inspecteur Harding !

— Tu pourras prendre ta revanche dès que j'en aurai fini avec ce crime, promit Harding. Revenons à Mrs Twining. Combien de temps est-elle restée absente lorsqu'elle est allée chercher le général ?

— Je ne sais pas exactement. Plusieurs minutes, disons entre cinq et dix, parce que, lorsqu'elle nous a appris qu'Arthur avait été assassiné, je me suis demandé pourquoi diable elle n'était pas revenue plus tôt. Encore que, en y repensant, je me sois dit que c'était tout à fait dans son style de se ressaisir d'abord. Je voudrais bien savoir où tu veux en venir — tu noteras la manière dont je me suis exprimée : nullement une question, juste une remarque lancée à tout hasard.

— Est-ce qu'elle portait des gants ?

— Oui. Des gants très chics, comme la plupart

des femmes de sa génération. Seulement, les siens ne sont pas du tout du genre “ grosse-dame-blanche-que-personne-n’aime ”. »

Harding se redressa sur sa chaise. « De quoi es-tu en train de parler ? demanda-t-il patiemment.

— Tu le sais bien ! Mrs Chudleigh porte ce genre de gants. Ceux de Mrs Twining font juste partie d’un ensemble général, pas du tout l’ “ espèce gant ”. Et ils étaient tachés par-dessus le marché, parce qu’elle avait touché le corps d’Arthur. Une de ses mains était toute maculée de sang — c’était infect.

— Laquelle ? » demanda Harding.

Dinah plissa les yeux, comme si elle essayait de distinguer un objet flou.

« La droite », répondit-elle, et soudain elle se raidit : « John !.

— Quoi donc ?

— Tu dois être fou ! Ce n’est pas possible !

— Quelqu’un l’a fait, Dinah.

— Oui, mais... mais c’est trop invraisemblable ! Je vois où tu veux en venir, mais... »

Il se leva. « Je ne peux pas discuter de cela avec toi, ma chérie. Veux-tu être bien sage et n’en souffler mot à quiconque ? Il se peut que je sois totalement à côté de la cible. » Il regarda sa montre-bracelet. « Il faut que je parte maintenant. Je te verrai demain, j’espère... plutôt sur le tard. »

Il trouva le brigadier assis dans la voiture, lisant un journal plié de l’air de quelqu’un qui s’attend à devoir se tourner les pouces indéfiniment.

« Désolé d’avoir mis si longtemps, brigadier. Avez-vous appris quelque chose du jardinier ?

— Non, monsieur, rien de rien. »

Le brigadier rangea son journal et toussa : « Il faut que je vous dise que je me suis heurté au capitaine Billington-Smith et que, devant son insistance, j'ai pris la liberté de l'informer qu'il était pratiquement tiré d'affaire.

— Je l'avais oublié, celui-là, déclara Harding en s'installant au volant et en pressant le starter automatique. Vous avez eu bien raison, brigadier.

— Oui. J'avais dans l'idée que ça vous sortirait de la tête, monsieur. » Harding lui jeta un regard soupçonneux, mais le brigadier semblait plus raide que jamais. « Étant donné que vous avez, comme qui dirait, d'autres chats à fouetter », ajouta le brigadier.

Harding changea de sujet. « Je vous dépose à Ralton, et je file sur Londres dès que j'aurai fait ma valise », déclara-t-il.

Le brigadier laissa échapper une exclamation involontaire : « Bon Dieu, monsieur ! Vous n'envoyez pas balader toute l'affaire ?

— Non, bien sûr que non ! Je serai de retour demain dans la journée. Je dois à tout prix découvrir le nom de la première épouse du général et ce qu'elle est devenue.

— Ah ! fit le brigadier, impressionné. Je me demandais ce que vous aviez à l'esprit, monsieur. Mais qu'en est-il de Mr Billington-Smith et de son alibi ?

— Je m'en occuperai demain », répliqua Harding.

La soirée était déjà avancée lorsqu'il arriva à Londres, et après avoir remisé sa voiture, il gagna directement le petit appartement qu'il possédait sur la Tamise. Son domestique, averti par téléphone de son arrivée, lui avait préparé un repas qu'il attaqua aussitôt, et, tout en mangeant, il relut le résumé qu'il avait rédigé sur l'affaire. Ensuite, il étudia les notes qu'il avait prises ce jour-là et apporta une modification à la liste-horaire originale. Lorsqu'il revint avec le café, le domestique le trouva le regard fixe, une cigarette non allumée entre les lèvres et son briquet serré dans une main immobile.

Jarvis posa le plateau sur la table et commença à enlever les reliefs du souper.

« Une affaire difficile, monsieur ? » s'enquit-il.

Harding le regarda : « Je suis un âne bâté !

— Oh, je ne dirais pas cela, monsieur, répondit Jarvis, d'un ton encourageant.

— Pas seulement un âne bâté, mais un imbécile. La solution était là qui me crevait les yeux, et je viens seulement de m'en rendre compte.

— Mieux vaut tard que jamais, monsieur, remarqua Jarvis. Aurez-vous encore besoin de moi ce soir ? »

Peu après une heure, le lendemain après-midi, la voiture de Harding s'arrêta une fois de plus devant le presbytère de Lyndhurst ; l'inspecteur et le brigadier en sortirent. Le brigadier, qui était demeuré perdu dans ses pensées pendant tout le trajet depuis Ralton, dit avec lenteur : « Je me demande si elle a vraiment vu Mr Billington-Smith ? »

Harding sonna à la porte d'entrée.

« Oui, j'en suis presque sûr. »

Le brigadier soupira et secoua la tête. « Je dirais que c'est une sale affaire, monsieur, une bien sale affaire, et je dois vous avouer qu'elle ne me plaît pas du tout.

— A moi non plus », répliqua Harding. Il se tourna au moment où la femme de chambre ouvrit la porte. « Mrs Chudleigh », demanda-t-il.

La servante qui, en dépit du comportement bienséant de l'inspecteur lors de sa première visite, paraissait le considérer encore avec crainte, recula pour le laisser entrer et répondit d'une voix étranglée qu'elle allait prévenir sa patronne qu'il désirait la voir. Cependant, n'ayant nulle intention d'être laissé dans l'entrée comme l'autre fois, Harding la suivit dans le salon, à l'arrière de la maison. Elle lui ouvrit la porte. « C'est la police, Madame », annonça-t-elle, la respiration oppressée.

Mrs Chudleigh, qui était assise à sa table à écrire, devant la fenêtre, se tourna brusquement. Voyant l'inspecteur, elle se leva, mais n'avança pas pour l'accueillir.

« Vous pouvez disposer, Lilian, dit-elle. Bonjour, inspecteur. Mon Dieu, le brigadier Nethersole également ? Puis-je vous demander ce qui vous amène ?

— Mrs Chudleigh, je suis venu m'acquitter d'une tâche extrêmement déplaisante, répondit Harding avec douceur. J'ai un mandat d'arrêt à votre nom pour l'assassinat de votre premier mari, le général Sir Arthur Billington-Smith. Je dois vous avertir que tout ce que vous direz à partir de maintenant peut servir de témoignage contre vous. »

Un curieux sourire ourla ses lèvres. « J'ai été prévenue. J'ai tout mis par écrit. C'est dans ce tiroir. Vous le trouverez. »

Tout en parlant, elle porta rapidement sa main à sa

bouche. « Attention, monsieur », cria le brigadier, en se précipitant sur Mrs Chudleigh.

Il était déjà trop tard. Comme il lui saisissait le poignet, il vit son visage se convulser. Elle tomba en avant, et un petit flacon alla rouler sur le tapis fleuri. Agenouillé près d'elle, le brigadier collait déjà son oreille contre sa poitrine. Il leva les yeux vers l'inspecteur. « Elle est morte, monsieur ! »

Harding hocha la tête. « Je sais. » Il s'avança, ramassa la fiole vide et la renifla. « Cyanure de potassium », dit-il en regardant la morte. « Ça vaut mieux comme cela, brigadier. »

Le brigadier, qui le considérait avec une ombre de reproche dans le regard, baissa soudain les yeux. « Peut-être avez-vous raison, monsieur, dit-il. Je n'y avais pas assez réfléchi, mais il me semble bien que je suis de votre avis. » Il se releva. « Elle a été trop rapide pour nous, monsieur, ajouta-t-il lentement, comme pour s'en persuader. Oui, trop rapide. »

CHAPITRE XVIII

« Ceci est la confession complète de Lavinia Emmeline Chudleigh. Je suis parfaitement saine d'esprit. Ce que je m'apprête à écrire est la vérité, et je n'en ai pas honte.

« J'ai tué Arthur Billington-Smith avec le poignard qui était posé sur son bureau. Je n'avais pas, au départ, l'intention de le faire, mais je sais que je le referais. Je ne regrette rien. C'était un tyran cruel et malfaisant. Il a ruiné ma vie et aurait ruiné celle de mon fils. J'ai tué Arthur pour l'amour de Geoffrey. C'est la seule chose que j'aie jamais été capable de faire pour lui, et j'en suis fière.

« On m'a prévenue qu'un bout de papier avait été découvert, où figurait le début de mon prénom, griffonné de la main d'Arthur. C'est pourquoi je rédige cette confession, car si la police vient m'arrêter, j'ai résolu d'absorber du poison.

« J'ai quitté Arthur Billington-Smith il y a vingt ans, pour suivre un homme dont je tairai le nom, puisqu'à présent il est mort et ne peut avoir aucun rapport avec ce que je vais écrire. Il m'avait promis que nous nous marierions dès qu'Arthur aurait obtenu le divorce. Mais il y avait une autre femme, et sans doute était-elle plus séduisante que moi. Je ne crois pas qu'il vaille la peine de s'étendre sur ce sujet. Même en ce moment, tout ce que j'ai souffert à l'époque me revient et je suis presque contente de n'avoir plus beaucoup de temps à vivre en ce monde. Ma famille m'a désavouée et je ne lui en veux pas, car il y eut un scandale effroyable. Je suis tombée très malade. Une fois remise, je suis allée m'installer là où personne ne me connaissait. Je me suis fait appeler Miss Emily Lamb — Lamb était mon nom de jeune fille ; j'ai pensé qu'il était assez commun pour ne pas attirer l'attention, et je ne me trompais pas : il m'a permis de gagner de quoi vivre. C'est lorsque je travaillais comme secrétaire d'une œuvre de charité dans l'East End de Londres que j'ai fait la connaissance de Hilary. Je tiens à dire que tout ce que j'avais souffert a été effacé grâce à lui. Je sais qu'il considérera qu'aux yeux de Dieu nous n'étions pas mariés, mais j'espère que nul ne niera que j'aie été une bonne épouse pour lui. Sur ce point, ma conscience est tout à fait nette.

« Je suis mariée — je dis bien mariée, car je n'ai jamais partagé le préjugé de Hilary contre le remariage des personnes divorcées — depuis dix ans — les années les plus heureuses de ma vie. Je n'étais plus ni jeune ni jolie lorsque nous nous sommes rencontrés, car ma beauté était de celles qui se fanent vite. J'ai été *vraiment* jolie jadis, mais peu importe. Hilary était le genre d'homme qui ne recherche pas uniquement la beauté chez une épouse, et au bout d'un an, il m'a demandé de l'épouser.

« Je l'ai épousé. Je ne doute pas que l'on me critiquera, mais je n'ai jamais été de celles qui se soucient de l'opinion publique et je n'ai pas l'intention de changer maintenant. Je n'ai jamais dit à Hilary que j'étais une femme divorcée. Il n'y a qu'une personne qui sache qui je suis. Elle est restée mon amie, et bien qu'elle soit une mondaine et, parfois, je le crains, une femme frivole, je lui en suis reconnaissante.

C'est le hasard, et nullement un quelconque projet de ma part, qui a amené Hilary dans cette paroisse. J'aurais préféré n'importe quel autre presbytère au monde, mais la santé de Hilary exigeait que nous vivions à la campagne, et nous n'avions pas grand choix. Toutefois, je ne craignais nullement qu'Arthur me reconnaisse. Il ne m'avait pas vue depuis seize ans, et la maladie m'avait défigurée. Lorsque je l'ai quitté, j'avais littéralement des *masses de cheveux d'or*, parfaitement naturels, et pas une ride. Les soucis ont fait blanchir mes cheveux, et mes fausses dents ont modifié la forme de ma bouche. Je dois dire que cela m'a amusée de découvrir que l'actuelle Lady Billington-Smith n'était pas très différente de ce que j'étais dans mes jeunes années.

« Il y a quatre ans que je vis dans le voisinage d'Arthur. Je ne sais comment j'ai été capable de le supporter. J'espère que le temps m'a changée, mais *lui* n'avait changé en rien. Il était resté le même. J'ai été soulagée que les scrupules de Hilary lui interdisent de se rendre trop souvent à La Grange. Je n'aurais pas pu surmonter une telle épreuve. La seconde épouse d'Arthur est, je le crains, une femme faible et sotte. Je n'ai jamais eu beaucoup de sympathie pour elle ; elle aurait dû avoir assez de jugeote pour savoir qu'on n'épouse pas impunément un homme assez vieux pour être votre père.

« Je n'ai pas l'intention de discuter des mérites de mon fils. Ses défauts, je les attribue tous à Arthur. Non, je ne regrette pas d'avoir tué Arthur ; au contraire, j'en suis contente.

« Je me suis rendue à La Grange lundi, dans le but de découvrir ce qu'Arthur comptait faire au sujet du malheureux engouement de Geoffrey. Quand j'ai découvert qu'il l'avait déshérité, j'ai su qu'un seul devoir s'imposait à moi, et je ne m'y suis pas dérobée. Il était temps que je me fasse reconnaître d'Arthur, car, bien qu'il eût divorcé de moi, je restais la mère de Geoffrey, et j'avais le droit de m'inquiéter pour son avenir.

« J'ai quitté la terrasse à 12 h 30, lundi. Je n'ai pas permis à la femme d'Arthur de m'accompagner. Je savais qu'il se trouvait dans son cabinet de travail, et j'ai décidé de passer par le jardin, pour qu'on ne sache pas que j'étais allée le voir — ce qu'on aurait trouvé curieux. Je tiens à dire que je n'avais aucune intention de le tuer. Cette idée ne m'était jamais venue à l'esprit. Je voulais simplement plaider la cause de Geoffrey. Julia Twining m'avait promis de faire son possible, mais je n'avais guère d'illusions sur sa force de persuasion. Je pensais faire appel à la générosité d'Arthur : peut-être qu'après toutes ces années, il m'écouterait ?

« Quand je suis entrée, il était en train d'écrire à son bureau. Il a été étonné de me voir ; j'ai immédiatement compris qu'il était dans une de ses humeurs les plus noires, bien qu'il se montrât assez poli avec moi.

« Quand je lui ai avoué qui j'étais, il ne m'a pas

cru. Il a pensé que j'étais folle. Mais je suis parvenue à le convaincre. Il a éclaté d'un de ses rires chevalins, bruyants, grossiers : " Toi, Lavinia ? *Toi*, Lavinia ? "

« Je n'avais pas l'intention de me disputer avec lui. Je croyais que j'avais assez de sang-froid. Peut-être que s'il n'avait pas ri comme il a ri, j'aurais pu garder mon calme. Mais je n'en suis pas sûre.

« Je ne vais pas raconter ce qui s'est passé entre nous. Mais j'affirme très solennellement que j'ai tenté de rester calme, que mon seul objectif était d'intercéder en faveur de Geoffrey. Je ne me rendais pas compte à quel point Arthur haïssait ce garçon. A ses propos, j'ai vite compris. Ses sarcasmes vis-à-vis de moi n'auraient pas, je l'espère, suffi à me démonter ; mais ce qu'il a dit de Geoffrey, ses railleries mesquines, venimeuses, choisies exprès pour me blesser, aucune mère ne les aurait supportées.

« Nous n'avons pas parlé longtemps — pas plus d'une dizaine de minutes, je pense. J'ai vu que je n'étais arrivée à rien, qu'il ne m'écouterait pas. Il m'a envoyée au diable et, faisant mine de ne plus me voir, a poursuivi son travail.

« J'étais debout derrière son fauteuil, une main posée sur le bureau. Je l'ai supplié d'être raisonnable. Il a éclaté de rire — de ce rire goguenard que je connaissais si bien. Je ne puis expliquer ce qui m'a pris. Tout le mal qu'il m'avait fait, toute cette misère, toute cette amertume... et lui qui était assis là, prospère, content de lui, mesquin jusqu'au fond de l'âme, et se vengeant sur mon enfant... Arthur ne me regardait même pas. Le poignard était près de ma main. J'ai attrapé le couteau dans un moment de fureur — de folie devrais-je dire — et j'ai frappé. Si l'on me le demandait, je ne saurais dire si j'avais l'intention de le tuer. Je crois que oui, à ce moment-là. Quoi qu'il en soit, je suis contente de l'avoir fait. Les gens vont me traiter de meurtrière. Je n'ai cure de ce qu'ils peuvent dire.

« Il s'est affalé sur son bureau. Le sang a giclé de la blessure de son cou, éclaboussant ma manche, que j'ai recouverte de mon écharpe. Je suis sortie de la pièce en courant. Mes genoux tremblaient, et je comprenais mal ce que j'avais fait.

« J'ai enfourché ma bicyclette et suis rentrée au presbytère. Il y avait du sang sur mes gants. Je les ai brûlés dans le four, une fois les domestiques couchés.

« Je croyais que personne ne découvrirait jamais rien. Je croyais que la police supposerait que l'assassin était un inconnu, venu de l'extérieur. L'idée ne m'était pas venue que mon acte pouvait compromettre d'autres gens — y compris Geoffrey. Lorsque l'inspecteur du Yard est arrivé, j'ai commencé à avoir peur. Il ne ressemblait pas aux agents de la police locale. Il voyait trop de choses. J'ai compris qu'à un moment donné, je serais bien obligée de me découvrir. Bien entendu, je n'aurais jamais laissé qui que ce soit — même pas des créatures telles que cette Mexicaine ou Mrs Halliday, porter la responsabilité de ce que j'avais commis.

« Je n'ai rien à ajouter, si ce n'est qu'il est vrai que j'ai vu Geoffrey exactement comme je l'ai raconté. J'ai su, dès le moment où je l'ai dit à l'inspecteur, qu'il découvrirait la vérité. »

Le major Grierson posa la dernière feuille sur son bureau et se tamponna énergiquement le nez.

« Affreux ! Affreux ! fit-il. Pauvre femme ! Je ne sais pas depuis quand je n'ai pas été — hum — bouleversé à ce point ! On ne devrait pas le dire, mais vraiment, Harding, on ne peut s'empêcher de — hum — d'être content qu'elle ait fini comme ça.

— J'aurais dû y aller moi-même, déclara le commissaire d'un ton acide. Naturellement, je suppose que Mr Harding leur expliquera là-bas, au Yard, comment il a permis que pareille chose se produise. Tout ce que j'espère, c'est qu'il ne va pas être saqué pour ça.

— Allons, allons — hum —, commissaire. Mr Harding ne pouvait pas la soupçonner de dissimuler du poison sur sa — hum — personne.

— Ah, c'est que, justement, tout est là, monsieur, répondit le commissaire avec hauteur. Il faut être préparé à des choses comme celle-là. J'aurais pu le dire à l'inspecteur. Mais c'est à lui de rédiger son rapport comme il lui chante. »

Harding se leva. « Vous avez parfaitement raison, commissaire, et je crois qu'il est temps que je m'y mette. »

Le chef de la police du comté le suivit. Avant de monter dans sa voiture, il jeta un bref coup d'œil à Harding. « Je ne vous — hum — demande pas, dit-il, si vous aviez l'intention de — hum — laisser la chose se faire comme elle s'est faite. Tout ce que je peux dire, c'est que je suis — hum — reconnaissant. Une affaire bien désagréable. J'espère que vous n'allez pas — hum — avoir des ennuis, Harding ?

— Pas très sérieux, monsieur, je crois. D'ailleurs, je quitte la police.

— Vraiment ? Ma foi, je dois dire que je suis

content — hum — de l'apprendre. Et notre rendez-vous, qu'en est-il ? Puis-je vous persuader — hum — de venir dîner — hum — ce soir ?

— Merci beaucoup, monsieur, mais je crains de ne pouvoir me libérer. Une autre fois, si vous le permettez.

— Mais, mon vieux, se récria le major, vous n'allez pas — hum — passer la soirée à rédiger votre rapport ? »

Harding rougit légèrement. « Bien sûr que non. En fait, je dois monter à La Grange ce soir, et...

— A La Grange ? Pour — hum — faire quoi ? demanda le major, perplexe.

— Oh ! juste pour m'occuper d'un... petit à-côté de l'affaire. »

Le « petit à-côté », avec qui il avait, auparavant, eu une assez longue conversation au téléphone, l'accueillit sur les marches de La Grange lorsqu'il arriva dans sa voiture, un peu avant neuf heures, et exprima le désir de savoir s'il se trouvait en service commandé ou non.

« Non », répondit l'inspecteur Harding, et pour ne laisser aucun doute à ce sujet, il prit la dame dans ses bras.

Miss Fawcett protesta faiblement : « Imagine que quelqu'un nous regarde ?

— M'en fiche », répliqua l'inspecteur effrontément.

Miss Fawcett lui prit le bras de façon fort amicale et l'entraîna dans le jardin. « Je suis contente que ce soit fini, dit-elle. Je plains terriblement Mrs Chudleigh, bien que je ne l'aie jamais beaucoup aimée. Comment s'étonner qu'elle soit devenue aussi chipie ? Mrs Twining nous a tout raconté. Elle est venue en rentrant du presbytère. Il paraît que Mr Chudleigh est complètement retourné. Pour lui, c'est épouvantable. Je regrette que tu aies découvert l'assassin d'Arthur, John, bien que, naturellement, je sois fière que tu aies été aussi malin.

— Malin ? répéta Harding. Tu as dit malin ? J'aurais dû tout découvrir voilà déjà deux jours !

— Eh bien, moi, je trouve que tu as été franchement brillant. Qu'est-ce qui t'a mis sur la piste ?

— La bicyclette. Si Mrs Chudleigh a quitté cette maison, sur sa bicyclette, à midi et demi, elle aurait dû être chez elle à une heure moins le quart. Pour voir Geoffrey là où elle l'a vu à une heure moins dix, il aurait fallu qu'elle soit à pied. Soit elle mentait et ne l'avait pas vu du tout, soit elle était partie d'ici bien plus tard que vous ne l'avez tous dit — et c'est ce qu'elle a fait. Cette incompatibilité des horaires m'a mis la puce à l'oreille. Les lettres griffonnées, plus quelque chose que le général avait dit, m'ont donné l'idée qu'il pouvait s'agir de sa première femme. Tu te souviens que tu m'as trouvé en train de lire le *Chamber's Dictionary* dans le petit salon ? Tu m'as demandé si je faisais des mots croisés. Je cherchais des noms propres commençant par un L.

— Quoi ? “ Les Prénoms Anglais les plus Répandus ” ? demanda Dinah. As-tu trouvé “ Lavinia ” ? Je croyais qu'on n'y découvrait que des noms comme Eusèbe et Sophronie ! »

Il sourit : « Il y en avait un bon paquet de ce genre-là, bien que je n'aie pas souvent rencontré d'Anglais prénommés Tryphon ou même Polycarpe ! Mais j'ai bel et bien trouvé Lavinia. Cela m'a d'abord lancé sur la piste — fausse — de Mrs Twining. Puis, en allant vérifier l'alibi de Geoffrey avec le brigadier, j'ai découvert que Mrs Chudleigh avait pris sa bicyclette ce matin-là. Même alors je n'ai pas compris, encore que j'aie commencé à avoir des soupçons. Ce n'est que lorsque j'y ai repensé à fond que l'éclair a jailli... mais j'avais peine à y croire. Il a fallu les archives de Somerset House pour me convaincre que je ne m'étais pas fourré le doigt dans l'œil. Tu vois donc, ma chérie, que je suis tout sauf brillant !

— Si tu n'avais pas été si brillant, rétorqua Miss Fawcett d'un ton ferme, tu en serais encore à farfouiller ici autour d'un certain nombre de suspects " vraisemblables ". Lola, par exemple. Oh, à propos : t'ai-je raconté qu'elle avait appris par son agent — pas celui qui est venu, un autre — qu'on lui offrait un engagement dans je ne sais quel théâtre, et qu'elle est folle de joie ! En fait, elle a dit à Geoffrey à l'heure du thé qu'il ne devait pas être déraisonnable et s'attendre à ce qu'elle l'épouse tout de suite. Il va donc sûrement pouvoir se dégager de ses fiançailles... » Elle s'interrompit pour lui jeter un regard imperceptiblement inquiet : « Ce qui me fait penser que si jamais tu voulais te dégager des tiennes...

— Non, merci, je n'y tiens pas.

— Ouf ! Quelle chance ! soupira Dinah, parce que je viens tout juste de mettre les autres au courant. Camilla a failli avoir un haut-le-cœur. Elle a laissé entendre que vous aviez plutôt copiné, tous les deux !

— C'est vrai, répondit Harding. Je l'ai bassement flattée... pour la faire parler, bien sûr.

— Je vois, répondit Miss Fawcett. M'est avis qu'il est grand temps que tu quittes ce métier. »

Ils étaient parvenus à la pelouse au fond du jardin

et se dirigeaient vers les marches de la terrasse. On avait allumé les lumières du salon. Dinah soupira : « Je suppose qu'il va falloir rentrer ! Tout le monde veut te voir sous ton nouveau jour. Je vais même devoir te présenter, parce que, d'un point de vue mondain, tu n'as encore fait la connaissance d'aucun d'eux. Crois-tu pouvoir supporter une quantité de félicitations ?

— J'aimerais bien mieux rester ici, dehors, avec toi. Mais si tu le juges nécessaire, nous allons faire face. »

Sans quitter son bras, Miss Fawcett conduisit l'inspecteur Harding dans le grand salon pour faire les présentations.

DANS LA MÊME SÉRIE

Jakob ARJOUNI

Bonne fête, le Turc! (Happy Birthday, Türke!).
Demi pression (Mehr Bier).
Café turc (Ein Mann, ein Mord).

Christianna BRAND

Mort dans le brouillard (London Particular).
La Mort de Jézabel (Death of Jezebel).
La Rose dans les ténèbres (The Rose in Darkness).

B. M. GILL

Le Douzième Juré (The Twelfth Juror).
Une mort sans tache (Victims).
Petits jeux de massacre (Nursery Crimes).

Georgette HEYER

Meurtre d'anniversaire (They Found Him Dead).
Un rayon de lune sur le pilori (Death in the Stocks).
La mort donne le la *(The Unfinished Clue).*
Tiens, voilà du poison! (Behold, Here's Poison).
Mort sans atout (Duplicate Death).
Pas l'ombre d'un doute (No Wind of Blame).

P. D. JAMES

A visage couvert (Cover Her Face).
Une folie meurtrière (A Mind to Murder).
Sans les mains (Unnatural Causes).
Meurtres en blouse blanche (Shroud for a Nightingale).
La Proie pour l'ombre (An Unsuitable Job for a Woman).
Meurtre dans un fauteuil (The Black Tower).

Mort d'un expert (Death of an Expert Witness).
La Meurtrière (Innocent Blood).
L'Île des morts (The Skull Beneath the Skin).
Un certain goût pour la mort (A Taste for Death).
Par action et par omission (Devices and Desires).
Les Fils de l'homme (The Children of Men).

H. R. F. KEATING

Un cadavre dans la salle de billard (The Body in the Billiard Room).
L'Inspecteur Ghote en Californie (Go West, Inspector Ghote).
Le Meurtre du Maharaja (The Murder of the Maharajah).
L'Inspecteur Ghote tire un trait (Inspector Ghote Draws a Line).
Meurtre à Malabar Hill (The Iciest Sin).

Jennifer ROWE

Pommes de discorde (Grim Pickings).

Cet ouvrage a été réalisé par la
SOCIÉTÉ NOUVELLE FIRMIN-DIDOT
Mesnil-sur-l'Estrée
pour le compte des Éditions Fayard
en mai 1993

Imprimé en France
Dépôt légal : mai 1993
N° d'édition : 4214 - N° d'impression : 23904
ISBN : 2-213-02605-X
35-17-8377-02

35-8377-0